台灣民主運動

綠色
年代

25 years

1988 —— 2000 【下冊】

◎ 編著／張富忠・邱萬興

目錄

1990 | 野百合三月學運

1991 | 反閱兵・廢惡法

1988

憤怒吧！台灣農民走上街頭

■1月9日，解嚴後第一件叛亂案「蔡有全、許曹德台獨案」開庭，庭外聲援群眾與憲警發生棍棒齊飛的激烈衝突。攝影/邱萬興

■蔡許案開庭，聲援民眾躺在憲兵前，以免引發更大衝突。攝影/邱萬興

台灣民主運動過程中，1988年是很精彩的、很特別的一年。台灣社會剛剛解嚴半年多，又遇上國民黨因蔣經國過世結束「強人政治」的局面，國民黨內部權力鬥爭，紛擾不斷，爾虞我詐。最後，政治大權落在李登輝之手。

然而，也因為解嚴之故，台灣的社會力剎那間被釋放出來。政治上為民主的抗爭固然沒有間斷，同時，過去憨厚苦幹、無怨無悔的農民、勞工也開始團結起來，為自己的權益而抗爭。1988年，幾乎可說是「全民大抗爭」。

1988年初，1月13日，蔣經國過世，台灣政治權力的重心轉移。然而民主運動的進展，仍在辛苦中前進著。本以為隨著蔣經國的過世，政治犯能得到特赦，卻沒料到「蔡有全、許曹德的台獨案」竟在蔣經國的國喪期間中，由高等法院分別重判十一年、十年的有期徒刑。

原本朝野協商「國喪期間不遊行抗議」的約定，在國民黨對台灣反對運動的不寬容下，彼此撕破臉。為了聲援「蔡、許」，民進黨在國喪期間仍舉行集會遊行，以示對國民黨的抗議。

國喪期間一過，民進黨與台灣人民對國民黨的抗爭，更猶如萬馬奔騰。在政治上，「萬年國會」仍是備受關注的焦點，也是民進黨和國民黨對決的最大本錢。只要「萬年國會」存在，民進黨的抗爭就永無休止。因此，1988年裡有一連串逼退老賊的政治抗爭活動，而「大湖山莊事件」則是警民對毆的第一齣戲碼。再來，「媒體之惡」（台視刻意報導不公）又讓民眾怒而砸電視抗議。

3月到5月，憤怒的台灣農民，終於忍不住而發出怒吼，一波又一波地向國民黨政府示威抗議。國民黨在美國壓力下，開放農產品進口，嚴重打擊台灣本地果農。不久，雞農也面臨生存問題。農民們發現，這根本是國民黨從政策上剝削農民所致。

過去國民黨戒嚴時期，「農會」、「工會」由國民黨一把罩，都只是國民黨選舉時的「大樁腳」而已，國民黨並非真正照顧廣大的農民、勞工。認清了這一個事實之後，在政治解嚴半年後，全台灣的農民終於團結串聯起來。從「三一六反對美國農產品進口」，到「四二六農耕機進攻總統府」，到「五二〇流血抗爭事件」，在在反應出台灣的農民也漸漸學到：要與國民黨抗爭，才能得到自己應有的權益。

　　國民黨政府感受到前所未有的、來自台灣基層農民的壓力，終於在「五二〇事件」中，用粗暴的血腥鎮壓方式，處理群眾的遊行示威，並大量起訴參與遊行的民眾。導致整個台灣社會對國民黨的不滿升高，自5月20日以後，陸續有街頭靜坐、學者研究報告等等，都是對「五二〇事件」的聲援。

　　8月，「苗栗客運罷工事件」又掀起另一波抗爭的高潮。國民黨政府向資本家靠攏，並用政策來打擊勞工，阻止勞工正當使用「罷工權」，導致勞工大團結，奮力抗爭、罷工長達23天，終於讓資方協調讓步。

　　為了參加第一次在台灣本土舉行的世界台灣同鄉會（簡稱世台會），1988年8月，陸陸續續有不少「黑名單」的海外台灣人，千方百計回到台灣。而台灣婦女界的先驅——陳翠玉，則是這波返鄉潮的第一個犧牲者，因為國民黨讓陳翠玉在八十高齡還為入境台灣之事全球奔波，以致身體不堪負荷而過世。

　　11月中旬，黃華、鄭南榕為了聲援「蔡有全、許曹德的台獨案」，發起了「新國家運動」環島行軍。鄭南榕除了理念支持外，更是出錢出力，全程相挺，讓台灣全島因而到處瀰漫著「獨立建國」的呼聲。

　　12月底，兩次大型的群眾抗爭也讓國民黨的軍警疲於奔命。12月28日，一向沉默的客家族群號召上萬人上街頭，訴求「還我客家話」運動，抗議廣電法對方言節目處處限制，要求電視台製播客語節目，並重建多元化、開放的新語言政策。

■為抗議國民黨黑名單，林宗正牧師帶領群眾步行到總統府，引發小衝突。
攝影/邱萬興

　　12月31日，原住民延續去年對「吳鳳神話」的抗爭，進一步要求國民黨政府把嘉義街頭的吳鳳銅像拆下，執政當局不肯，警民又在街頭大玩「舉牌不理、抗爭有理」的遊戲。終於，吳鳳銅像被原住民拉倒摧毀，「吳鳳神話」也被徹底粉碎、瓦解，真正「走入歷史」！

告別蔣經國時代

在台灣解嚴的半年後，1988年1月13日，糖尿病纏身多年的蔣經國總統，於下午三點五十五分病逝，享年七十九歲。國民黨中常會立即在晚上七點半召開緊急會議，依憲法推舉副總統李登輝繼任總統。晚上八點八分，副總統李登輝於總統府宣誓繼任為第七任中華民國總統。

蔣經國總統在晚年，即使因病需坐輪椅，仍堅持親身掌政。來台執掌政權將近四十年，他在臨死之前，說出「我也是台灣人」的話。

有人戲謔地說，重病的蔣經國總統，是在出席1987年12月25日行憲紀念日四十週年當天，被中山堂裡裡外外「要求老國代、老立委退職」的民主聲浪所嚇死的。這是他有生以來，第一次被反對黨的民意代

攝影／劉振祥

■蔣經國總統1988年1月13日下午3點
55分病逝，享年七十九歲，副總統
李登輝於晚上8點8分於總統府宣誓
繼任為第七任中華民國總統。

圖片提供/國史館

表如此近距離地示威抗議。

　　1988年1月13日晚上九時，行政院召開臨時院會，宣布國喪三十日，自1月14日起至2月12日為止，並宣布國喪期間一律停止聚眾集會遊行及請願活動。

　　民進黨方面，當天晚上十點，在中央黨部召開緊急中常會，經過一百分鐘的充分討論後，由代主席許榮淑於深夜十一點卅六分發表聲明，並通過全體黨員暫停一切遊行示威活動。而才於1月12日搭機前往美國參加「台灣在太平洋地區的角色」國際研討會的民進黨主席姚嘉文，和前主席江鵬堅，在得知蔣經國過世的消息後，決定儘快搭機返台。原訂1月23日率眾加入民進黨的黃信介，因此也決定暫緩入黨。

解嚴後第一件政治案件
蔡許台灣獨立案宣判

真的解嚴了嗎？台灣有言論自由嗎？講了一句國民黨敏感的話，
蔡有全和許曹德還是逃不過「亂判」的噩運。我們的司法還有尊嚴嗎？

1月16日，解嚴後備受矚目的第一樁政治案件──「蔡有全、許曹德台獨案」，上午十一點十五分由高等法院宣判：蔡有全有期徒刑十一年，褫奪公權五年；許曹德有期徒刑十年，褫奪公權五年。

這樁政治案件，在蔣經國過世後三天宣判，刑期又非常重，宣判當時，家屬及在場群眾情緒非常激動。人權律師李勝雄不滿判決結果，當場宣稱將透過一切合法途徑，進行最大抗爭。

1月23日，民進黨舉行「如何聲援蔡有全、許曹德座談會」，會議由中常委謝長廷主持，首次與基層黨工進行面對面直接溝通，部分黨工對於民進黨中央過於軟弱，表示強烈不滿。會中最後決議，1月29日下午兩點，發動全台黨員及關心此案的民眾，前往台北土城看守所探監。會場內的部分黨工激動地說：「不必管他什麼國喪期間，就是要發動民眾到法院去抗議……。」

支持台獨的民進黨黨員們在這個時候，早已不管民進黨中央「國喪期間一律暫停一切遊行示威活動」的政治承諾，加上「集會遊行法」的通過，使得「蔡許台獨案」宣判後的

■蔡許案辯護律師陳水扁曾忠告審判長：「叛亂不能亂判，亂判則天下大亂」，結果該案還是判了重刑。陳水扁與黃信介等32人，因而聯名向高檢處控告總統府資政陳立夫及國策顧問趙耀東涉嫌陰謀叛亂資匪通商等罪。攝影/邱萬興

後續效應，就像一齣高潮迭起的連續劇。

解嚴之後，第一件政治性法案「集會遊行法（簡稱集遊法）」於1988年1月11日在立法院三讀通過。這表示，以後遇到集會遊行活動，警方有權舉牌警告群眾，如果三次舉牌警告之後，民眾仍不解散，警方會以所謂的「公權力」，以盾牌、警棍來伺候「不聽話的群眾」。

1月29日，全台各地的民進黨員約兩三百人，下午集合土城看守所，聲援「蔡、許台獨案」。國喪期間，國民黨不准有任何的集會遊行活動，然而碰上台獨案重判，使得當天聲援的群眾，與情治單位佈下的五千名武裝憲警發生激烈衝突。

這件警民對峙行動，是蔣經國逝世後國喪期間的第一件抗爭行動，也是集遊法施行以來的第一件抗爭行動。抗爭中，當地分局長在兩次舉牌警告後，群眾才在陳水扁、謝長廷、許榮淑等人的勸說下撤離。自此之後，幾乎所有的街頭抗爭，都脫離不了這種模式。

國會全面改選大遊行

雨中的嘉年華會

■3月29日，民進黨舉行「三二九國會改選聖火慢跑活動」，於台北市中山堂結束後，朱高正立委接著組成「怪老子參觀團」向老國代請益國是，登門拜訪老賊。攝影/邱萬興

3月29日上午11點開始，民進黨舉行「三二九國會改選聖火慢跑活動」，動員了各地方黨員約三千人，由立委朱高正擔任督導，中央黨部組織部主任黃華擔任糾察總隊長。來自全省22縣市黨部的車隊陸續抵達集合。當天一早就霪雨綿綿，大雨、小雨持續不斷。但是雨水澆不息人民要求「國會全面改選」的熱情。

這場遊行是以嘉年華會的設計為構想，安排熱門音樂的方式揭開序幕，以遊行花車的形式來展現，司儀邱垂貞特別強調，「以往黨外集會播放的曲調總是悲傷淒涼的『哭調仔』；今後要儘量改用『進行曲和搖滾樂』，把國民黨和老法統『煞』倒！」

中午12點，民進黨代主席許榮淑在致詞中表示，這場遊行選在三二九的用意，就是希望「提出青年的優秀精神，要求老代表下台。」12點20分，民進黨舉行升旗儀式，並齊唱「新黨進行曲」、「咱要出頭天」。

下午1點50分，在大雨中唱完「國會全面改選歌」後，隊伍開始從國父紀念館兵分三路出發遊行。下午3點30分，車隊陸續至台北市中山堂前。各縣市黨部在這次遊行活動中，使出各種花招來為「國會全面改選」做宣傳。

下午4點，中評委召集人蔡式淵宣布頒獎內容，「宣傳車」設計比賽前三名為：台南市、高雄市、高雄縣；苗栗縣製作大鼓，獲頒「音效獎」，南投縣因沒有出動車隊，獲頒「徒步獎」，台北市聖火隊白色的制服整潔清新，獲頒「服裝獎」，各縣市在統統有獎的情況下，皆大歡喜。下午4點30分，遊行活動圓滿結束。

■在台北市中山堂前，準備到大湖山莊拜訪的「怪老子參觀團」隊伍。攝影/邱萬興

警方刻意挑釁的
血濺大湖山莊事件

3月29遊行結束後，朱高正立委接著率領原班人馬，組成「怪老子參觀團」，移師到老國代的住宅區──台北市內湖的大湖山莊，進行「台灣主人考察國會山莊」活動，準備向老國代「請益國是」，與警方爆發激烈的流血衝突事件。

警方早在下午4點左右，就動員刑警大隊、保一總隊、保安大隊、女警隊等共九個單位，一千五百人以上的警力，徹底封鎖大湖山莊四周和大湖社區各主要出入口。

下午6點，台北市黨部執行長尚潔梅乘坐白色吉普車，抵達遊行群眾的最前端，當吉普車開始向大湖山莊移動時，兩三百名鎮暴警察瞬間湧上，阻擋了吉普車的前進。

朱高正立委先是和內湖警分局長鍾桐生對罵，接著，警方數度在遊行群眾行進時，製造衝突場面，並趁機抓走民眾至警局內毆打一番，尤其霹靂小組的出手更是兇狠殘暴。為了避免擴大衝突場面，朱高正立委開始要求警民雙方各退一公尺，民眾和鎮暴警察都退讓了，只有霹靂小組仍原地不動，繼續向群眾挑釁，甚至喊衝喊打，故意刺激民眾。

為了確實隔開警民雙方，朱高正要求各再退讓一公尺。糾察總隊長黃華便率同糾察隊員把群眾往後隔開，突然霹靂小組成員衝出人牆，手持電棒長棍胡亂揮舞，一枝電棒狠狠地敲在黃華的頭部，黃華當場血流滿面，不支倒地。文宣部

傳單提供/民進黨中央黨部文宣部

主任李逸洋和數位糾察隊員趕緊把黃華送到內湖醫院去急救，黃華則因傷重住院治療。

因黃華被毆流血，激起數千群眾情緒激動，警民雙方扭打成一團，不少民眾在此事件中掛彩，就連民進黨中評委召集人蔡式淵國代也不能倖免。晚上7點40分，在一片「老賊不要臉」的抗議聲中，宣告「怪老子參觀團」的行程結束。

14

抗議台視報導不公
民眾怒砸電視

攝影/邱萬興

3月29日晚間，台視夜間新聞在報導三二九當天實況時，以「民進黨遊行活動以打人收場」為標題，惡意歪曲事實，將流血衝突的起因嫁禍給民進黨。

4月5日上午，為抗議台視新聞報導三二九大湖山莊事件不公，雲嘉南五縣市四千多位民眾，組成聲援團，北上聲援被移送法辦的朱高正與尚潔梅。

12點15分，群眾要求台視總經理王家驊出面接受抗議書，遭到台視拒絕，抗議活動的總指揮陳英華宣布開始砸電視。

兩名高大的民眾在台視門前，先後將六台電視機從宣傳車上用力摔下，把電視機摔得支離破碎。這個舉動象徵台灣人民對「台視報導不公」的憤怒。

黃信介、張俊宏加入民進黨

■1988年3月5日，「國會全面改選委員會」正式成立，由黃信介、張俊宏分任正、副主委。3月20日，黃信介、張俊宏於下午二點在台北市國父紀念館，舉行「貫徹國會全面改選」的群眾大會上，宣布加入民進黨。攝影/邱萬興

許信良從馬尼拉機場再度闖關失敗

■2月11日，前桃園縣長許信良（中）持菲國假名護照，試圖從馬尼拉機場再度闖關返台，不幸被菲律賓政府識破，當場遭到拘留，左起張貴木、顏錦福、吳哲朗、許榮淑、余政憲前往菲律賓探望獄中的許信良，菲國移民局經兩次公聽會後，被關18天的許信良，在2月29日遭遣送回美。
圖片提供/張富忠

「街頭小霸王」林正杰出獄

■1988年2月8日，「街頭小霸王」林正杰從桃園龜山監獄出獄，林正杰家人與前進雜誌社同仁前去歡迎。攝影/邱萬興

■1988年2月20日，雅美青年聯誼會在蘭嶼舉辦「驅
逐蘭嶼惡靈──反核廢料場」首次示威抗議，當天
參加的長老們穿著全副雅美族的盔甲。
攝影/潘小俠

農民權益促進會

316山城農民權益促進會
第一次反美示威

國民黨執政四十年來，農業問題日益嚴重，農民權益卻一再被忽視。台灣經濟起飛的過程中，為了工業發展而不惜犧牲農業。

台灣的工業成品大量傾銷美國，造成美國和台灣之間嚴重的貿易逆差。美國為了平衡嚴重的貿易逆差，屢次向台灣施壓，要求開放美國農產品進口台灣。而國民黨政府，在台灣本地農產品產銷制度不健全、農業政策搖擺不定的積弊尚未解決之前，就在美國的壓力下，犧牲台灣農民的權益。農民忍無可忍，只好走上街頭。

美國水果進口後，首當其衝的就是以生產柑橘、蘋果、梨子等水果為主的台中縣山城地區的農民。民進黨立委許榮淑台中服務處的幹部林豐喜、王昌敏、胡壽鐘等人，便協助組織當地農民，成立「山城農民權益促進會」，希望能改善農業困境。

1987年12月8日，林豐喜帶領山城農權會與中部四縣市三千位果農，北上立法院請願，要求保護國產水果，這是台灣農民首次大規模集結「走上街頭」的抗議行動。這次的抗議行動，除了使各界開始認真檢討農業政策之外，也讓各地農民的權利意識抬頭。

本來，農民們計畫在1988

■3月16日，山城、南投、新竹農民權益促進會主辦，發動五千多位農民北上大規模反對美國農產品進口的示威抗議，在台北市信義路美國在台協會及國民黨中央黨部前抗議遊行，學生舉著「官逼民反，學生不滿」的標語，聲援農民。
攝影/邱萬興

年2月4日農民節，動員全台農民，發動抗議「不當的農業政策」的大規模示威活動，結果因國喪期間而暫延。而這一年度的台美談判，又將於3月底在台北舉行，因此農權會決定先向國民黨政府及美國雙方施壓，以免農民權益又在談判桌上被犧牲掉。

3月3日，各地農民代表在台中市興農餐廳開會，決定3月16日北上抗議。抗議行動由山城、南投、新竹農權會主辦，各地區農民權益促進會暨農運人士、社會運動工作室及南方雜誌社協辦，由林豐喜擔任行動總指揮，黃邦政、林長富、李旺輝擔任副總指揮，胡壽鐘擔任總領隊，王昌敏擔任行動企劃兼發言人，陳秀賢負責文宣工作。為了鼓勵農民為自己的權益抗爭，主辦單位還設計不同的活動傳單，以吸引更多民眾共襄盛舉。

3月8日，行動企劃王昌敏正式向台北市警局提出活動申請，保安科竟以「中午遊行妨礙國貿局官員午睡」的理由加以刁難，王昌敏一再強調這次遊行對農民的重要性，表示如警方不准，勢必造成民怨一發不可收拾，市警局則以宣傳車不得超過一輛為由，表示要「再考慮兩天」，而不肯當天核發申請。執政當局一再刁難與敷衍了事，正暴露出國民黨對這次農運抗爭的心虛。

3月16日上午9點，五千多位農民北上，在建國南路信義路口的高架橋下集合，以「台灣不是美國殖民地」為主題，發動大規模「反對美國農產品進口」的示威抗議，在美國在台協會、國貿局及國民黨中央黨部前抗議遊行。民進黨、工黨，以及自動前來的台大、中央等十餘所大專院校的三百多位學生組成的團體、《南方雜誌》、《夏潮雜誌》，皆加入聲援活動。

傳單提供/張富忠

■林豐喜擔任316行動總指揮。
攝影/邱萬興

■1988年3月9日由社會運動工作室陳秀賢、黃志翔、蔡建仁完成第一份傳單「憤怒吧！全台灣的農民」分送各地，廣為散發。傳單提供/張富忠

雞農蛋洗「微笑老蕭」

美國的火雞肉一旦開放進口，
台灣本土的雞農又將面臨生存危機。
農民的不滿積怨很久了，
農會績效不彰，農民收支入不敷出，
昂貴的肥料價格，限額的農民保險，
農民被逼得走投無路，一再上街頭抗爭。

■1988年3月21日，中華民國養雞協會發動二千位雞農，到經濟部國貿局抗議美國火雞肉進口。雞農蛋洗國貿局。
攝影/邱萬興

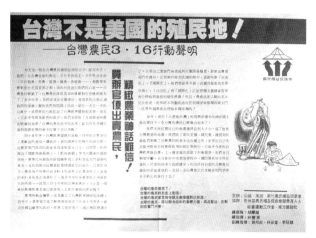

■三一六行動第二份傳單，「台灣不是美國的殖民地」。
傳單提供/張富忠

■被雞農丟得滿身蛋汁的國貿局局長蕭萬長，在此抗爭事件中，以不變應萬變的姿態和笑容，被媒體封上「微笑老蕭」的稱號。攝影/邱萬興

■新成立的工黨上街頭支持農民示威行動。攝影/邱萬興

農民權益促進會

包心菜砸向鎮暴部隊
426農耕機首次進攻總統府

自「三一六遊行」之後，國民黨政府並沒有因此而認真思考台灣農業的困境，也沒有解決問題的誠意，國民黨政府甚至用「違反集會遊行法」的名義，將「三一六遊行」總指揮林豐喜與苗栗縣領隊陳文輝移送法辦。農民們為此深感憤怒，決定在1988年4月26日再度北上抗爭，這次，農民不惜把他們靠以謀生的「農耕機」，開上台北街頭來示威抗議。

426的遊行活動申請過程中，台北市政府警察局批准核發的通知單上，明白規定農業機具（如耕耘機、搬運機、拼裝車等）不得進入市區。

4月26日當天的活動，由山城、南投農權會主辦，各地區農權會暨農運人士、社會運動工作室、《南方雜誌》社等協辦，總領隊為胡壽鐘，總指揮為林豐喜，副總指揮為黃邦政、王昌敏、陳錦松。將近五百位農民，駕駛八十多輛農耕機、卡車、汽車，再一次在台北街頭遊行示威。

總指揮為林豐喜，副總指揮陳錦松帶領十多農民代表，在上午11點，進入美國在台協會遞交抗議書，對「美國逼迫台灣政府開放農產品進口，以廉價農產品傾銷台灣，無視台灣全體農民的基本利益，無異於帝國主義之行徑」，表達了非常強烈的抗議。

下午2點，遊行抗議的農民行經台北市警局，警民衝突的戲碼照演不誤，農民拿起蘿蔔、大白菜向警方築起的人牆丟擲。下午4點多，隊伍抵達國民黨中央黨部，總指揮林豐喜要求鎮暴部隊撤退，並要求李煥或宋楚瑜出面接受抗議，但國民黨指派社工會主委趙守博出面，農民們十分不滿。

4點45分，警方高舉警告牌示，憤怒的農民開始以農作物，對鎮暴部隊展開猛烈的攻擊，包心菜、檸檬、蘿蔔到處飛竄，連鎮暴部隊的盾牌也招架不住。

■4月26日，中美貿易談判前夕，由總領隊胡壽鐘、總指揮林豐喜率農民將八十餘輛「農耕機」、「鐵牛車」開往台北街頭遊行。攝影/邱萬興

4點50分，總指揮林豐喜說，三分鐘內若不撤走鎮暴警察，農民們與農耕機將轉往總統府抗議。警方仍不撤退。4點53分，林豐喜一聲令下，農民們的大隊人馬立刻調頭就走，數台農耕機加足馬力直奔總統府。接近介壽路與公園路時，憲兵部隊出列，滾地蛇籠接著封鎖介壽路。

農民憨厚耿直的個性，和長時間來飽受的委屈，統統湧上心頭。為出一口怨氣，他們不顧危險衝進蛇籠中，農耕機和鐵絲網纏絆在一起，後方還有盾牌阻擋，使得農耕機進退不得。

農民索性把整卡車的蔬菜倒在路上，並向鎮暴部隊扔擲，此時憲兵也拿起齊眉棍攻擊農民。雙方對峙到晚上7點半，立委余政憲和王義雄趕來與警方協調，要求先撤走鎮暴部隊後，農民才離開現場。

■農民將農耕機開到總統府前，用農耕機衝撞鐵絲網，用包心菜、蘿蔔攻擊博愛特區的憲兵。 攝影/黃子明

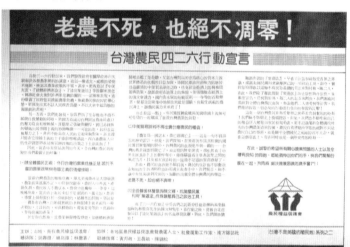

■四二六行動宣言表明：「農業為一國之本，農亡則國亡！」。
傳單提供／張富忠

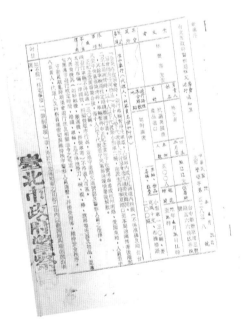

■農權會向台北市政府申請集會遊行。
圖片提供/張富忠

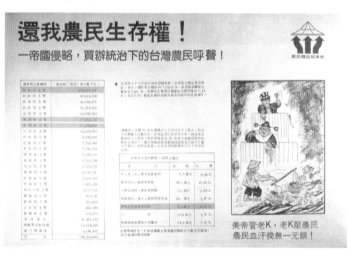

■林豐喜向台北市政府警察局申請集會遊行，目的「抗議美國農產品進口」，規定遊行車輛不得超過130輛、麥克風10支、布條標語200幅。傳單提供/張富忠

所有被壓迫的人得以解放

立法院內為政治犯復權請願

■1988年4月11日，盧修一、林正杰、張俊宏、周清玉、李勝雄、陳菊、洪貴參為政治犯復權請願，
要求釋放政治犯，林正杰帶頭在立法院議場前衝關，尤清穿著一件寫有「所有被壓迫的人得以解
放」的背心衝向議場內，主席宣布休息，造成議程中斷。

攝影/邱萬興

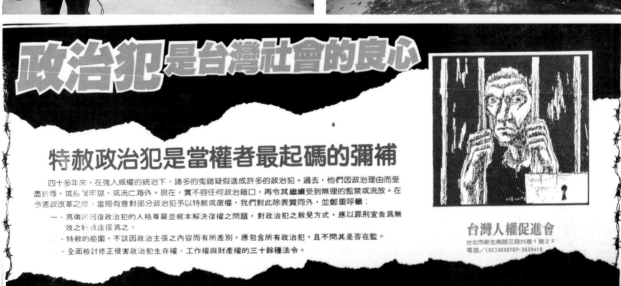

■台灣人權促進會刊登的救援政治犯報紙稿。傳單提供/邱萬興

向蔣經國挑戰的
白雅燦黑獄歸來

白雅燦，彰化縣花壇鄉人，父親是小學校長、母親是小學教師，白雅燦是家中長子，就讀員林初中、省立彰化高中，1966年國立政治大學法律系畢業後，即入伍服預官役，在陸軍擔任了一年的軍法見習官。

1969年底，黃信介競選立委，對選舉熱衷的白雅燦，到台北參與助選工作。

1973年台北市議員選舉，張俊宏、康義雄、陳怡榮、王昆和組成無黨派聯合陣線，白雅燦首度登台為陳怡榮、王昆和站台助講。

1975年10月，白雅燦正式宣布要出馬競選台北市立法委員，讓黨外人士嚇下了一跳。

他認為「只有進立法院講話才有用，才能施展抱負，如果我當選了，薪水一毛錢都不要，全部拿去救濟！」他印了一份傳單，名為「解決台灣問題的先決條件」，提出二十九個問題，請問行政院院長蔣經國先生，為何不公布財產？何不解散特權黨營事業？」等等，而後他突然失蹤，家人四處找人，不得要領。數個月後才經由電視、報紙得知，因為他散發該傳單而涉嫌叛亂、顛覆政府，被判處無期徒刑，送到綠島監獄。

1976年2月11日，當時的新聞局長丁懋時，在新聞局的例行記者會上表示，白雅燦印了四萬份「陰謀顛覆」政府的

■白雅燦黑牢13年。攝影/邱萬興

聲明書，在台北街頭散發，逐戶傳送，「故其著手實行叛亂，已屬不爭之事實」。最後白雅燦是在綠島看到自己無期徒刑判決確定的消息。

1988年4月22日，白雅燦出獄。

■台灣人權促進會會長李勝雄、台灣關懷中心姚嘉文、周清玉4月22日到台北松山機場歡迎從綠島回來的政治犯白雅燦、張化民、郭越文、鄭貞通、黃世梗、達飛等人出獄。攝影/邱萬興

民進黨第二屆全代會通過
「四個如果」決議文

■1988年4月17日，民進黨第二屆全國黨代表大會假高雄市國賓大飯店召開，姚嘉文主席提案，將台獨主張納入黨綱，台灣國際主權獨立，不屬於以北京為首都之中華人民共和國。並通過中常委陳水扁修正「四個如果」決議文：「如果國共片面和談、如果國民黨出賣台灣人民利益、如果中共統一台灣、如果國民黨不實施真正的民主憲政，則民進黨主張台灣獨立」。

攝影/邱萬興

黃信介的「台獨火車論」

民進黨臨全會，一群頭綁「獨立救台灣」綠巾的黨員代表，聚集在黃信介先生前面，對他說：「信介兄，你是龍頭老大，應該支持台灣獨立才對啊！」「是啊，老大應該拿出老大的氣魄才對……」

　　機智的黃信介先生卻笑嘻嘻地回答：「我也不反對台獨啊；差別只在你們坐的是飛機，我坐的是火車，目標都同款啊！哈哈！」

包圍台電大樓・反核救台灣

■4月22日,為了「反核救台灣」,反核人士發起「包圍台電大樓」活動,以和平、禁食、靜坐方式,進行三天抗議活動。攝影/邱萬興

拒絕生活在核子災變的恐懼,來自全島的反核人士,手牽手、心連心,向台電王國進軍。

1988年4月20日下午,由台灣環保聯盟學委會召集人張國龍任總領隊、總幹事廖永來督導,副總幹事林錫耀指揮,四十餘個反核團體組成千餘人遊行隊伍,「鹽寮反核自救會」出動男女老少六百餘人。

其中最引人注目的娃娃兵,身穿「饒我一條小命」的背心,高舉「反核四」、「救人類」的標語,沿路呼喊「救人類」、「饒命」、「救救我們的下一代!」的口號,從中正紀念堂遊行到台電,包圍台電大樓。

老兵要求兌現戰士授田證

攝影/邱萬興

為了戰士授田證的問題,1988年5月11日,上千老兵至國民黨中央黨部前陳情抗議,要求政府收回並兌現「戰士授田證」,舉著「國代無給月領九萬,老兵有養只給三千」、「戰士授田不兌現,老兵請願不停止」、「打仗流血我們幹,榮華富貴你們享」等標語,前往國民黨中央黨部抗議,結果抗議不成反遭小兵痛打。與警方發生激烈衝突後,九名老兵當場被捕,國民黨軍警無情的摧殘蹂躪老兵,當年離鄉背井流血流汗為蔣家父子打天下的子弟兵,竟換來這種下場。

511台大學生日

■1988年5月11日,台大學生用氣球和黃絲帶譜成歡樂節慶,舉辦「五一一紀念日」活動,由段宜康扮成李文忠在傅鐘下絕食抗議模樣。
攝影/邱萬興

讓施明德活著走出政治黑牢

攝影/邱萬興

1988年5月17日台灣人權促進會和施明德救援會，聯合發起「五一七救援施明德」，台權會會長李勝雄律師帶領近千名支持民眾，身穿寫有「立即釋放施明德」的黑紗衣，陪同施明德的哥哥施明正和妹妹施明珠，護著一具象徵施明德受苦受難的棺木，沿途放哀怨的「心酸酸」、「望你早歸」等歌曲向監察院和行政院請願、抗議。

這是台北街頭首次出現的抬棺抗議行動，凸顯施明德在絕食中生命的危急，呼籲國民黨當局立即停止政治迫害，釋放施明德出獄。

■「施明德救援會」，前往監察院陳情抗議，聲援在絕食中的施明德。攝影/邱萬興

農民權益促進會

流血衝突的
五二〇農民事件

1988年5月20日發生在台北街頭的五二〇農民事件，
農民要求政府要保護農民權益，執政者卻指稱上街的是「假農民」，
警民持續了19個鐘頭流血衝突，要求「和平、放人」的大學生，
在靜坐中遭到憲警無情地鎮壓，被警察押進分局的人也慘遭刑求。
這場「五二〇農民請願活動」，
成了台灣解嚴後最嚴重的街頭流血抗爭事件。

■鎮暴警察在台北市忠孝東路城中分局前在學生身上踐踏，棍棒揮落在農民弟兄、無辜路人、
採訪記者、靜坐學生身上，一個個腦袋開花、鮮血淋漓，慘叫哀嚎。攝影/余岳叔

1988年5月20日上午10點，由「雲林縣農民權益促進會（簡稱雲林農權會）」所發起的農民請願活動，在總指揮雲林農權會會長林國華、副總指揮蕭裕珍，以及總領隊李江海的帶領下，來自雲林、嘉義等十個縣市的農民數千人北上，在台北市國父紀念館集合，以農民的「七大訴求」向立法院、行政院、國民黨中央黨部等，遊行示威抗議。

這七大訴求為：

一、全面辦理農保，

二、免除肥料加值稅，

三、有計畫收購稻穀，

四、農會還權於會員，

五、改善水利會，

六、設立農業部，

七、農地自由使用。

台灣的農民面臨生存的掙扎，迫不得已只好一而再、再

而三地走上街頭抗議。農民同時也針對國民黨在政策上，「一邊開放農產品進口，一邊又不保護本國農民的權益」提出最深沈的抗議。

國民黨政府始終沒有任何具體辦法，去面對農民的困境，去滿足農民的需求。由於李登輝總統本身是農經博士，農民選在「總統就職日」當天上街遊行，並被警察痛毆，實在是一大諷刺。

520當天抗爭始末

其實，國民黨政府對這件「農民請願活動」早已故意製造事端。總指揮林國華的申請書，遭到申請單位擅自更改路線，在林國華提出異議後，申請單位仍置之不理。

遊行隊伍在南京東路、林森北路口，為了遊行路線之

爭，爆發第一次小衝突。遊行民眾開始忿忿不平。下午2點20分，遊行隊伍抵達立法院。高溫炎熱的台北街頭，少數農民想進入立法院如廁時，卻被鎮暴部隊阻擋。

群眾不滿如廁的基本需求為鎮暴部隊所阻，開始推擠、丟擲空罐和石頭。不到幾分鐘，霹靂小組衝出來，以警棍追打激動的群眾，並抓走了三名民眾。

下午2點40分，總指揮林國華要求五分鐘內放人，警方不予理會。林國華帶頭擠向立法院大門時，遭到憲警圍毆，被打得頭破血流，送到附近的台大醫院急救。2點50分，民進黨基層義工詹益樺因不滿國民黨的暴行，憤而拆掉立法院的橫匾。

下午3點，警方的水柱開始向立法院前的民眾噴水，噴水

■農民北上請願，向政府提出「降低肥料價格、設立農業部、要求農眷保」等七項農業問題訴求。攝影/邱萬興

車噴散了群眾，還有軍警向民眾丟石塊，警民滿街互相追打、砸石塊，連台大醫院新建工程工地的石塊磚塊，也成了雙方的武器。朱高正立委到現場安撫民眾，並進入立法院內和台北市警察局長廖兆祥交涉放人，但沒有成功。

隨後，警方在台大醫院急診處前佈置蛇籠、拒馬，配合噴水車與鎮暴部隊，對付遊行群眾。群眾撿起石塊，與憲警、便衣人員對打。抗議的民眾被逼得無路可走，只好沿著徐州路、林森南路，轉到忠孝東路，激動且憤怒的民眾氣得拆下警政署的兩塊招牌，並聚集在行政院前。

下午6點，行政院前，一些群眾慘遭毆打，而以石塊、木棍還擊。群眾在行政院門前沒有因此被驅散，繼續前往城中分局抗議，要求釋放8位被捕民眾。

城中分局前的靜坐抗爭

下午7點20分，近千名鎮暴憲警與霹靂小組，首度進行強制驅散。7點25分，有人放了一把火，燒掉城中分局前的一部警用摩托車。7點28分，總指揮林國華父女、副總指揮蕭裕珍、《台灣民主》雜誌編輯黃嘉光等廿餘人被逮捕。

接著，遊行指揮車被軍警搗爛。8點多，開始有民眾把汽油彈丟向鎮暴警察。國大代表洪奇昌在群龍無首的情況下，去和警方交涉。警方作風強勢，洪奇昌也一樣徒勞無功。

不久，許多關心農運的大

■總指揮林國華將遊行隊伍帶往行政院前，遭到鎮暴警察驅離。攝影/邱萬興

學生，在看了晚間新聞後，趕到現場聲援群眾。企圖用和平靜坐的方式，把群眾和警方隔開，並高喊「和平！和平！」幾分鐘後，洪奇昌安撫並帶領民眾在鎮暴部隊前靜坐。

晚上9點，謝長廷、顏錦福陪著遊行總領隊李江海進城中分局交涉，不料李江海卻當場遭到扣押。一直到晚間10點，民眾仍在城中分局前與軍警對峙。10點30分，台北市政府警察局將林國華、蕭裕珍等32人，以違反集遊法移送地檢處。

警民雙方對峙的情況，一直持續到午夜之後。從下午5點多開始一直到凌晨1點，在軍警與群眾對峙互毆的間歇時刻裡，前前後後有許國泰、洪奇昌、朱高正、許榮淑、謝長廷等民意代表，出面和警方交涉，要求警方對被捕者做完筆錄之後就放人，以後再依法處理。這個要求，完全遭到警方的拒絕。

5月21日凌晨1點30分，台

北市警察局長廖兆祥下令，5分鐘後再度強制驅散。數百名軍警用腳踏過和平靜坐的學生，並追打在場群眾。《民進報》總主筆林濁水與學生等近50人被捕，台北街頭變成殺戮戰場。

凌晨3點10分，立委朱高正，在城中分局協調警民衝突時，遭到至少十名以上的警察及便衣情治人員圍毆，當場昏倒，被送往國泰醫院急救。急救脫險後，朱高正感慨落淚表示：「身為堂堂國會議員，竟遭身穿制服的警察公然圍毆。」

清晨6點25分，台北市警察局長廖兆祥一聲「殺」的命令下，憲警、鎮暴部隊等以強勢武裝戒備將群眾逼得節節後退，這一場解嚴以來持續最久（一直持續了19個小時）的警民攻防戰，終於在清晨7點30分民眾陸陸續續散去後才告平息。

5月21日當天，台北市警察局長廖兆祥向新聞媒體提出反駁，說他自己發號施令指揮憲警、鎮暴警察時，說的是「上」

■「立法院」匾額被詹益樺
挑落，留下滿地的石塊，
這是衝突的第一現場。
攝影/邱萬興

而不是「殺」，媒體聽錯的原因是他的鄉音問題。廖兆祥的鄉音成了5月21日的另一個焦點新聞，因為這涉及到警方對「五二〇事件」的處理心態。

警方在事件中總共逮捕一百二十多名群眾，收押96名。19名大學生直到21日中午才獲

■台大學生陳啓昱（右），在城中分局前聲援被抓農民。
攝影/邱萬興

得釋放。而警方則在21日將林國華等92人，依違反集會遊行法、聚眾妨害公務、妨害自由等罪嫌移送檢方。

520農民抗爭事件，成了台灣社會運動史上受害者最多且最嚴重的流血衝突事件。

520農民抗爭事件過後，許多關心人權者指責治安單位過度反應，對現場民眾做不必要的施暴。而治安單位則指遊行帶領者預存暴力陰謀、鼓動「假農民」滋事。在偵查期間，農民團體是否預謀暴力、事先準備石頭，成為社會輿論的焦點。

偵查期間，中央研究院學者許木柱、黃美英等人發表聲

明，期望本案能公平審判，繼由十一名教授組團，調查五二〇事件中關鍵的「石頭預謀」。教授團提出《五二〇事件調查報告書》，報告書中認為林國華等人並無暴力預謀之意向，此與檢方及初審判決所根據之事實認定大相逕庭。

然而，學者的鑑定報告無濟於事。國民黨的司法體系依舊嚴刑重判這次遊行的主導者。1989年1月13日，高等法院宣判：林國華、蕭裕珍為兩年十個月徒刑，邱鴻泳為兩年四個月徒刑，其他20名八個月至一年四個月徒刑，兩名無罪。

■總領隊李江海在立法院大門口前，站在第一線阻止衝突。攝影/邱萬興

■鎮暴部隊從立法院向門外的抗議群眾噴灑消防水。
攝影/邱萬興

■警方在下午3點開始向抗議民眾噴水。攝影/邱萬興

■蕭裕珍擔任副總指揮，在宣傳車上向台北市民訴說農民面臨的困境與遊行訴求。
攝影/邱萬興

■7月5日，台大學生劉一德、陳啓昱、黃偉哲、郭文彬、王雪峰等人發起「五二〇小時接力靜坐」的抗議活動，在立法院前遭到城中分局執行七次的強制驅離。攝影/邱萬興

■許木柱、黃美英發表的《五二〇事件調查報告書》。

■7月9日起民進黨國大黨團開始在台北市城中分局前舉辦聲援「五二〇事件」，抗議憲警暴行靜坐活動，並在全台各地北、中、南進行聲援活動，攝於台中市警察局前。攝影/邱萬興

■民進黨國大黨團製作聲援「五二〇事件」傳單。
傳單提供/民進黨中央黨部文宣部

鎮暴警察瘋狂肆虐
無辜民眾血淚斑斑

——「五二〇」血腥鎮壓現場目擊

外來政權
壓榨農民

■5月22日新聞局長邵玉銘、台北市警察局長廖兆祥、台北地檢處首席劉景義、農委會副主委葛錦昭、經建會副主委王昭明五人為執政當局舉辦了一場記者會，他們誇耀自己的功績，背後卻隱藏不住台灣農民被踐踏的事實。攝影/邱萬興

■520受害的台大學生右起王雪峰、陳文治、徐永明抗議警方的暴力毆打。攝影/邱萬興

揪出「五二〇」的元兇
大陸人統治集團

■民進黨中央黨部製作聲援「五二〇事件」傳單。傳單提供/邱萬興

■簡錫堦編劇，林重謨、田孟淑、鄧福祿、翁添福主演的【革命奶嘴】。攝影/邱萬興

反革命群眾大會

民主進步黨中央黨部於1988年7月7日國民黨召開十三全當晚，舉辦「反革命群眾大會」，諷刺國民黨繼續堅持「革命政黨」的屬性，披著「革命」的虛偽外衣，企圖以「革命」手段做為戕害民主的藉口。

本次「反革命群眾大會」活動的督導是陳水扁。姚嘉文、李勝雄、盧修一、陳水扁、康寧祥、張俊宏、傅正等人皆上台演講。會中還穿插了由「台灣民主運動政治受難基金會」所表演「革命奶嘴」的短劇，劇中藉萬年國會和五二○事件來嘲諷國民黨仍不肯放棄革命的心態。

抗議焚燬《雷震回憶錄》

紀錄台灣一九五○、六○年代的重要歷史資料《雷震回憶錄》手稿，在國民黨軍方系統的粗暴決定之下，遭到焚燬，反映出國民黨為了掩飾罪行，將台灣歷史化為灰燼。

1988年8月9日傅正、林正杰成立「雷震案後援會」赴監察院抗議國民黨焚燬《雷震回憶錄》，帶著上百支蒼蠅拍，高喊「謝崑山下台」，嘲諷監察院「只敢打蒼蠅、不敢打老虎」。

■傅正教授。攝影/邱萬興

35

攝影/邱萬興

原住民首次
還我土地運動

1988年8月25日，「台灣原住民族還我土地運動聯盟」為爭取原住民土地權，發動「還我土地」運動抗議大遊行，在總領隊劉文雄（夷將·拔路兒）的帶領下，來自全台各地的九大原住民族二千人，身上穿著代表各族群的傳統服飾，高喊「為求生存，還我土地」的口號，向行政院、立法院與國民黨中央黨部遞交抗議書，提出5點要求：（1）儘快檢討調整山地保留地，將當局所據有的林班地和財產地徹底清查，12000公頃土地歸還原住民；（2）原屬於原住民的土地，但後來被劃為台灣當局及省市縣政府佔用的土地、河川、新生地，應無償歸還給平地山胞，做為其保留地；（3）凡原屬山胞保留地經當局徵用做其它用途的，若不能恢復原狀時，應從當局佔有的公地劃出相等面積且等值的土地，歸還給原住民；（4）原住民之土地權應立即透過國會立法加以

■ 第三次原住民還我土地運動海報。
傳單提供/袁嫻嫻

保障之；（5）在中央政府設立部會級之專責機構，以制定並管理原住民之事務。

原住民希望透過走上街頭抗爭的方式，讓行政院重視原住民的土地問題，但是，行政院長俞國華連抗議書都不願親自接受。

原住民的土地大量流失，主因是沒有法律的保障。四十多年來，原住民賴以維生的土地，受制於台灣省政府所頒定的「山地保留地管理辦法」，根本無法充分利用與開發，反而是政府及漢民族藉著該辦法的漏洞，大量徵用或開發原住民之土地。原住民強烈要求應經國會立法，保障原住民土地權。

1989年9月20日，原住民第二次為了爭取土地權的問題，走上街頭與國民黨政府抗爭。憤怒的原住民以肢體去衝撞立法院大門，爆發非常激烈的警民衝突。這是原住民抗爭運動中衝突最為嚴重的一次。

「還我土地」的抗爭一直沒有得到國民黨政府的立法保障與改善，因此，在1993年（聯合國所定的「國際原住民年」）12月10日世界人權日，第三次發動「反侵占、爭生存、還我土地」的示威抗爭遊行。

■原住民要求讓我們重回祖先土地。
攝影／邱萬興

■來自全台各地身穿傳統服飾的原住民，為爭取其土地權，於台北街頭發起「還我土地大遊行」。攝影/邱萬興

台灣史上最久的罷工
苗栗客運持續罷工二十三天

1988年8月1日起，苗栗客運工會展開合法罷工，要求改善薪資與福利方案，資方十天後解雇244名員工，造成六十多萬苗栗縣民無公車可搭乘。最後歷經二十三天的勞資爭議，終於在8月23日達成協議，創造了台灣勞工運動的歷史紀錄。

在「苗客罷工事件」中出力最多的，是桃園客運產業工會常務理事曾茂興。曾茂興在給全國民營客運業司機的一封信中，明白提到：

「全台灣的民營客運業『超時』工作，已經成為行規了。我們的工作時間，遠遠超過法定工作時間，從南到北的司機、車掌、售票員朋友，長年累月來一直忍受著長時間辛勞工作的痛苦。我們被迫犧牲該有的假日（例假日、國定假日、特別假），我們和家人在一起的時間比別人少得可憐，但是我們卻沒有拿到比別人更多的薪水，甚至比別人少得多」。

「從1984年8月1日勞基法公布實施後，全台灣33家客運業老板，完全沒有依照勞基法的規定給付加班費。四年總計下來，33個老板，積欠兩萬四

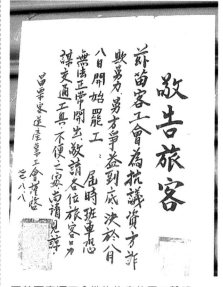

■苗栗客運工會敬告旅客的罷工聲明。
攝影/余岳叔

■苗栗客運勞工展開「抗爭有理，罷工無罪」事件，歷經23天勞資爭議案，創下台灣有史以來最長的一次罷工。攝影/余岳叔

千多名員工，多達新台幣26億元的血汗債。而且，勞基法還規定，勞工有五年的追討期。甚至在這四年中自行辭職被解僱或退休者，也有權利向資方討回應得的工資。」

正是上述的這些事實支持著勞工朋友，讓他們有動力向財大氣粗的資方，以及討好資方的政府，做長期的罷工抗爭。過去三十多年來，國民黨政府以戒嚴令做擋箭牌，不准勞工有罷工的權利，讓大老闆對員工予取予求，強迫員工超時、超體力工作，又不必依法給付超時的工資，員工們個個苦不堪言。「因為不做就沒飯吃，做了又算白工。」即使企業有工會組成，也幾乎全數都在國民黨的掌控下，那種工會是無法替勞工爭取什麼福利的。

本來，苗客罷工事件是一件單純的勞資爭議事件，但是沒有人料到資方竟會如此頑固、惡意的壓制勞工，也沒有人料到其他的客運老闆們，為了保障自己的客運不會被連帶影響，竟聯手起來以龐大的財力抽調客車、司機到苗栗，支援苗客的資方欺壓勞工。尤其不可思議的是，國民黨政府在十三全大會後，刻意介入阻撓，壓制台灣日益興起的勞工運動，使得這件勞資糾紛顯得異常複雜。

事件一開始，苗栗客運工會開會討論罷工行動時，國民黨即透過台灣省交通處、勞工處、苗栗縣政府員工、甚至行政院的勞委會，一再恐嚇苗客員工，說：「罷工是非法的。」

■8月1日，苗栗客運勞方展開合法罷工，要求改善薪資與福利方案，歷經二十三天勞資爭議案，終於達成協議。攝影/邱萬興

■曾茂興給勞工的一封信「算算看，資方欠你多少錢？」 傳單提供/張富忠

接下來，在抗爭過程中，第十天資方解僱了244名員工，第十五天，全國最高勞工行政主管的勞委會主委鄭水枝，竟明目張膽的靠向資方，說「勞工違法在先，所以資方解僱合法」。明明是資方違法在先，完全不遵守勞基法，且長達四年之久，鄭水枝卻硬是睜眼說瞎話。難怪苗客員工們在這次事件中，更加認清國民黨政府偏祖資方、漠視勞工權利的不義本質，終於集體退出國民黨。

在這次罷工事件中，沒有人會料到244名勞工能如此團結一致，在艱難困苦中持續罷工了23天，創造了國民黨戒嚴以來最長的罷工記錄，而他們能夠堅持下去的原因，也得力於日漸抬頭的勞工意識和日益增加的聲援團體。

8月23日當天，約有30個勞工及社運團體，齊聚在勞委會前聲援苗客員工的罷工行動。最後，資方終於在勞工大團結的壓力下，在8月23日當天讓步，勞資雙方代表簽訂協議書，當晚勞方宣布停止罷工，「苗客罷工事件」這才落幕。

全台勞動者大團結
勞工「二法一案」上街頭

「二法一案行動委員會」於1988年9月17日，由一群勞工運動者與自主工會在桃園愛生勞工中心成立。二法一案行動的主要訴求是：勞動基準法（簡稱勞基法）及工會法的修訂要合情、合理、合乎勞動者做為一個人的各項需求；一案則是反對政府與資本家聯手，透過司法審判，對參與「苗客罷工事件」的工會人士進行報復行為。

二法一案行動的緣由是，國民黨在修改勞基法與工會法時，偷偷摸摸的籌備，以及「黑箱作業」的討論過程，讓勞工警覺到國民黨是為了要壓抑日漸蓬勃的台灣工運而修改的法令。

「二法一案行動委員會」動員全國勞工於1988年11月12日，走上街頭遊行，參加人數萬餘人，是國民黨來台後，台灣工運史上第一次勞工示威遊行。

二法一案大遊行後，隔年（89年）5月，遠東化纖罷工遭鎮暴警察施暴，工運因而沉寂一段時間。直到1992年11月12日，再舉辦「三法一案大遊行」，三法為抗議勞委會提出之勞資爭議處理法、勞基法、工會法等三法的修法；一案則是聲援基隆客運罷工案。

1992年以後，11月12日成為台灣工人定期示威的日子，稱為「秋鬥」。並發展出「工人鬥陣、車拼相挺」的口號。

■台灣的勞工集體走上台北街頭。這次抗議行動中，一群年輕的女工走在隊伍前面，用閃亮的口號、堅定的步伐，表示他們對二法一案的抗議。攝影/邱萬興

秘密作業 資方滿意

十三日一日，勞委會開了一個秘密會議，審查討論「勞基法修正草案」，勞委會主委鄭水枝為了防止會議內容的洩漏，特別把會內一級主管及董事幹部「移開」到另棟保局開會。會場門口有警衛把關，還有負責清查內的「人二室」安全人員駐進。會後，所有的資料集中包在箱加封條，交由人二室保管。

然而，越要他們討論定案的「勞基法修正草案」，愈是怕為方知道，而這種起門來的「黑箱作業」，是被外界知道了他們開會的內容，鄭水枝及被將在會開勞工最高主管位定的師爺，為什麼還緊張分分呢？

答案很簡單，因為他們討論定案的「勞基法修正草案」，平均工資計算方式、紅利取消、正常工時延長、加班計算方式更改等等，有一項都會讓勞主案笑呵可的愛受。而一旦這些草案或修法的條文，台灣六百萬勞工就慘分子了。

公用事業 取消假日

笑呵可的資本家，惱分的勞工大眾。勞委會的官員有什麼呢？鄭水枝難道是「委會」的主任委員？

他們鼓起門來「修正」有關六百萬勞工的法律，但六百萬勞工的聲音在那？被封殺了！他們「黑箱作業」，連記者都要黯鶴，社會大家知的權利在那裡，被犧牲了！

他們曾經舉辦了十八場公聽會，然而參與討論、座談人士的意見都不見了，這些尊重者被鄭水枝耍弄了！

他們名叫「勞委會」，是合議制，但實只有鄭水枝及主管幹部參加開會討論，其他的委員呢？被叫做邊？

這種「幹部截攏」不敬見人的作業方式所通過的法案，台灣六百萬勞工不必承認。

國定假日是任何國民都有權利享有的休閒時間，這些假日，包括了我們社會都給長遠傳下來的節日和國家慶典的紀念日，大家在休假時，同時獲得了精神生活的滿足和個人尊嚴的保障。

因此，任何法令不得奪任何國民應享有的國定假日，不管他在那什麼行業，這個權利都能得保障。

勞委會秘密會議接受實力工業建會的意見，將公用事業及特殊行業（如石化業等）勞工之國定假日「停止」。工業建會的意見甚至將於假日被扣一般上班日，不必付加倍之加班費及補貼利。

我們不禁要問：勞委會是不是在實行「一國兩制」？將公用事業及特殊行業之勞工歸次等國民，沒有享受國定假日的權利？各位勞運電工總，石化業員工，你們難道鄭水枝譏少什少了嗎？否則為何被勞委會歧視？

工作時間 世界最長

現行勞基法規定勞工每日正常工作時間為八小時，每週四十八小時。但是全國企業家的組織及勞委會卻是要把勞基法改為勞工每日正常工作時間可延長至十二小時，因此羅主如要求勞工連續每天每日加班十二小時，勞工將是無拒絕。不僅如此，勞基法要進一步修改為羅主如認為必要時可以要求勞工每周工作時絕時數達到六十小時！!勞工如果不但無法拒絕每天工作十二小時，甚至無法拒絕周日中連續五天每天加班工作十二小時因為這是將來法律要允許的，羅主的要求是法律允許的，勞工有能力拒絕嗎？就順前造世界最長經濟的，外還存既世界數一數二，而勞工平均所得進入已開放國家的台灣，經濟奇蹟竟帶的錯勞勞工了？為何台灣羅勞工每天工作十二小時？難道資本家自己已進入已開放國家的水準之後工人才能享受經奇蹟的成果了，要求勞工再節省二十年，等再創造第二個經濟奇蹟之後工人才能享受奇蹟的成果嗎？

平均工資 大為減少

現在的勞基法規定「平均工資」是包括所有經常性的收入，因此退休金或資遣費的計算可應包括固定或經常性的加給或津貼在內。目前政府卻要把勞基法修改為只包括正常工作時間的工資收入，即以限於每天八十小時的工資，如果羅主把薪資結構及工作時間安排為每日工作時間超過八小時，薪水裏面超時加班部分調為，大小時部分調的，勞工如果把超加班，平均所領薪水減少很多，到了退休或資遣時，退休金或資遣費的計算不包括超時加班部分，比現行勞基法規定減少很多。如此修正的勞基法等於鼓勵羅主將正常工作時間縮短部分砌加，以致人變成了工作的機器，每天工作十二小時似為台灣勞工的正常工作時間，但到時退休金或資遣費的，只能計算八小時的那部分而已。

勞委會正在秘密修改勞基法，一旦通過了，台灣勞工將……

每日工作12小時，退休金減少2/3！

沒有紅利 勞工吃虧

勞委會秘密會議通過取消勞基法第二十九條中規定的「事業單位如有盈餘應分配紅利」。他們的理由是公司由中已明文分配有紅利的規定，為了不再重覆，所以刪除。

各位回想一下，今年初全台灣各地許多工會為了年終獎金的爭取，和資方「歌」得轟轟烈烈，甚至要羅員工獲得比較好的紅利分配，因具勞基法明文規定，勞工才能據法力。

這種具有保護勞工作用的勞基法，勞委會說鄭願說還績取消，並規定紅利或年終獎金由勞資雙方約定，保證今年的年終，許多資方一定以勞基法沒規定來作搪塞。到時，什麼公司法，民事法，資方才不管的。

有人說：時代進步了，法律會越修越好。然而今年二月，勞保條例修正，使勞工跳槽後年資無法繼續計算；六月勞資爭議處理法修正，實際上取消了勞工罷工的權利。這就是法律越修越壞的證據。

如今，勞基法要修訂了！未來，你的退休金將比現在少2/3，產假少兩週，司機（台鐵、台汽、客運）沒有國定假日……。

11月12日台北國父紀念館
全國勞工大團結

■「二法一案」行動，來自全台九十個團體參與勞工大遊行。
傳單提供/張富忠

■二法一案行動委員會以「自主、團結、尊嚴、公義」為主題，號召全國勞工大聲抗議政府修訂勞基法及工會法的不合理，新光紡織士林廠三百多名女工參與遊行，在台北市國父紀念館集合，遊行到中正紀念堂。
攝影/邱萬興

攝影/邱萬興

1917～1988

台灣女英雄──陳翠玉

為返鄉而死的

台灣是我的故鄉，我們要回去，這是我們的權利，
我將以我的生命爭取這個權利。

──陳翠玉

陳翠玉女士是一個非常優秀的「台灣女英雄」。她的一生擁有許多「台灣第一」的資歷，不但是台灣現代護理教育的創立者，也是第一位受聘於聯合國世界衛生組織，擔任護理教育與行政顧問的「台灣護士」。

陳翠玉女士，1917年生於台灣彰化。彰化高女畢業後，20歲赴日求學，就讀於東京聖路加女子護理學校。她優異的成績，讓日本人對台灣的留學生刮目相看。1941年畢業後，她返鄉回台，貢獻所學，任職台灣總督府技正，擔任台北保健館護理部主任。二次大戰後，她協助「聯合國戰後救濟總署」，進行在台灣的戰後重建工作。

在1947年的「二二八事件」中，一位曾被她救助過的貪官污吏，恬不知恥地恩將仇報，把陳翠玉列入「槍斃黑名單」中。幸好在國內外友人共同營救之下，陳翠玉得到世界衛生組織的獎學金，於1947年3月離開台灣遠赴加拿大，才逃過一劫。

陳翠玉，在加拿大多倫多大學攻讀護理教育學士學位，以及美國波士頓大學攻讀護理行政碩士，是當時台灣少數受過西方教育的護理界菁英。她於學成後返台，再回到台北保健館服務。由於當時台大醫院急需護理管理人才，陳翠玉便進入台大醫院，擔任護理部主任，以整頓落後混亂的醫院環境。

1950年，在台大校長傅斯年的支持下，陳翠玉創辦了台大護校，並擔任創校校長。國民黨政權透過軍事和政治的方式，將魔爪伸入校園中，對於不和國民黨合作的學校校長，加以迫害。陳翠玉擔任台大護校校長時，因拒絕聘用未獲講師資格的特權教師，並嚴禁教官以黨務干預校務影響學生課業，而得罪國民黨政權。

■台大學生陳啟昱、黃建興、黃偉哲、陳文治等人，舉著為返鄉而病逝的陳翠玉海報，聲援海外台灣人返鄉運動。攝影/邱萬興

1953年，陳翠玉被冠上貪污、反黨、叛國、運用國際路線等罪名，在白色恐怖下遭軟禁達三年之久，雖然事後法院還她清白，她已決心與國民黨政權劃清界線，因此她和她的德籍夫婿就此離開台灣。而台大護校就在陳翠玉離開後，停止招生，結束校務。

離開台灣後的陳翠玉，榮任世界衛生組織中南美洲護理顧問長達18年，足跡遍佈中南美洲各角落。這是台灣婦女參與第三世界被壓迫民族建設行列的第一人。

1980年，陳翠玉自聯合國世界衛生組織完全退休之後，才公開參與海外台灣人的社團活動。她定居於中美洲的波多黎各，對於波多黎各人爭取獨立而受挫的情況深表同情，因而自己傾全力投入爭取台灣人的獨立自主運動。

1986年，陳翠玉和何康美等人，在美國紐約曼哈頓發起第一個海外婦運組織「穩得」（WMDIT：Women Movement for Democracy in Taiwan），推動「民主從家庭開始」的理念，鼓勵婦女尊重子女並參與社會公共事務。除了積極參與世界各地台人聚會之外，也積極推動黑名單返鄉運動，並與台灣人公共事務協會（Formosan Association for Public Affairs，簡稱FAPA）合作，共同推動台灣人將美國護照出生地登記，由China改為Taiwan。

1987年，陳翠玉返台，將「穩得」的理念帶回台灣，在台期間到處演講，參與台灣政治受難者聯誼總會的成立大會，也遠赴綠島探視政治犯。因此，她被國民黨政權列入「黑名單」，離台出境之際，她的返台簽證被取消。

1988年，為了參加第一次在台灣本土舉行的世界台灣同鄉會（簡稱世台會），為了取得返台簽證，陳翠玉在6月底就離開居住了二十多年的波多黎各老家，先飛到美國加州的洛杉磯，再飛往新加坡。終於在7月底，以她新申請的美國護照，成功地突破「黑名單」，順利在新加坡取得返台簽證。隨後，她迫不急待地於7月31日抱病回台。

然而，輾轉繞了半個地球才回到故鄉的陳翠玉，卻因年事已高，又過度奔波、勞累困頓，終究因身體不堪負荷而於8月20日病逝於台大醫院。陳翠玉為返鄉而死，更凸顯國民黨「黑名單」的荒謬。

陳翠玉曾經說過：「台灣是我的故鄉，我們要回去，這是我們的權利，我將以我的生命爭取這個權利。」在一波波黑名單返鄉的故事中，陳翠玉的故事是最為感人的。正因為她的犧牲，讓更多黑名單的海外人士憤慨激昂，前仆後繼地追隨著她的腳步，勇敢地衝破難關，只為「返鄉」！

1988年8月26日，陳翠玉的治喪委員會在告別禮拜之後，決定讓送葬隊伍遊行總統府，以示對國民黨政權做最大的抗議。

■民進黨在台北市舉辦「台灣人有權回自己的家」大遊行聲援世台會。
攝影/邱萬興

■8月21日，為了抗議國民黨黑名單政策，在中正紀念堂前舉辦聲援海外台灣人返鄉運動大遊行。攝影/邱萬興

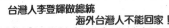

■聲援海外黑名單傳單。傳單提供/邱萬興

陳光復為監察院送終
遭警方逮捕

1987年6月14日，為聲討高雄官派市長蘇南成主政下發生的「市政大樓弊案」，民進黨高雄市議員陳光復等人，在市政大樓工地前舉辦「反蘇演講會」，吸引了上萬名的群眾參加。來自各地的民進黨公職人員都到場響應，要求蘇南成下台。南部警備總部因此調動數千名鎮暴警察圍堵演講會場。

從6月14日晚上7點半開始，這場演講會連續進行了15小時，直到隔天（6月15日）上午10點半才結束。「六一四抗議蘇南成事件」，是民進黨在高雄市和「南警部」對峙最久的一次。

1988年9月17日，為抗議監察院否決彈劾高雄市長蘇南成案，陳光復率同「監察院治喪委員會」於監察院前為監察院治喪，焚燒冥紙，為監委「送終」。三百多位員警奉命嚴陣以待，警方二度舉牌警告，隨後進行強制解散的行動，現場逮捕陳光復、朱勝號、王文輝、翁天爵四人，並收押禁見，至10月3日才交保釋放。

10月4日檢方依違反集遊法、侮辱公署罪將四人提起公訴。

■陳光復手舉「監察院千古」布條，為監委送終。
攝影/余岳叔

■警方出動霹靂小組強制逮捕朱勝號。攝影/余岳叔

黃華、鄭南榕發起新台灣和平改造運動
新國家運動千里環島行軍

曾經三度入獄的政治犯黃華，為了持續聲援因台獨主張入獄的蔡有全與許曹德，並為了堅持「台灣人民有權建立一個新而獨立的國家」的理念，致力推動台灣獨立運動，從1988年11月16日開始，發起「新國家運動環島行軍」，以四十天的時間環島一週，12月25日回到台北。

其實，「新國家運動」，早於11月1日就已成立，主要推動的團體就是「台灣政治受難者聯誼總會」。當初的構想是要和平傳播及宣揚台獨的理念。

隨後，同樣支持台獨理念的鄭南榕，十分配合黃華的「新國家運動」。鄭南榕也藉著《自由時代》雜誌，把台獨理念在雜誌中一波一波地放送出去。此外，推動「環島行軍」的計畫需要不少經費，鄭南榕義不容辭傾囊相助，慷慨大方地贊助報紙廣告及活動經費。

鄭南榕除了出錢出力之外，行有餘力的話，也親身參與環島行軍的行程。因此，為期四十天的「新國家運動環島行軍」便由黃華擔任總指揮，楊金海擔任副總指揮，鄭南榕擔任總聯絡。

此外，「新國家運動」還有一個靈魂人物，即「蔡許案聲援會」的總幹事林永生。

「新國家運動環島行軍」清清楚楚地展現四個訴求：

一、喚醒全民認同台灣、關切台灣前途，並共同努力維護台灣國際主權之獨立地位。

二、呼籲全民共同走上街頭，壓迫執政黨接受國家體制全新民主化的和平改造。

三、獨立建國——台灣人的新希望。

四、提倡新國號、新憲法、新體制、新國會、新政府、新文化、新社會、新環境。

黃華、鄭南榕、林永生領軍的「新國家運動環島行軍」，在台灣全島積極推動四十天，從都市走到鄉村，從大街走到小巷，讓台灣人民除了透過傳播媒體之外，也直接口耳相傳地接受到獨立建國的理念。

1988年12月25日，「新國家運動環島行軍」成功地告一個段落。然而，從1989年到1990年間，國民黨先後找藉口起訴並逮捕鄭南榕、黃華，其實就是「蔡有全、許曹德台獨案」的翻版。

■黃華、鄭南榕、楊金海發起「新台灣國家」運動，進行四十天環島大遊行，聲援蔡有全與許曹德。攝影/邱萬興

■11月16日新國家運動，環島行軍隊伍從台北松山火車站前出發，宣傳車廣播由林永生、洪茂坤、蕭裕珍、吳寶玉、蔡文旭、江瑞添、廖耀松擔任，全程參與義工有林再受、郭清淵、柯文士、高金財、陳慶華、黃坤能、翁添福、陳建民等人。攝影/邱萬興

攝影/邱萬興

寧賣祖宗田，不賣祖宗言
客家人還我客家話大遊行

1988年11月新竹縣新埔褒忠義民廟二百週年慶典，林光華擔任總幹事，在慶典會中呼籲客家鄉親大團結爭取母語「客家話上電視」，慶典完畢後的12月28日，全台灣客家社團聯合發動「還我客家話」大遊行。上萬名客家人，高舉國父孫中山遺照，以「和平、奮鬥、救客家」為口號上街頭，

訴求「還我客家話」運動，抗議廣電法對方言節目處處限制，要求電視台製播客語節目，重建多元化、開放的新語言政策。

這場「還我客家話」大遊行，可說是不分黨派的客家籍公職人員大會串，如邱連輝、許國泰、傅文政、張貴木、范振宗、鍾肇政、林豐喜、羅榮

光、謝金汀、饒穎奇、溫錦蘭、林寶仁、陳子欽等人都參與。遊行活動由客家權益促進會主辦，由邱榮舉任總領隊、傅文政任總指揮、鍾春蘭任總策劃，胡壽鐘任總糾察、林光華任總連絡，客籍民進黨人士張富忠與楊長鎮負責文宣製作。在遊行中有義民爺的黑白令旗飄揚在台北天空，帶領上

萬的現代義民軍為維護客家文化與母語而戰。隊伍中有一張引人注目的傳單，傳單上的圖片是「中華民國的國父孫中山被口罩封了嘴」，傳單上的文字寫著「如果國父孫中山還活著的話，他上電視也不能說自己的客家話。」

這是客家人團體首次以語言政策為訴求、爭取客語節目上電視而走上街頭的先例。遊行當天，來自高雄縣美濃客家阿媽穿著傳統的青衫，輪番唱著平板、山歌仔、老山歌，以行動來支持這項史無前例的抗議。

客家文化中，有一個很有名的俗諺：「寧賣祖宗田，不賣祖宗言；寧賣祖宗坑，不忘祖宗聲。」是客家人歷經千年遷徙、顛沛流離並從生活實踐中所錘鍊出來的，堅強而有力地表達出客家人對母語的忠誠信念。

國民黨政府來台之後，原本台灣人以為殖民統治可以因此結束，生活、文化的步調可以恢復正常，沒有想到國民黨政府仍持續對台灣人民沿用殖民統治的方式，在語言上以制定國語政策，獨尊少數外省人，（只占台灣總人口的15%）以「北京話」為「國語」，而貶抑多數台灣人（河洛、客家人占台灣總人口的85%）日常生活所使用的「河洛話」、「客家話」為方言。同時，明令學生在學校不准說母語，從教育上、生活上徹底剝奪語言、文化的傳承。

令人憤怒的是，在大遊行之後，國民黨政府只不過讓台

■還我客家話大遊行由客家人的國父擔任「名譽總領隊」，是客家人第一次上街頭展現實力。攝影／邱萬興

■《客家風雲》雜誌第13期封面由楊長鎮設計「國父戴上口罩」。傳單提供／張富忠

■客家權益促進會「爭回客家權益‧唯有走上街頭」傳單。傳單提供／張富忠

灣電視公司製作「每週日半小時」政令宣導的樣板，敷衍了事地應付客家族群的需求而已。當時的新聞局長邵玉銘還「打屁安狗心」地在客家人集會場合，公開表示政府對客語電視節目的重視與用心。事實

上，國民黨政府毫無誠意實踐諾言，因為客語電視節目的製作費用，只有其他節目的一半。更惡質的是，有些學術界人士竟然還利用大眾傳播媒體，公然反對客語節目上電視。

摧毀吳鳳銅像 結束神話統治

吳鳳「殺身成仁」的荒謬神話，歷經了兩百多年，從清朝、日治時代，一直到國民黨政權的威權統治，終於在1988年12月31日，隨著吳鳳銅像被原住民拉倒摧毀，被人民徹底砸爛而完全粉碎，真正「走入歷史」！

這次具有深刻象徵意義的摧毀銅像活動，是由十一族原住民代表、長老教會及民進黨人士共同策劃的，從策劃到行動，只有短短的十天。這項行動的決議是1988年12月21日定案的，當時在台南「烏頭教會」參加 U.R.M. 第9期組訓的學員，在結業前夕決定以「維護原住民尊嚴，摧毀嘉義火車站前的吳鳳銅像」，做為這期組訓的實習課程。

摧毀吳鳳銅像活動的參與者，包括原住民、長老教會、高雄農權會、台南新而獨立服務處、翁金珠服務處，及U.R.M. 第9期組訓的學員，全部只有三十多人。他們以當時原住民推動的「還我土地」運動做為行動的代號，來混淆國民黨特務的視聽。參加者相約於12月30日夜晚10：30，在台南黃昭凱的住家「Uncle Hotel」集合。

集合後，立即召開「起義誓師會議」，由林宗正牧師宣讀「誓師拆除吳鳳銅像」的行動宣言。誓師宣言由原住民簽署。行動宣言內文如下：
「一、這是原住民自發性的民族行動，其他社會團體和民眾以成全原住民完成宿願，維護原住民達成任務而支援之，我們由衷感謝。
二、此舉不是「集會」，是拆除侮辱原住民的神話，我們也不「遊行」，只是要把此銅像託嘉義市政府交還捐贈的某獅子會。
三、請治安單位以蒐證代替阻撓，我們願向法律和社會負責。
四、日後獅子會要復建其他銅像，我們願意發動募捐或以工代賑，如能改豎『二二八紀念碑』，那將是台灣舉國的寄望。」

次日，12月31日，上午八點半，「吳鳳銅像拆除大隊」浩浩蕩蕩從台南市出發，九點四十分抵達嘉義市火車站，在黃昭凱（民進黨台南市黨部執行長）、林宗正牧師、戴振耀（高雄農權會會長）等人的協助下，原住民很快就完成拆除行動的部署工作，準備進行摧毀銅像的行動。上午十點半，拆除行動準時開始。

國民黨政權下的軍警通報系統，在得知吳鳳銅像將面臨原住民團體的拆除後，傾全力用一切手段阻撓。嘉義市警察局局長劉佳勳，率領兩批「霹靂小組」到現場，副分局長也一再用「集會遊行法」來嚇阻他們，先後舉三次牌對他們警告。不久之後，警察便按捺不住地動手抓人、打人，場面血腥且零亂。

在和警方大玩「鬥智又鬥力」的較勁中，「吳鳳銅像拆除大隊」的成員，前前後後動用一切工具，鐵錘、鏈條、電

■二十位原住民青年以鐵鏈合力將嘉義火車站前「吳鳳銅像」拉倒。攝影／劉峯松

■吳鳳神話是歷史統治者「教化」原住民的工具。攝影／劉峯松

鋸、鋼索……，除了想要達成目標外，還得面臨暴警的暴行加諸於身的恐懼。最後，終於在午後一點，戲劇性地讓吳鳳銅像應聲倒地。這樣的場景，不僅讓帶頭的林宗正牧師雀躍不已地大叫「哈利路亞！哈利路亞！」，也讓拆除大隊的成員抱在一起喜極而泣。

這個事件的後續還有一個非常精彩的、非常戲劇化的結尾。檢察官將在現場的司機曾俊仁（事件發生當時曾遭警方毆打），想保護曾俊仁的潘健二（戴振耀服務處義工），以及帶頭的林宗正牧師，一併起訴。1989年2月11日，他們三人赴嘉義地檢處出庭應訊，當庭就被收押在看所守。

開庭時劉峯松發現，審理這個案件的法官，竟是昔日少數敢申張正義、伸出援手的美麗島事件司法審判義務辯護律師之一的林勤綱。由於這樣的機遇，才讓吳鳳事件的正義得到伸張。經過兩個月的庭訊程序，林勤綱法官終於宣判，「三人無罪開釋！」檢察官也放棄上訴。

在吳鳳銅像被拆除後，國民黨政府不得不作出下列的回應：

攝影／劉峯松

一、國立編譯館在1989年將吳鳳的故事從教科書裡刪除。

二、吳鳳鄉於1989年3月改名為「阿里山鄉」。

三、吳鳳廟和紀念園由於牽涉到「公產」問題，廢除和改名都極為困難。

■吳鳳銅像被拉下馬！林宗正又跳又叫「哈利路亞！哈利路亞！」。
攝影／劉峯松

49

推動「國會全面改選」運動

■民進黨十位國代左起范振宗、徐美英、翁金珠、張貴木、蘇培源、周清玉、黃昭輝、蔡式淵、吳哲朗、蘇嘉全到總統府前靜坐要求國會全面改選。攝影/黃子明

■12月25日,民進黨在台北新公園音樂台舉辦「國會全面改選、百萬人簽名」誓師大會,由林正杰擔任行動總督導,民進黨主席黃信介以紅漆在周柏雅手上所拿一幅畫著老賊圖案的漫畫上打個大叉,象徵唾棄老賊活動開始。
攝影/邱萬興

■12月25日,國民大會朝野爆發激烈衝突,民進黨黨團要求清場,將安全人員撤離主席台位置,與老國代陣前叫罵,國大秘書長何宜武動用警察權,把民進黨十名國代強行拖出會場,分別帶往中山堂二樓並遭憲兵強制持槍「監禁」。(左起蘇培源、洪奇昌、翁金珠)攝影/邱萬興

1989

浴火鳳凰鄭南榕

■1月17日，民進黨發動民眾包圍立法院，張俊宏與傅正抗議「立法院老賊強行通過退職條例初審」活動。攝影/邱萬興

■高俊明牧師與台灣基督長老教會參與國會全面改選大遊行。攝影/邱萬興

　　1989年1月，民進黨持續要求國民黨逼退萬年國代、立委，國民黨則打算以豐厚的退職金來勸退這些「萬年老賊」。國民黨以占國會席次多數的優勢，在立法院內以「全案表決」的包裹表決方式，強行通過「第一屆中央民意代表自願退職條例草案」，使得民進黨與一般社會大眾更為不滿。因此立法院一月底的休會前，一波一波的抗議書活動頻仍不斷。

　　3月，國民黨針對去年勞工運動的「二法一案大遊行」，以強制手段把愛爾蘭籍的馬赫俊神父驅逐出境。

　　1989年1月初，黨外雜誌《自由時代》刊登旅日學者許世楷的〈台灣共和國憲法草案〉，總編輯鄭南榕遭到國民黨政府的起訴。鄭南榕堅持百分之百的言論自由，斷然拒絕國民黨的傳訊拘提，4月7日警方強行拘提，鄭南榕緊鎖辦公室之內，引火自焚，整個台灣為之震驚。

　　鄭南榕以身殉道，自焚抗爭之後，1989年從4月到12月，台灣的反對運動有如滾雪球般愈滾愈大。

　　4月，綠島最後一位政治犯王幸男，以絕食抗議國民黨的不人道，不讓他為父奔喪，人權團體發起數次探監、探病及到監察院陳情等聲援活動，要求讓王幸男活著走出監牢。

　　5月19日，台灣建國烈士鄭南榕的告別式，數以萬計的台灣人參與出殯的行列，隊伍綿延兩公里多，從台北市廢河道出發到總統府為鄭南榕送行。當天上午，陳婉真突破國民黨對黑名單的封鎖，意外地現身在鄭南榕的告別式上。

　　另一位社會運動的基層草根工作者——詹益樺，則在經歷了鄭南榕自焚衝擊的一個多月後，於鄭南榕告別式當天下午，出殯行列受阻於總統府前的廣場遭到鎮暴部隊與蛇籠阻擋時，以血肉之軀撲向阻擋民主前進的蛇籠，張開雙手，以十字架的姿勢，在總統府前引火自焚身亡。

8月，「世台會」在高雄市舉行年會，海外黑名單「榜上有名」的世台會會長李憲榮、副會長蔡銘祿與台獨聯盟中委蔡正隆闖關回台出現在會場，這是世台會在台灣島內最具震撼效果的一次行動。

陳婉真入境台灣後，由於政治因素久久無法在台灣設籍落戶，她也為此和國民黨周旋數個月之久。9月，陳婉真挑戰國民黨的「政治安排」，直闖反共義士蔣文浩的記者會場，讓台灣民眾親眼目睹國民黨的真面目：「共產黨來台有黃金，台灣人回台要坐牢。」10月10日，陳婉真要求設籍的抗爭行動，更讓國民黨渡過一個在台40年以來最特別的「雙十國慶」。

11月初，民進黨32位立委與省市議員候選人聯合召開記者會，宣布成立「新國家連線」，發表共同宣言，主張「台灣主權獨立」，並提出共同政見「建立東方瑞士台灣國」為選舉造勢。

台獨聯盟美國本部主席郭倍宏，成功偷渡回到台灣，並於大選前為「新國家連線」候選人造勢，在盧修一、周慧瑛台北縣中和體育場演講會上公開露面，召開中外記者會。演講會後，郭倍宏在「黑面具」及群眾掩護下，「金蟬脫殼」地擺脫上千名軍警的重重包圍，順利返回美國。

■北基會在紀念二二八演講會上表演行動劇，左一為廖耀松，左二林重謨，右一為傅雲貴。攝影/邱萬興

■1989年5月19日，為了紀念「台灣建國烈士鄭南榕」出殯，「翻牆」返台成功的陳婉真（左三）現身在士林廢河道會場。圖片提供/袁嬿嬿

萬人遊行
要求老賊下台

1989年初，民進黨針對「萬年國代、立委不退職」的議題，持續與國民黨做抗爭，要求「國會全面改選」。1月13日，民進黨中央黨部舉辦「國會全面改選、百萬人簽名運動」，黨主席黃信介與秘書長張俊宏冒雨親自帶隊，與中央黨部幹部蔡式淵、盧修一、張學舜、林正杰，以及台北市議員謝長廷、顏錦福、藍美津等人，在台北火車站前散發「國會全面改選」遊行傳單給往來民眾。

然而國民黨於1月16日，在立法院以「全案表決」的包裹表決方式，強行通過「第一屆中央民意代表自願退職條例草案」。引發了朝野立委強烈對立，爆發立法院會場內的衝突，連民進黨內一向溫和問政的康寧祥立委，都忍不住而怒擲椅子。

1月17日與20日，民進黨發動兩次民眾包圍立法院，抗議立法院強行通過退職條例初審，遭到鎮暴部隊阻擋，民眾以冥紙灑向立法院牆內，表示「立法院死了」。

1月26日，國民黨立委黨部於下午未經法定的二、三讀程序，在法院駐警的衛護下，一分鐘內悍然通過「第一屆中央民意代表自願退職條例」，民進黨立委極力抗爭，與駐警激烈

■ 左起張學舜、藍美津、盧修一、黨主席黃信介、秘書長張俊宏於台北街頭分發「解散萬年國會」傳單。攝影／邱萬興

拉扯。隨後，民進黨立院黨團召開記者會，聲明「絕不承認國民黨非法通過的退職條例之法律效力。」

民進黨中央黨部正式向國民黨通過的退職條例宣戰，動員民眾走上街頭。

1月29日，民進黨舉辦「國會全面改選、萬年老賊下台」活動，號召全台近萬人上街遊行示威，由中常委洪奇昌國代督導，分由龍山寺、孔廟、國父紀念館三路大遊行，會師台北市中正紀念堂廣場。民進黨中央黨部則製作數個大型「老賊布偶」上街遊行，以示台灣國會的恥辱。

3月1日，萬年國會老代表開始辦理自願退職，告別「老

賊」歲月，每人最高可領546萬元退職金。這些人自1949年起，撐著虛有其名的「國會」殿堂，每月無所事事，坐領高薪40年，臨去秋波，還能領大筆錢，實在是人類歷史中最為特殊的「賊」。

■ 可愛的小女生頭帶「國會全面改選」頭巾一起參加遊行。攝影／邱萬興

■民進黨基層黨工妝扮成老賊與捕頭，
　在示威現場表演。攝影/余岳叔

■周清玉出版《法統黑面紗》。

■1月17日，邱垂貞帶領民眾在立法院前唱「新牽亡歌」、「國民黨過橋」等歌曲。攝影/邱萬興

■由北基會成員廖耀松扮演老賊的行動話劇。攝影/邱萬興

解散萬年國會 終止臨時條款

萬年國會的荒謬早已為所週知且為人詬病，除非我們重建新國會，否則台灣的政治問題永遠無法解決！

國會全面改造迄今已成為全民迫切而強烈的共同要求。當朝野各界齊聲討伐頑抗的老賊時，國民黨政權卻從中作梗，一意孤行地將退職條例交付委員會審查，這就是國民黨政權強暴民意，漠視時代改革呼聲的證據！

四十年來的「動員戡亂時期」的作祟下，已使得這個怪物成為國民悍拒民主改革的擋箭牌。臨時條款—四十年的臨時條款，如今已經算了罷，難道還要永遠「臨時」下去嗎？真不知道國民黨用什麼理由來自圓其說。尤其近年來少數台灣人民都已到過中國大陸觀光、探親，大陸人亦來台採風奔喪、探病，而今還要動什麼員，戡什麼亂呢？這是什麼時代了，難道國民黨還能一味蠻橫地愚弄台灣人民而排拒民主改革的潮流嗎？

只要揆諸大法官會議第31號的解釋，動員戡亂時期便立即終止，國共內戰的局面也馬上停止，台海將再度呈現和平爛漫之景，這是台灣人與中國人所共同企盼的，如果國民黨心中還有台灣人民的存在與否的話，就應該為人民謀長遠的福利，否則台灣人民就應該團結起來推翻它。

如今，大多數的台灣人民均深深感覺到目前國會的代表性有嚴重的缺陷，資深代表應該退職，如果這個問題在年底得不到合理的解決，相信將成為今年政治動盪的根源。屆時，韓國和菲律賓的人民力量將重現在台灣島上。

非法的就該滾蛋！

國民黨第一屆中央民代選舉暨遞補建檔部份已在日前曝光，引起老賊們的恐慌及各界的譁然，其中最令得其難的，要屬以臺當選者的年歲。以福建省為例，當業雖六十餘者是最年輕的六十八之多名區民，甚而若相想起更難為情，當查時大陸已在五省、二市、七十八區省轄的中央中會也一一違生代表。尤其在…

任何一支柺杖都是民主殿堂的恥辱！

年齡統計分析表(含在台補選者207人)

年齡	人數	累計	百分比(÷207)%
100	1	1	0.48
97	1	2	0.97
96	1	3	1.45
94	5	8	3.86
93	1	9	4.35
92	3	12	5.80
91	5	17	8.21
90	8	25	12.08
89	6	31	14.98
88	7	38	18.36
87	12	50	24.15
86	11	61	29.47
85	14	75	36.33
84	14	89	43.00
83	10	99	47.82
82	11	110	53.14
81	14	124	59.90
80	15	139	67.15
79	11	150	72.46
78	17	167	80.68
77	12	179	86.47
76	8	187	90.34
75	1	188	90.82
74	5	193	93.74
73	3	196	94.69
72	2	198	95.65
70	4	202	97.58
69	2	204	98.55
			100.00

人生七十古來稀，但在國會議堂小弟，全世界的民主國家，沒有一個國會像台灣一樣，到處充滿假牙、尿壺和柺杖，這一群八、九十歲的老人早該在家裡含飴弄孫了，如今卻病病作作而不知道還，成為台灣民主發展的絆腳石，我們希望的是一個充滿朝氣、有作為的國會，不是一個死氣沉沉、呆滯僵化的養老院。

國民大會福建省區域代表當選人暨候補人名冊

縣市別	莆田縣	連江縣

傳單提供/民進黨中央黨部文宣部

■ 1月29日，民進黨製作數個大型「老賊布偶」參加國會全面改選大遊行。攝影/邱萬興

■ 宣傳車上的標語，正是台灣人民的心聲。攝影/邱萬興

■ 由洪奇昌國代督導，分由龍山寺、孔廟、國父紀念館兵分三路萬人大會師，在台北市中正紀念堂舉辦「國會全面改選、萬年老賊下台」活動。攝影/邱萬興

沉冤必須昭雪
台灣第一座
「二二八紀念碑」落成

民進黨中央黨部於1989年2月28日，在基隆市區舉行「平反二二八事件」大遊行，由文宣部主任李逸洋擔任督導，總指揮由省議員周滄淵擔任，上千民眾沒有喊口號，以莊嚴、肅穆的心情在基隆市區遊行，追悼二二八事件中犧牲的英魂。

「鮮血不能白流、沉冤必須昭雪」，活動最後由民進黨主席黃信介代表焚燒靈厝，以慰受難者再天之靈，「我們要用人民的力量，要求國民黨為二二八事件向台灣人民道歉！」

台灣第一座「二二八紀念碑」，1989年8月19日在嘉義市舉行落成典禮，由嘉義市長張博雅代表市民獻花，由民進黨主席黃信介與陳永興及受難家屬代表共同剪綵。

二二八事件發生於1947年。四十幾年來，國民黨政府從一開始絕對禁止談論，到後來仍堅決否認過錯的作法，一直令台灣人民心中怨恨難平。這座紀念碑的樹立，象徵著台灣人突破了某些層次的政治禁忌。

■全台第一座「二二八紀念碑」，1989年8月19日在嘉義市舉行落成典禮。攝影/余岳叔

傳單提供/民進黨中央黨部

■2月28日台大學生在校園內舉辦追悼林茂生紀念活動。攝影／邱萬興

■民進黨中央黨部舉辦「紀念二二八事件」大遊行，在基隆
　市街頭遊行，訴求「鮮血不能白流，冤魂必須昭雪」。
　攝影／邱萬興

■活躍黨工蕭忠和身穿「鮮血
　不能白流，沈冤必須昭雪」
　的背心，追悼二二八事件中
　犧牲的英魂。攝影／邱萬興

救援綠島
最後一位政治犯─王幸男

台灣在1987年7月15日解嚴後，全國受刑人大獲減刑，只有兩個人例外，一個是施明德，一個是王幸男。理由是施明德為累犯，而王幸男則是「以暴力顛覆政府」。

王幸男，1941年出生於台南基督教長老教會的家庭，高中畢業後沒有考上大學，因而投考軍校第三期的後補軍官班，同期畢業的還有施明德。1970年赴美留學，1974年加入台獨聯盟，因不滿國民黨的統治，在1976年7月返台後，分別於10月7日、8日兩天寄出三個郵包炸彈，但隨後王幸男也付出極大的代價。

郵包炸彈的故事

王幸男在《我的選擇──謝東閔案始末》一書中，自述著：「我買了三本國語字典。字典翻開來，用刀挖空內頁，放進鋁製小便當盒。便當盒裡擺著電池、閃光燈膽和鞭炮用的黑火藥。字典外面再拿牛皮紙包好，貼上郵票。三個郵包分別寫上收件人的姓名：謝東閔、李煥、黃杰。」

謝東閔當時是省主席，是當紅的台籍政客樣板。李煥是蔣經國的親信，權傾一時。而黃杰，則是因為王幸男在美國看過一本有關台灣的雜誌，名

■台灣人權促進會製作救援王幸男文宣。傳單提供/邱萬興

為觀光指南，實為色情介紹，通篇都是外國人喝花酒左擁右抱的照片和報導，彷彿教外國人到台灣買春的指南，上頭居然有黃杰寫的序。

「1976年10月10日，謝東閔在拆封郵包時炸傷左手，送醫治療時因怕引起敗血症，所以動截肢手術，切除左手，安裝義肢。這就是震撼國民黨統治集團的『謝東閔郵包炸彈事件』。國民黨當時極力封鎖新聞，後來李煥才公開承認他也收到郵包，且炸傷手指。而黃杰則是在被告知之後逃過一劫。」

「其實，當時我根本無意傷人性命，否則裡面不會只放鞭炮用的黑火藥。選擇郵寄炸彈字典，一來不會傷及無辜，二來殺傷力比較小。可是國民黨

終究拒絕承認：經過那麼多年的統治，到了1970年代末期，台灣人還膽敢採取如此激烈的反抗。」當時，王幸男只想給國民黨一個警訊、一個下馬威，讓國民黨知道台灣人已經忍無可忍。

國民黨全力追查

從1976年10月10日案發開始到12月12日止，國民黨以警備總部為首的專案小組沒有查出任何結果。這個「郵包炸彈案」曾經讓國民黨辦案方向一度錯亂，因而大肆提訊在押的政治犯，訊問有關「製造炸彈」的問題。當時的政治犯如黃華、楊金海、顏明聖、高金郎等人，都曾因「郵包炸彈案」而到警總保安處「作客」

一週左右。一直到12月13日，透過郵包上採到的指紋，逐一清查台灣已服役男子的資料，才查出王幸男涉案。

國民黨為了要抓王幸男入罪，用盡計謀，先後把王幸男的家人、朋友等囚禁了一個月之久。除此之外，王幸男香港蔡姓友人的妻子和妹妹，也被扣在台灣當人質。

王幸男自動投案

在得知家人、朋友紛紛因他而飽受驚擾後，王幸男決定「自動返台投案」。1977年1月7日上午從香港回台，王幸男一下飛機就遭警總保安人員押到保安處去。當天下午，王幸男坦承「自己一人做案」。在審訊的過程中，王幸男曾企圖以灌熱水自殺，但是經過兩天的急救後，被救回了一命。

1977年1月27日，謝東閔案開偵查庭。次日，1月28日，開辯論庭，當天下午宣判，以二條一的叛亂罪處置，判無期徒刑。

在王幸男入獄服刑的十多年中，國民黨當局在海外壓力下，只有在1987年6月王幸男的母親過世時，才讓他回去奔喪。和妻子陳美霞分別十年的王幸男，且因為妻子被國民黨列為黑名單而十年無法返台，夫妻兩人只能在母親喪禮上匆匆一見。

1988年蔣經國去世，王幸男從「無期徒刑」被減為「十五年有期徒刑」。

1989年4月14日，王幸男的父親過世，王幸男得知消息

■4月28日，北基會在立法院前舉辦搶救綠島最後一位政治犯王幸男，要求「釋放王幸男」抗議活動。
攝影/邱萬興

就開始絕食。獄政單位在處理奔喪事宜時百般刁難，典獄長告之法務部以電話指示，不准王幸男參加4月21日的告別式，只准在4月20日返回台南家中父親靈堂前祭拜，並且不准停留，必須立即趕回綠島。

對這種毫無人道的安排，王幸男決定持續絕食，除了懷念父恩之外，他也希望以這種方式，喚醒社會大眾了解國民黨的真面貌，了解國民黨所謂的法律仍是壓迫言論、壓迫人權的工具。

1989年4月23日，四十八歲的王幸男，絕食行動持續進行了9天，親友們都趕到綠島探望，希望勸阻王幸男。探訪他的親友，有他的妻子陳美霞、大姐王玉安、台權會會長李勝雄、陳菊、李逸洋等人。李勝雄和王幸男是中學同學。

1989年4月25日，台灣人權促進會到監察院陳情，要求釋放王幸男，讓他活著走出黑

■因王幸男在綠島獄中絕食11天，4月25日，台權會與台灣關懷中心到監察院陳情，要求釋放王幸男，讓他活著走出黑牢。攝影/邱萬興

牢。

1989年4月28日，北區政治受難者基金會（北基會）在立法院前舉辦「釋放王幸男」抗議活動。

1990年5月初，為了慶祝李登輝總統就職，綠島獄方才通知王幸男假釋獲准。1990年5月5日，刑期15年的王幸男，足足坐滿13年5個月的牢獄，才跨出綠島監獄大門。

反幽靈劇團
嘲諷調戲「世界偉人蔣公」

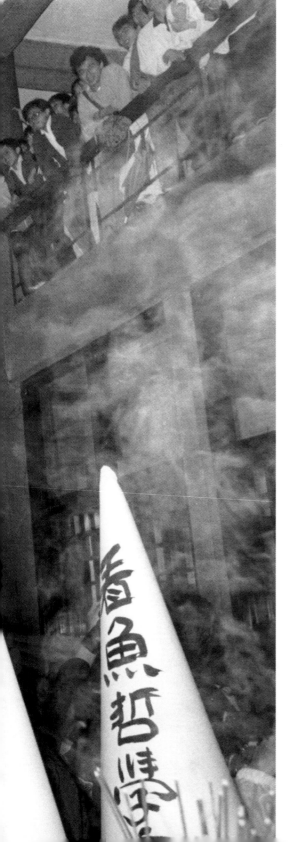

攝影/蔡明德

1989年5月4日，台大改革派學生共同籌組「反幽靈劇團」，並策劃一場名為【圖騰與禁忌】的叛逆文化表演，表演地點在台大學生中心。這是學運史上第一次用「戲劇手法」，來顛覆國民黨黨國教育體制下傳統思考模式。

學生們在蔣介石的銅像前，一邊拉起「以黨國興亡為己任」與「置大學生死於度外」的諷刺性對聯，一邊為他戴上「世界偉人」的帽子，並披上「可敬的ROC第一、二、三、四、五任總統」的布條。台大學生會長羅文嘉臉上撲滿白粉，站在對聯下面，宣布展開反諷國民黨校園黨部的行動劇。

當時國民黨籍的學生孫大千，曾到現場「反制」反幽靈劇團的演出，並與改革派學生徐永明發生衝突。徐永明高喊：「憲法保障我們有表達的自由」。四周圍觀的同學立刻響起更大的聲浪來反擊孫大千：「藝術自由！我們要看戲！」，這時孫大千才被同學勸走，反幽靈行動劇最後在校園遊行中結束。

這一場「圖騰與禁忌」的表演，成為八○年代學運的代表作。

事後，台灣大學訓導處打算依校規，將參與此次活動的台大學生會長羅文嘉及濁水溪社的許世杰移送懲戒委員會，處以「勒令退學或開除」的處分。此舉立刻引起社會人士、輿論界與台大學生的反彈。

5月31日，反幽靈劇團聲援羅文嘉、許世杰等人，於同一地點，再度演出【圖騰與禁忌續集——血祭羅文嘉】。學生拿出寫著各種名詞的高帽子，如「青年導師」、「看魚哲學家」、「民主革命家」、「深刻哲學家」、「民族救星」等，依序為銅像戴帽子。

參與活動的學生並聯名向校方表示，願為活動集體負責。他們甚至揚言說：「學校有種就把我們都開除。」台大校方在校內外巨大的壓力下，最後將羅、許二人各處申誡一次，「罪名」是擅自變更表演活動內容。「血祭羅文嘉」的活動，也因而影響了台大學生會長的選舉，改革派學生支持的范雲以2782票對1519票的比數，擊敗國民黨支持的張煜霖。

鎮暴警察
首度進入工廠鎮壓工運

1989年5月初，新竹縣新埔鎮遠東化纖總廠，以執行工作規則為名，進行瓦解工會組織之實，將重要的工會幹部徐正焜調職。不久，因羅美文、曾國煤以工會幹部名義召開會員大會，導致資方於5月11日將他們二人革職。

資方這一連串整肅工會的作法，終於引發工會員工不滿。1989年5月14日，1900名工會會員中，以1278票贊成罷工，遠化工會，隨即展開長期罷工的抗爭。

次日（5月15日）下午，工會成員及工廠員工要執行合法罷工權時，遠東化纖資方不但找來了廠方的保全人員，把廠區鐵門深鎖，而且還調動國家機器「鎮暴部隊」進駐工廠，封鎖廠區，不讓員工進行罷工。羅美文堅持進入廠區，立即遭到保全人員與鎮暴警察的施暴。

黃昏時刻，二、三十位在廠區內工作的女工，聽到羅美文的太太黃秋香透過麥克風對廠區內保全人員與鎮暴警察的控訴，勇敢地從廠區內走出來，穿過重重封鎖的「鎮暴

■5月15日午後，遠東化纖將工廠大門深鎖，工會員工與前來聲援的工運人士在廠區大門口展開激烈抗爭。攝影/蔡明德

牆」，站在盾牌和警棍前，聲援工會。

前來支援的工運人士和工會會員不斷奮力地搖動著廠房大門的鐵柵欄，抗爭一直僵持到午夜。新竹縣政府社會科科長陳宏霖表明：「召開會員大會是合法的。」工會成員明白：罷工也是合法的。羅美文因而表示他要徹夜睡在封鎖線前，嚴防廠方侵占勞工的罷工權。

5月16日清晨，在分局長潘榮一聲令下，鎮暴警察手持盾牌和棍棒，衝出來追打在場的工運人士與新聞記者。工運人士曾茂興和當時民進黨新潮流系的勞支會幹部李文忠，以及記者陳素香、王幼玲、楊文全等人都遭到暴警施以暴力。

雙方持續對峙到5月17日凌晨1點左右，鎮暴警察才分批撤離遠東化纖廠區。這是有史以來第一次，應為國家公器的鎮暴部隊，竟然進駐私人工廠，幫著資方，以暴力對付勞工、鎮壓工運。也只有在國民黨的執政下，才有這種荒謬的戲碼不斷上演。

■曾茂興遭到鎮暴部隊用警棍毆打到頭破血流，李文忠（左）與盧思岳也慘遭警方毆打受傷。攝影/蔡明德

■羅美文想要從廠區大門躍進，他要合法行使罷工權，慘遭鎮暴部隊圍毆。攝影/蔡明德

馬赫俊神父
被國民黨驅逐出境

創辦桃園「愛生勞工中心」的愛爾蘭籍馬赫俊神父，因參與「二法一案」大遊行，於1989年3月17日被便衣警察暴力挾持，押往桃園中正機場，強制遣送出境。勞工團體在得知此事後，立刻以最快的速度展開聲援馬赫俊神父的行動，抗議國民黨警方的惡行。隨後，天主教新竹教區主教劉獻堂也發表聲明，認為警方侵犯人權，將召開天主教全國主教團會議，向國民黨政府提出嚴重抗議。

警政署則指出，馬赫俊神父在台期間，積極參與台灣工運的活動，所以在他居留簽證到期之前，提早把他趕出國門。

3月19日，天主教中國主教團召開記者會，與會的主教團有羅光、劉獻堂、狄剛、白正龍等人。主教團針對「馬赫俊神父被國民黨驅逐出境」之事，譴責國民黨當局愚昧無知，並表示「驅逐馬赫俊神父」一事將貽笑國際社會。

另一位參與「二法一案」全台勞工大遊行的外籍神父古尚潔，也在馬赫俊神父遭到驅逐之後，備受各界的關注，古尚潔因參與工運三番兩次被情治單位「請」去問話。這些事件在在顯示出國民黨政權對外籍人士參與反對運動「極為感冒」，最後就使出殺手鐧——驅逐出境。

鄭南榕曾在他出版的《時代雜誌》（269期）上，寫了一篇〈停止污衊宗教的博愛精神——評馬赫俊神父事件〉的社論文章。文章中指出，馬赫俊神父曾在南韓傳教四年，他不僅親身見識，甚至親自參與南韓工人積極爭取權益的勞工運動。來到台灣之後，因天主教勢力和勞工意識都同樣保守，他不得不修正自己的作為，創辦桃園「愛生勞工中心」，以服務勞工為主，採溫和保守的體制內改革路線。

然而，這麼一位熱愛台灣的外籍神父，竟為台灣的國民黨當局所不容。當時已自囚於雜誌社兩個月的鄭南榕，雖然足不出戶，但是對馬赫俊神父被捕之事，有很深的感觸。他不僅感慨國民黨政治整肅的惡行日益猖獗，也感慨台灣人民對不義政權的吞忍或漠視，才會造成國民黨完全無視於人民的基本人權，無懼於人民對它的壓力。

正是這些種種反省，讓鄭南榕更堅定意志去實踐他所堅持的理念——對國民黨將要拘捕他的行動，「抵死不從」。

■台大社團學生與社運團體前往立法院聲援馬赫俊神父。攝影/邱萬興

焚而不熄台灣魂——鄭南榕

他出生在二二八那一年，
生日裡烙著劫日的印記。
他成長在肅殺的威權年代，
但年輕的生命有著昂然的身姿。
他許諾自己成為一個行動的思想家，
一個外省囝仔快意地行走在荊棘之地，
當他點燃自己的生命，
劫難的印記終於要化成灰燼，
火光熊熊，
整片土地都因之映照著光明。——胡慧玲

鄭南榕，1947年出生於台北市。父親來自福州，母親是基隆人。鄭南榕是所謂的「外省人第二代」。鄭南榕從小在宜蘭長大，宜蘭初中、建國中學畢業後，先是唸成功大學的工程科學系，因興趣不合，次年重考入輔大哲學系。一年後，再轉考到台大哲學

■「不自由，毋寧死」是鄭南榕的最佳寫照。為了爭取百分之百的言論自由，抵死不從的鄭南榕，寧願自囚、自焚，也不願踏入黑牢。圖片提供/鄭南榕基金會

■台大學生羅文嘉、陳啓昱、陳文治、黃建興等人發起抗議國民黨對鄭南榕的非法拘捕，在台灣大學門口保護葉菊蘭女兒鄭竹梅安全。
攝影/邱萬興

圖片提供/鄭南榕基金會

系。後因拒修「國父思想」課程，而放棄台大的畢業證書。

其實，早在大學時代，鄭南榕就有「台灣應該獨立」的想法。那時候的他認為，「第一，如果台灣要走上民主政治的路，一定要先破除國民黨的統治神話；而台灣一定要獨立，才可能有真正的民主政治，才可能真正回歸人民主權。第二，『二二八事件』之所以發生，是因為台灣在日本統治之下，無論在經濟、文化、法治、生活水平上，都比中國大陸強太多，國民黨逃難來台後強行合併，悲劇自然發生。」

1984年3月，鄭南榕創辦了《自由時代》週刊，標榜「爭取百分之百的言論自由」。當時擔任創刊社長的，即是陳水扁律師。

因為深知國民黨政權仰仗著戒嚴法的保護傘，利用所謂的「出版法」來箝制台灣人民的言論自由，鄭南榕在籌備雜誌時，一口氣就找了許多人做「人頭」當發行人。由於鄭南榕沒有大學文憑，依國民黨的出版法規定，他不能當發行人。鄭南榕的決心和毅力，讓他在雜誌一開辦之前，就登記了18張雜誌執照，以做為國民黨查禁、停刊時的「備胎」。

正因為鄭南榕的想法一以貫之，所以他辦《自由時代》系列周刊的雜誌時，就從這些觀點深入探究。《自由時代》系列週刊，結合台灣的反對運動，以密集凌厲的攻勢，一次又一次地向國民黨政權的四大禁忌挑戰，即「蔣家神話」、「軍方弊端」、「二二八事件」、和「台灣獨立」四大議題。

鄭南榕毫不畏懼地在雜誌上揭發「蔣家」的政治神話、蔣家政權的胡作非為；軍特系統的惡行惡狀、軍頭競相舞弊、郝柏村竄改戰史等事實。《自由時代》系列週刊因此創下台灣雜誌史上被查禁和停刊數最多的記錄。

備胎最多的黨外雜誌

在黨外時代，辦雜誌都得和國民黨的警備總部捉迷藏，鄭南榕也不例外。但是鄭南榕的「備胎」多，警總查不勝查。其中最膾炙人口的專題，莫過於《自由時代》全面追蹤報導轟動台灣甚至美國的「江南案」，包括獨家連載江南所寫的《蔣經國傳》、揭露情報局涉入江南案、蔣緯國赴宴，以及蔣經國之子蔣孝武幕後指使竹聯幫份子吳敦、陳啟禮等人赴美暗殺江南的內幕。

《自由時代》系列週刊在毫無廣告收入之下，持續不斷發行五年以上，在黨外時期及民進黨組黨之後，扮演著相當重要的媒體角色。鄭南榕所欲突破的言論限制，也讓國民黨對他「另眼相看」。

1986年，自我期許做一個關懷台灣本土的「行動思想家」的鄭南榕，極力鼓吹黨外組黨，並率先加入在美國成立的「台灣民主黨」，成為島內第一號黨員。之後，在同年5月19日，鄭南榕發起「519綠色行動」，抗議國民黨長達38年的戒嚴統治。

1986年6月2日，國民黨以「違反選罷法」的罪名，從雜誌社當

■鄭竹梅在台灣大學門口靜坐。
攝影/邱萬興

■1989年4月7日，檢警封鎖雜誌社欲逮捕鄭南榕，他卻毅然地點火自焚於辦公室內。這隻浴火鳳凰生前曾經說過，「國民黨祇能抓到我的屍體，卻不能抓到我的人。」這是台灣有史以來最激烈的政治抗爭方式。攝影/邱萬興

■鄭南榕生前致力於新國家運動。攝影/邱萬興

場把鄭南榕抓走，並利用先關後判的手段，把鄭南榕關在「土城看守所」長達八個月之久。這是他生平第一次坐牢，也是唯一的一次。他發誓再也不讓國民黨得逞。這也是日後他對國民黨要拘提他時「以死抗爭」的原因之一。

揭開二二八事件的神秘面紗

1987年，二二八事件四十週年前夕，他邀集陳永興、李勝雄與一群人權工作者，於2月4日發起「二二八和平日促進會」，要求國民黨政府查明及公布歷史真相，平反冤屈、訂定「二二八」為和平紀念日。並在全台各地舉辦演講、遊行、悼祭亡魂的活動，全面展開對二二八事件的救贖工作。

鄭南榕之所以對國民黨政府的禁忌話題「二二八事件」如此用心，是因為他的成長過程深受其害，所以他傾一生之力去挑戰這個四十年來無人敢碰的禁忌話題。

鄭南榕曾經在他自己的求職履歷表上寫著：「我出生在二二八事件那一年，那件事帶給我終身的困擾。因為我是個混血兒，父親是日據時代來台的福州人，母親是基隆人。二二八事件後，我們是在鄰居的保護下，才得以在台灣人對外省人的報復浪潮裡免於受害。」

在努力推動「二二八和平日促進會」的過程中，鄭南榕曾明白地表示：「按照國民黨身分證上的劃分法，我是外省人，但實際上，我是一個不折不扣的台灣人。所以，我非把省籍這個結解開不可。這就是我投下人力、財力，舉辦『二二八』四十週年紀念活動的原因。」

公開演講主張台灣獨立

1987年4月16日，鄭南榕在台北市金華國中操場演講時，當場向台下成千上萬名群眾，攤開雙臂、以握緊拳頭的堅定手勢大聲宣示：「我是鄭南榕，我主張台灣獨立！」

1987年10月12日，蔡有全、許曹德因台獨案被收押，鄭南榕馬上義不容辭地策劃全島性的聲援活動。透過前後三波數十場遊行、演講，鄭南榕第一次將台灣獨立的理念，用「行銷」的手法推到全島各地，為台獨運動奠下更深、更廣的基礎。

咱求的是絕對值

堅持台獨理念的鄭南榕，為台獨的努力與付出的心血，無人能出其右。1987年11月9日，剛成立才滿一年多的民主進步黨，在台北市國賓飯店召開第二屆黨員代表大會，卻發生了「鄭南榕被朱高正打得頭破血流」事件。原因是，鄭南榕要贈送黨代表每

人一本陳隆志所著的《台灣獨立的展望》，工作人員趁大會休息時間正在會場分發，卻遭到朱高正大聲咆哮制止。鄭南榕立刻走過去說：「我要為台灣人摑你一個耳光。」鄭南榕隨即付諸行動。

隨後，朱高正夥同兩三個彪形大漢予以反擊，對著鄭南榕大摔椅子、杯子。鄭南榕當場頭破血流，被強行拉離現場前，明白地說了一句：「台灣人是不怕死的。」那時候，朱高正是民進黨當紅的立委，民意基礎很穩固，對這件事，民意多半站在朱高正那邊。鄭南榕的好友林永生曾為此而忿忿不平，鄭南榕卻只冷冷地對林永生說了一句：「鎚仔面！咱求的是絕對值。」

和黃華全力推動「新國家運動」

1988年11月16日起，鄭南榕與「台灣政治受難者聯誼總會」會長黃華，推動「新國家運動」四十天的全島行軍。

由於鄭南榕不斷地對國民黨政權做最犀利的挑戰，國民黨於是針對鄭南榕個人，展開接二連三的「司法攻擊行動」。1988年10月起，鄭南榕在半個月內，接連被三名現役及退役將領控告「誹謗」。1988年12月31日，台北地檢處以「妨害公務」、「妨害自由」等罪名，將鄭南榕起訴。

刊登〈台灣共和國憲法草案〉

1988年12月10日，第254期的《自由時代》雜誌，刊登旅日學者許世楷博士的《台灣共和國憲法草案》，當時的國安局便指示法務部，要研究鄭南榕「是否叛亂」。1989年1月21日，鄭南榕果然遭到國民黨政府的起訴，而收到高檢處給他「涉嫌叛亂」的傳票。

鄭南榕在收到傳票後，堅決地表示「絕不出庭」。他曾說過：「言論自由是一種最基本的自由，本人刊登《台灣共和國憲法草案》，只是秉持追求新聞自由、言論自由的理念而已。在民主國家中，『叛亂』的定義非常嚴格。高檢處以『涉嫌叛亂』傳訊我，不僅是對我極大的迫害，也顯示公權力的濫用。所以，我秉持一貫追求言論自由的精神，一定要行使我的抵抗權，抗爭到底。我要讓台灣人民知道，那是國民黨濫用公權力迫害政治異議份子，人民有權抵抗！」

自焚抗爭的決心

1989年1月下旬，鄭南榕和葉菊蘭已準備好出國旅行的計劃。結果1月21日就收到法院傳票。雜誌社叢書部主編胡慧玲在次日告訴葉菊蘭，鄭南榕在簽收傳票時，態度非常堅定地說：「Over my dead body.」。

1月27日，由於關心新憲法案第一次傳訊，台灣各地有一百多

■5月17日，田孟淑（田媽媽）舉著鄭南榕遺像，在總統府前抗議國民黨對他的非法拘捕。攝影/余岳叔

■吳鐘靈、田朝明醫師與周慧瑛舉著鄭南榕遺像，衝破警方防線，成功抵達總統府禁區。攝影/周嘉華

■1989年5月19日鄭南榕出殯當天，上萬民眾走上街頭，從士林走向總統府。攝影／邱萬興

人來聲援，當時就在《自由時代》雜誌社召開「新憲法案件聲援會」。鄭南榕在會中向大家表示要抗爭的決心，會後大家的表情都很沉重，田孟淑流著眼淚希望葉菊蘭能勸阻鄭南榕。然而，鄭南榕卻很明確地告訴葉菊蘭：「我沒有那麼簡單就被抓走！沒有那麼便宜的事，國民黨一定要付出代價，我不會讓國民黨一點損失都沒有，就把我抓走，我要為台灣而死。」

「知夫莫若妻」，與鄭南榕相處二十多年，葉菊蘭知道，鄭南榕話一出口就會做到。看著鄭南榕藏在辦公桌下的汽油，又不能挽回什麼，這帶給一個深愛丈夫的妻子極大的壓力。葉菊蘭甚至偷偷跑去求助於和鄭南榕共同推動「二二八和平紀念日」活動的陳永興醫師，拿了安眠藥服用才能入睡，但依然無法改變鄭南榕自焚抗爭的決心。

鄭南榕以「心境平和，鬥志高昂」八個字來形容他行使抵抗權時的心情，他說：「……我敢拼死。國民黨抓不到我的人，只能抓到我的屍體。」1989年1月27日，鄭南榕開始在雜誌社裡佈署防禦工事，鐵門、鐵窗加鐵絲網、大型照明設備、手電筒……，並且準備了三桶汽油和一支打火機，藏在他的辦公桌下。他開始為期71天的「自囚」生涯，隨時等待國民黨來拘提，也隨時準備擁抱死亡。

1989年4月7日，國民黨出動大批警力到雜誌社，打算拘提鄭南榕。鄭南榕抵死不從，以打火機點燃早已備好的汽油自焚，以身殉道。

1989年4月10日，民進黨在中常會中做出決定，將為鄭南榕舉

■追悼台灣建國烈士鄭南榕送葬隊伍走在台北市承德路上。攝影／邱萬興

辦追思大會。為了紀念「台灣建國烈士──鄭南榕」對台灣民主運動的貢獻，尤其是要求解除戒嚴的貢獻，參與治喪的民進黨同志特別選在5月19日這一天，為鄭南榕舉辦一場告別紀念儀式，同時也決定告別式結束後，遊行至總統府。

1989年5月17日上午10點，鄭南榕的治喪委員會開始為鄭南榕舉行移靈儀式，從殯儀館移到在士林廢河道上搭建的大靈堂。5月17日下午開始開放給民眾瞻仰遺體，許多民眾都主動前往弔喪。

1989年5月19日上午，數以萬計的民眾，流淚不捨地在靈堂前追悼鄭南榕。海外黑名單的陳婉真受到鄭南榕自焚的感召，也設法突破國民黨的封鎖，闖關回台，於當天上午出現在鄭南榕的靈堂前，送他最後一程。鄭南榕的靈柩從士林廢河道的大靈堂啟程，在民進黨的公職人員、基層幹部、黨工以及約5萬名民眾的護送下，於雨中莊嚴肅穆地向總統府的目標前進。遊行隊伍一路直達國民黨的禁地──博愛特區，在總統府前為鄭南榕舉行台灣人的「國喪」。鄭南榕生前尚未完成的心願──向總統府示威，卻在死後由許多勇敢的台灣人為他完成遺願。

下午的總統府前，隊伍被鎮暴警察用蛇籠、拒馬層層擋住。不久，民主運動的基層志工詹益樺竟追隨鄭南榕的腳步，以自備的汽油淋身，在總統府前自焚，以示對國民黨不義政權的強烈抗議。為了紀念詹益樺，在場的民眾也勇敢地與軍警展開對峙，一直到深夜才結束靜坐抗議的活動。

■519鄭南榕向人民告別傳單。
圖片提供/鄭南榕基金會

■送葬隊伍抵達總統府前，遭鎮暴部隊阻隔。攝影/邱萬興

1957～1989

撲向蛇籠的火鳥——詹益樺

俄羅斯的民間傳說裡，有一則「火鳥」的故事：
當火鳥被伊凡王子抓住而失去自由時，
火鳥悲哀地唱出：『是誰禁錮了我的翅膀？
是誰扭曲了我的身體？受了捆綁的身體漸漸僵硬。
受了束縛的心靈終將死去。
沒有自由的火鳥，就像風中之燭，漸漸熄滅⋯⋯漸漸熄滅⋯⋯』

詹益樺，1957年2月22日生，嘉義竹崎人。他在黨外時期默默奉獻，1985年底曾為監察委員尤清競選台北縣長助選，在三重地區為「彩虹戰士」尤清發傳單，開始他的黨外義工歲月；並曾先後在許榮淑、鄭南榕所辦的雜誌社擔任發行工作。

1986年10月10日，詹益樺第一次上街頭，參加包圍台電反核遊行示威，舉著「我們反對核電廠！」海報，他默默的跟在謝長廷與洪奇昌後面呼口號。一個多月後，12月2日，為迎接前桃園縣長許信良闖關回台，到桃園中正機場接機，包括詹益樺在內共35位民眾，遭軍警暴行毆打，並被集體監禁在桃園縣蘆竹鄉海湖軍營，詹益樺被監禁十幾個小時，眼睛紅腫、頭部因而受傷，這個經驗引起他的極大憤怒，也改變了他的一生。

位於桃園縣蘆竹鄉的海湖軍營，這是當天專門用來關民進黨人士。這個軍營外面的高牆上，每十幾公尺有一個憲兵站崗，肅殺的氣氛、恐怖的場面，猶如刑場一般令人心生恐懼。詹益樺等三十多人被關在軍營空出來的房間，一直到天色很晚時才被釋放。軍營裡的人用軍用大卡車把他們載到非常偏僻的鄉下地方，放在前不著村、後不著店的產業道路上，故意讓他們無法順利回家。

12月3日，詹益樺在黨外公政會青島東路總會與民進黨主席江鵬堅、李勝雄律師、游錫堃省議員、以及在機場被毆打受傷的中執

■總統府前，詹益樺張開雙手，用身體撲向蛇籠，繼鄭南榕而壯烈自焚，是鄭南榕出殯當天最令人悲痛的一幕。群眾為了紀念詹益樺，無懼五二○農民事件血腥鎮壓的陰影，與軍警長期對峙，靜坐抗議至深夜。攝影／潘小俠

委張富忠共同召開中外記者會，指控國民黨在桃園機場事件中毆打三十幾位無辜的接機民眾。他說：「我這一生絕對不再讓這種代誌發生在我身上」。

為了不再受第二次的屈辱，詹益樺甚至留下遺書，表明他的決心「如果國民黨起訴我，在牢裡我要絕食至死」，以徹底抗議這個不義的政權。

1987年，「六一二事件」前夕，江蓋世帶領群眾到士林官邸拜訪蔣經國總統時，詹益樺與周柏雅全程扛著相當沈重的老式麥克風音箱，走了四個多小時，一路毫無抱怨地加入抗議國安法的遊行行列。

1988年1月16日，「許曹德、蔡有全的台獨案」判刑確定之後，全台掀起一陣聲援活動，詹益樺為了蔡有全被關，義無反顧地投入這場聲援活動。

1988年的5月20日，台灣農民北上請願，詹益樺開著宣傳衝出重圍援救同志，在立法院前爆發嚴重警民衝突的流血事件時，為了抗議立法不公，詹益樺甚至憤而拆下立法院的招牌。

1989年5月19日，當鄭南榕的喪禮隊伍遊行到總統府前的時候，迎面伺候台灣人民的，仍舊是大家熟悉的蛇籠、鎮暴警察。鎮暴部隊向和平遊行的民眾噴射強力水柱，引起群眾的憤怒。只是出其不意，一個基層的社會運動草根工作者——詹益樺，在遊行隊伍行進中，竟然把預藏的汽油包在身上，以引火自焚的方式，撲向蛇籠鐵絲網上掛著「生為台灣人、死為台灣魂」的布條上，用他的生命來向國民黨當局做最嚴厲的控訴。

這幕悲劇讓所有在場的人十分震驚和哀傷。沒想到才送走一個在雜誌社內抵死不從的台灣建國烈士鄭南榕，在鄭南榕的喪禮上，竟又有一個追求台灣民主的基層黨工，以同樣的自焚方式來反抗國民黨。

詹益樺來自台灣社會的中下階層，嚐盡各式各樣的生活疾苦，卻仍然勇敢地加入追求民主自由的行列。在鄭南榕自焚之前，詹益樺南下投入戴振耀草根運動的組織工作，住在戴振耀家裡。他在高雄縣六龜、甲仙、美濃、旗山、大樹、內門等地區，幫助艱苦農民，為農民爭取權益。他過著苦修式的生活，有時甚至以宣傳車為床，從不叫苦。詹益樺的言行舉止令人如此感心，他的自焚更是令大家哀思不已。

1989年4月7日鄭南榕自焚之後，詹益樺曾在他的日記裡表明，「我願與上帝同在，不願屈服在豬槽下，鬥陣吃餿，作為一個快樂的豬。」面對國民黨這個不公不義的政府，他抱著「寧願死，也不願再受其羞辱」的決心。正是這樣的決心，讓他的行徑有如那隻失去自由的火鳥一般，視死如歸。終於他張開雙手，以十字架的姿勢，在自燃的熊熊烈火中，用身體撲向阻擋民主前進的蛇籠，為台灣人民留下永恆的典範。

■ 2005年5月19日，「鄭南榕基金會在總統府前為草根運動者詹益樺舉辦16週年追思會。生前詹益樺曾對友人說：鄭南榕是一個偉大而美好的種子，我也希望自己成為一個偉大而美好的種子。」攝影/邱萬興

呂秀蓮推動淨化選舉運動

從美國回台不久的呂秀蓮，積極投入籌劃推動「淨化選舉運動」。1989年6月29日，呂秀蓮與林玉体、蕭新煌、洪貴參、李元貞等人，發起成立「淨化選舉聯盟」，由呂秀蓮、洪貴參分任正副理事長，推動淨化選風運動。

呂秀蓮認為，台灣的選舉歷經多次買票或各式賄選行為，民眾早已司空見慣。雖有民眾檢舉買票，賄選罪證確鑿，但經過黨政運作的選監小組也不見得會查辦，進入法院司法程序後，往往都以無罪結案。因此她希望透過淨化選舉運動，讓選舉活動有全面性、超然性的目標，注重公平、客觀的原則。

由於賄選在證據上的掌握並不容易，因此「淨化選舉聯盟」要做的工作，是針對選舉舞弊的蒐證工作舉辦聽證會，讓一些抓賄選有經驗的人士現身說法，給一般民眾作參考，以防止賄選。

最後，淨化選舉聯盟在接近投票的時刻，發動義工到比較偏僻的地方，進行大規模草根性的反買票文宣宣傳，同時並邀請國內外選務專家，組成「國際觀察團」來台監察選務的進行，運用國際輿論來監督台灣的選舉。

■6月29日，呂秀蓮、林玉体、蕭新煌、洪貴參、李元貞等人發起「淨化選舉聯盟」成立，由呂秀蓮、洪貴參分任正副理事長，推動淨化選風運動。攝影/邱萬興

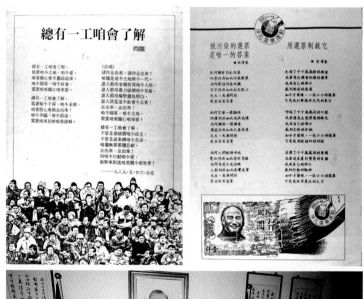

■1989年5月12日，左起蔡式淵、鄭寶清、許水德、謝長廷、陳水扁、林正杰，民進黨中央黨部秘書處主任鄭寶清代表民進黨從內政部長許水德手中領取「民進黨政黨證書」，成為合法政黨。攝影/邱萬興

黑名單人士紛紛闖關回台

自從陳婉真突破黑名單的禁忌後，許多名列黑名單的海外台灣人，陸陸續續透過各種秘密管道回到台灣，世台會期間，這種情形更是達到高潮。

一個人要回他自己的家，是天經地義的事。「回家」是全人類共同的基本人權。可是在國民黨的「黑名單」迫害下，有太多海外人士不能回家。

1989年8月11日的世台會在高雄市舉行年會，海外黑名單世台會會長李憲榮、副會長蔡銘祿與台獨聯盟中委蔡正隆，紛紛闖關回台出現在會場。海外台灣人及他們的第二代，在高雄市與台灣人民一起示威遊行，要求掃除黑名單。

11月30日，世界同鄉會秘書長羅益世偷渡入境，國民黨不再用遣送出境方式，直接以「違反國安法」逮捕並收押，海內外人士展開救援行動。一個月後，12月30日，羅益世被控非法入境案，台北地方法院士林分院宣判，處以徒刑10個月，這是國民黨開始用惡法「國安法」，對付海外黑名單人士。有人說，國民黨在11月底，一直要捉拿郭倍宏不成，惱羞成怒，於是決定找一個來代替，因此，羅益世就成了代罪羔羊。

■世界同鄉會秘書長羅益世。

■左起袁嬿嬿、陳菊、趙珠蘭、張秋梧、張冬惠、林秋滿到士林地方法院聲援羅益世。
攝影/邱萬興

■8月11日，「世台會」在高雄市舉行年會，海外黑名單世台會會長李憲榮、副會長蔡銘祿與台獨聯盟中委蔡正隆闖關回台。左起周柏雅、李憲榮、葉菊蘭、蔡正隆、張俊雄、黃昭輝等人參加黑名單返鄉大遊行。攝影/邱萬興

攝影/邱萬興

攝影/邱萬興

1904～1989

一生打拼為百姓的余登發

余登發的一生特立獨行，旗幟鮮明。
他從政理念是「有理走遍天下」，
強調「人民第一，服務至上」。

余登發，1904年出生於高雄。1920年，就讀台南商業專門學校。1935年，首度選上高雄州楠梓協議會會員。1945年，當選岡山鎮橋頭里里長，自此展開他的政治生涯。

1947年6月，由鄉民代表共同推選為高雄縣第一屆橋頭鄉鄉長，接著在同年12月，被選為第一屆國民大會代表。1948年3月間，余登發與台灣省選出的20多位國大代表，前往南京參加第一屆國民代表大會。1949年，當選高雄水利會第一任民選主任委員。

1960年，余登發當選為第四屆高雄縣縣長。三年之後，1963年，國民黨為了防止余登發連任縣長，刻意打擊余登發，讓台灣省政府以「八卦寮地目變更案」的名義將他免職。10年後，1973年，余登發再度因為高雄縣橋頭鄉南村村民凌堯舜公地放領案，被判處有期徒刑2年。余登發因左眼患「青光眼」相當嚴重，北上就醫被捕，入獄6個月。

1979年1月21日，國民黨以吳泰安匪諜案，逮捕余登發和兒子余瑞言入獄。黨外人士認為這是一件明顯的構陷案，來自全台的黨外人士在余氏舊宅開會，聲援被捕的余登發。1月22日進行戒嚴以來第一次的橋頭遊行。

1980年，余登發保外就醫。晚年的他，獨居在高雄縣八卦寮。1989年9月13日，余登發被發現陳屍在高雄縣八卦寮的自家臥室。這是他的早年耕耘之地，同時卻也成為他沈冤未雪之地，死因迄今不明。

余登發認為政治就是服務，服務就要「勤快清廉」，以「清」、「快」為行政方針，為高雄縣民服務。所謂「清」就是清廉清白，「快」就是辦事要速決速辦，絕不拖延誤事。為便民起見，辦公時間辦公室大門全天不關，下班後，縣長住宅亦採取廿四小時開放；只要有事相商者，不管任何人於任何時間都可自由進出，余登發甚至親自奉茶敬煙為民服務。

余登發曾在1979年3月6日於軍事監獄寫下《獄中自述》如下：「我捫心自問，一生做人做事，無愧於天，亦無愧於人。平常總是刻苦耐勞，任勞任怨，從不奢望物質的享受，衣著祇是粗裝裹身，一套西裝穿了幾十年也不捨得換，出外都是步行或坐公共汽車，以克勤克儉，一心為地方、為國家服務。我在光復初年，私有財產僅不動產就有水田一百公頃，到目前為止僅剩下二十公頃左右，其餘八十公頃土地，可謂均為縣民謀福利而耗光用淨矣，但我內心亦無絲毫怨言也。」

這段話是余登發一生的最佳寫照。

台北市最昂貴的頂好商圈

無殼蝸牛萬人夜宿街頭

從1970年代開始，台灣房價猛漲狂飆，雖然讓營建業、建築業水漲船高地蓬勃了好一陣子，但是相對的，一般受薪階級卻一再感受到「一屋難求」、「購屋置產的高難度」。許多人排隊等著「國民住宅」，卻深切感受到「等國宅，不如等棺材！」的痛苦，買不起房子、租不起房子的人，開始以「無殼蝸牛」來戲謔自己。

1989年5月10日，台北縣板橋市新埔國小教師李幸長，徵得同事數人支持，於新埔國小內召開第一次籌備會，並定名為「無住屋者自救委員會」。1989年6月28日，無殼蝸牛組織確立正式名稱為「無住屋者團結組織」，召集人即為李幸長。8月18日，「無住屋者團結組織」於內政部長許水德所舉辦的「國宅問題記者會」會場外抗議。8月20日，「無殼蝸牛」至外交部長錢復的家門口，邀請他參加忠孝東路夜宿活動。8月24日，「無住屋者團結組織」的成員代表與經建會副主委蕭萬長共進早餐，蝸牛族再作強烈抗議。

1989年8月26日，為了抗議台灣不合理的房價狂飆，「無住屋者團結組織」舉辦「無殼蝸牛夜宿忠孝東路街頭」運動，號召上萬人夜宿在台北市最昂貴的頂好商圈地帶、忠孝東路上，以凸顯不合理的房價政策，27日凌晨5點才結束夜宿活動。

■「無住屋者團結組織」製作大大小小的「無殼蝸牛」要求政府修正住宅政策。
攝影/周嘉華

80

■8月26日，抗議房價狂飆，「無住屋者團結組織」舉辦「無殼蝸牛夜宿忠孝東路街頭」運動，
上千人夜宿台北市頂好商圈忠孝東路上，以凸顯不合理的房價政策。攝影/黃子明

■9月26日，34個以「台灣」為名而無法獲得成立的社運團體，以戴口罩、捆綁雙手方式，到台北市羅斯福路內政部舉行「反人團惡法」大遊行。攝影/邱萬興

抗議人團惡法大遊行

國民黨解嚴之後，取而代之用來壓制民進黨或反對運動中各社運團體抗議活動的法寶有三個：一為「國安法」，二為「集遊法」，三為「人團法」。光是靠這三個法源，就可以把所有反對國民黨的動態抗爭活動的申請，與靜態——社團組織的登記，全部「一網打盡」。

1989年9月26日，34個以「台灣」為名而無法獲准登記的社運團體，發起「反人團惡法」大遊行，先到立法院遞交抗議書，隨後到台北市羅斯福路內政部前，抗議國民黨「人民團體組織法」的精神內涵既無「台灣」、也無「人民」；這種惡法不但箝制人民組織團體的基本權利，更不准團體以「台灣」為名而立案。

「反人團惡法」抗爭中具體抗議的焦點在於，第一，「人團法」中規定，凡冠有「台灣」二字的人民團體，向內政部登記時，內政部均以「台灣為一地區性名稱」而駁回各團體的申請登記。內政部要求，這些人民團體必須把「台灣」這兩個字從社團名稱上刪去，才准立案登記。第二，內政部在核准團體登記立案時，又嚴重干涉人民團體的組織章程。

34個社運團體以「台灣人權促進會」、「台灣綠色和平組織」、「台灣原住民權利促進會」、「台灣勞工運動支援會」、「台灣環保聯盟」、「台灣農權總會」、「台灣筆會」、「全國自主勞工聯盟」等為代表，向內政部抗議「人團法」的不合理，並提出三大主張：要求人民團體應比照政黨的登記方式，採取報備制度；要求所有人民團體的法律地位，一律平等；要求廢除人團法上有關的刑罰規定。

在「反人團惡法」大遊行中，總領隊為台灣人權促進會會長李勝雄、總指揮為自主工聯會長曾茂興。袁嬤嬤設計出一個象徵「人團惡法」的巨大牢籠，牢籠的木條上刻有各個參與社團的名稱，並綁上黃色絲帶。

參與遊行的民意代表、教授、民眾，全部戴上口罩，身穿「台灣有理、結社無罪」、「人團惡法違憲」等標語的罩衫，站在牢籠內，扛著牢籠示威抗議。其他，有的人綑綁雙手、戴著口罩，拉著「人民有自由結社權」的布條，反諷國民黨的法令。

遊行隊伍抵達內政部時，內政部處理不當，負責的官員避不見面，拖延至一小時之久，當時台灣人權促進會的主任秘書陳菊入內接洽，但沒有得到任何回應，引起群眾憤怒，進而導致警民衝突。事後，警方竟把陳菊和林重謨（反人團法大遊行的副總指揮之一）兩人，逕自移送法辦。

■台權會製作的反對人團惡法傳單。傳單提供/邱萬興

■陳菊（中）擔任反人團法大遊行的副總指揮，帶領台權會會員走在遊行隊伍中。圖片提供/袁嬤嬤

共產黨來台有黃金，台灣人回台要坐牢
為黑名單設籍抗爭的陳婉真

1989年5月19日，國民黨黑名單上的一員陳婉真，突然出現在鄭南榕的告別式中，讓當時在場的情治人員與大批媒體記者感到非常詫異。一整天，情治人員如影隨形地跟監陳婉真，想趁機捉拿她；不料，在眾多友人的協助下，陳婉真竟又從從容容地擺脫情治人員的視線，大大地耍了情治單位一記漂亮的耳光。

過去二、三十來，國民黨的統治集團利用一種全世界獨一無二的「只能出境，卻限制入境」的「回台加簽」，來箝制海外留學生或海外台灣同鄉的言論，以避免他們對國民黨批判的言論回台散播，從而撼動國民黨的統治基礎。1980年代，許多海外台灣同鄉想要回台灣，卻被國民黨以黑名單的禁令擋在國外，不得其門而入。

1988年7月24日，陳婉真計劃返鄉回台，卻被國民黨的軍警人員硬是用四腳朝天的方式扛出機場，讓她飽嚐有家歸不得之苦。鄭南榕自焚的消息傳到美國，讓陳婉真下定決心，用盡一切辦法，突破國民黨的封鎖線，以「返台弔喪」的行動回到台灣，來表示對鄭南榕的敬意。

然而，雖然陳婉真順利成功地翻牆返台，卻發現國民黨還有更「不可思議」、「莫名其妙」的招數，等著她去拆解。原來，國民黨抓不到陳婉真，乾脆來個「相應不理」。陳婉真

■ 闖關返台成功的陳婉真，於1989年帶著獨子「久哥」，及民進黨同志一起前往內政部抗議，為黑名單人士回台設籍問題而抗爭，強調台灣人有權返鄉設籍，落葉歸根。攝影／邱萬興

要求「設籍」，內政部卻說：「因為她沒有『入境許可證』，表示在法律上陳婉真還在美國。」內政部就是堅持不讓陳婉真在台灣辦「戶口遷入」，也不給她「身份證」。

「沒有身份證」是一種比司法判刑更嚴重的政治迫害，陳婉真個人一切的公民權全部被剝奪：不能找工作、作生意；不能租屋、租車、住旅館、搭飛機；不能向銀行開戶、辦貸款；不能出國旅行；更沒有選舉與被選舉權。陳婉真到處請願抗爭，毫無任何結果。由於國民黨的操控，陳婉真成為沒有戶口的「幽靈人口」。

1989年9月7日，為抗議「共產黨來台有黃金，台灣人回台要坐牢」，陳婉真直闖反共義士蔣文浩的記者會場，和前來聲援的林慧如、劉安庭、袁嬺嬺三人，被警方以強硬的方式塞入警車，帶到城中分局。

1989年9月15日，為聲援陳婉真母子設籍問題，十幾個民間團體組成後援會示威遊行，遊行民眾演出「反共義士入境可領黃金，台灣人無法落籍」的對比場面，陳婉真表示將以「不定時、不定點」方式到內政部展開長期抗爭。

1989年10月9日，陳婉真在事前極為保密的情況下，駕駛一輛即將報廢的遊覽車，進駐台北市的中安公園預定地，設立競選總部，以凸顯國民黨不准她設籍、不准參選的荒謬。遊覽車的左右兩旁各寫著「不准設籍照樣參選」、「拒絕入境翻牆回家」，遊覽車的上方則寫著「有路無厝陳婉真」。

1989年10月10日，陳婉真帶著獨子久哥（張宏久），發起「黑名單設籍抗爭行動」，與數千民眾在總統府後門寶慶路和鎮暴警察追逐對峙。當天，尚有另一組上萬參與遊行聲援的民眾，齊聚在土城看守所，要求國民黨釋放許良。

這是國民黨政府在台四十年來，經歷最為特殊的一次「雙十國慶」。

攝影/邱萬興

■10月10日，突破黑名單禁忌，闖關回台成功的陳婉真，帶著獨子張宏久雙十節發起「黑名單設籍抗爭行動」。
　傳單提供/邱萬興

■「有路無厝」黑名單抗爭文宣。 傳單提供/邱萬興

迎接許信良回家 慶祝國慶

為了回到台灣而奮鬥好幾年的許信良，終於在1989年9月27日，以漁船偷渡的方式返鄉。許信良搭「金滿財號」漁船偷渡，被高雄港緝私艦在外海查獲，立即被國民黨抓進黑牢去，押送土城看守所。

民進黨發起「迎接許信良回家」活動，10月10日下午2點，由街頭小霸王林正杰擔任總指揮，來自全台各地的民進黨立委、省市議員參選人與成千上萬民眾，在台北縣土城看守所外集合。

高雄縣立委余政憲、余玲雅為了祭悼祖父余登發老縣長，並代替余登發關心「許信良被關」事件，因此捧者余老縣長的遺像，向信良老弟說：「登發哥來看你了！」許信良的年邁父親、母親與弟弟許國泰立委，紛紛用擴音器向高牆內的許信良喊話：「我們關心你」。和平示威的群眾開始與警方展開漫長的對峙，要求「釋放許信良、重審美麗島」。

入夜後，土城看守所群眾只剩上千人。隔天凌晨二點多，大批鎮暴部隊開始舉牌驅散外圍群眾，鎮暴部隊用擴音器廣播：「要開始驅散了，請民眾盡速離去」。除了中央靜坐的民進黨公職人員與中央黨部幹部約五、六十人，許信良的父母親與林正杰坐在宣傳車上不肯離去，其餘的群眾全遭警方強制驅離到一、二公里外。

鎮暴部隊越過拒馬，用強力水柱衝向靜坐民眾。林正杰、楊祖珺夫婦、張俊宏秘書長、范巽綠、蔡式淵國代全遭鎮暴警察用電擊棒施暴受傷，總指揮林正杰更被打斷肋骨二根送醫急救，這是一場鎮暴警察活生生施暴的土城流血事件。

次日，三家電視台對此重大施暴事件不是隻字不提，便說採訪不到。國民黨強力控制媒體剝奪人民知的權利、愚弄台灣人民的心態，再一次表露無遺。

12月23日台灣高等法院宣判，前桃園縣長許信良被以「叛亂罪」，判處有期徒刑10年，1990年5月20日特赦出獄。

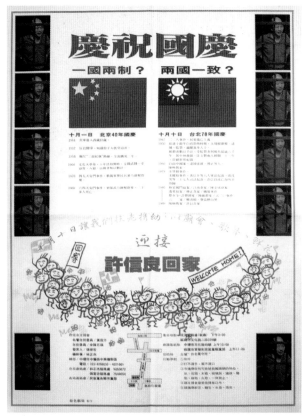

■迎接許信良回家，救援海報。傳單提供/張富忠

■高雄余家班舉著余登發的遺像與布條「信良老弟:登發哥來探望您!」。攝影/邱萬興

■釋放許信良回家貼紙。圖片提供/張富忠

■來自全台聲援許信良的上萬群眾,擠滿了台北縣土城街道。攝影/邱萬興

■民主進步黨發起萬人「迎接許信良回家」土城探監活動,由林正杰擔任督導,11日凌晨3點遭警方強制驅離,林正杰、楊祖珺、張俊宏、蔡式淵、范巽綠等人慘遭警方暴力毆打受傷。攝影/邱萬興

黑名單

來無影去無蹤
飛牆返鄉的蝙蝠俠──郭倍宏

自1988年到1991年之間，出現了一波波「海外黑名單闖關回台」的浪潮。數十年在海外從事台灣獨立運動而被國民黨當局禁止入境的人，紛紛闖關潛回台灣。許多人不計成敗、不計後果，即使被捕入獄也毫無畏懼，如陳翠玉、羅益世、陳昭南、郭倍宏、許信良、王康陸、李應元、張燦鍙……。

在這波黑名單闖關的行動中，最具戲劇性代表的是郭倍宏。

1989年11月，為突破國民黨的「黑名單」禁忌，擔任「台獨聯盟」美國本部主席的郭倍宏博士，親自闖關返鄉入境。

郭倍宏博士不但是蔣經國時代「黑名單」的異議份子，也是郝柏村眼中的「叛亂份子」，更是國民黨政權發出12道金牌（12張通緝令拘票）所要緝拿的「欽命要犯」。

這個「欽命要犯」郭倍宏博士，遭到國民黨懸賞金額二百二十萬元，進行全台大追緝，國民黨並出動上千名軍警荷槍實彈四處追捕。

台灣的媒體形容他是「神龍見首不見尾」。日本NHK電視台稱郭倍宏為「忍者」。國際媒體美聯社、路透社則形容郭倍宏彷彿「蝙蝠俠」。

返台後的郭倍宏，不顧自身安危，積極地為「新國家連線」的候選人造勢。11月22日於台北縣中和體育場，周慧瑛與盧修一的演講場上，他用一個黑色的「黑名單面具」，把國民黨八大情治系統耍弄得人仰馬翻。

在高唱那首最令海外黑名單人士心痛的「黃昏的故鄉」

■ 郭倍宏為「新國家聯線」造勢，在盧修一、周慧瑛台北縣中和體育場演講會上公開露面，召開中外記者會。隨後，在上千名軍警重重包圍下，郭倍宏在「黑面具」及群眾掩護下，金蟬脫殼再度闖關返美，左起簡錫堦、周慧瑛、郭倍宏、盧修一、蘇芳章。　攝影／邱萬興

之後，郭倍宏現身與台灣人民見面，當場面對上萬熱情群眾演講，他明白表示，最主要的目的就是「推翻國民黨，建立新國家」，演講會後並舉行中外記者招待會。

國民黨的高額懸賞金，收買不動台灣人民的心。在數千群眾都戴上「黑名單面具」的掩護之下，郭倍宏來無影，去無蹤，金蟬脫殼，順利突圍，並再度闖關返美，此為當年台灣十大新聞之最轟動國際之事，被稱為「郭倍宏旋風」，這個「黑名單面具」的活動，是由簡錫堦設計的。

■ 數以千計的民眾都戴上黑底反白「黑名單」面具，每個人似乎都是郭倍宏，一起歡呼掩護郭倍宏安全離開會場。
攝影／周嘉華

李登輝
對共產黨頭目鄧小平：**做朋友吧！**

李登輝
對台灣人兄弟郭倍宏：**給我抓起來！**

■ 11月初台獨聯盟美國本部主席郭倍宏博士，成功偷渡回到台灣，成為國民黨全面通緝的「欽命要犯」，並由高檢署懸賞220萬元全力捉拿，上圖是盧修一競選總部製作的聲援郭倍宏傳單。傳單提供／邱萬興

■ 郭倍宏參加民進黨四全大會會場，戲弄台南縣警方人員，拍下這張「我在你身邊」的照片，製作成選戰快報，要得警方「滿面全豆花」，真是一齣活靈活現的反諷劇。攝影／林秋滿

1989年「地方包圍中央」

縣市長、立法委員省市議員大選

1989年6月，民進黨中央黨部秘書長張俊宏率先發表「到執政之路——地方包圍中央」，提出了民進黨走向執政的戰略構想，也是民進黨對抗國民黨特權體制最有效的戰略，希望能在這次地方縣市長選舉中獲勝，累積執政經驗和實力，邁向中央執政。

民進黨中央黨部在11月11日首度成立中央巡迴助選團，發表「汰換老賊政黨，疼惜土生新黨」文宣，分成北、中、南與「桃竹苗」共四個團，由黃信介主席擔任總領隊，康寧祥、姚嘉文、陳永興、江鵬堅擔任召集人，成員有張俊宏、蔡式淵、陳菊、邱義仁、李勝雄、李喬、林雙不、黃天福、邱垂貞、鄭寶清、謝聰敏、楊黃美幸、徐正光、鄭欽仁、林鐘雄、張國龍、李永熾等人與民進黨國大黨團。

12月2日，三項公職（縣市長、立法委員、省市議員）大選，這是台灣自解除戒嚴以來的第一次大選。在此次選舉中，民進黨有32位立委、省市議員參選人，共同召開記者會宣布加入「新國家連線」，發表共同宣言，主張「台灣主權獨立」，並提出共同政見「建立東方瑞士台灣國」。

最特別的是，1981年同時參選台北市議員的黨外三劍客陳水扁、謝長廷、林正杰，這次又在台北市南、北區分別參選立法委員，並且同時當選。在台北市南區以「為母親打一場聖戰」為名的鄭南榕遺孀葉菊蘭，與在台北縣參選「新國家建築師」盧修一，他們均同時高票當選進入立法院。戴振耀參選農民團體立委，也首度為民進黨攻下一席立委。

在這次縣市長選舉中，民進黨獲得6席縣市

■民進黨主席黃信介與縣市長參選人。攝影/邱萬興

長，得票率38.3％，立法委員當選21席，立委得票率28.2％。省市議員部份，當選16席台灣省議員，台北市議員當選14席，高雄市議員當選8席。

民進黨推出的縣市長候選人當中，尤清當選台北縣長，游錫堃宜蘭縣長，蘇貞昌屏東縣長，余陳月瑛高雄縣長，周清玉彰化縣長，范振宗新竹縣長。

六位民進黨縣市長與無黨籍的嘉義市長張文英在當選後組成「縣市長聯盟」，針對不合理的行政措施，採取不合作主義，以抗爭力量的凝聚，以強而有力的制衡機制，逼迫國民黨政府實施合乎理想及正確的行政措施。

■尤清（左二）擊敗了國民黨李錫錕（左三），攻克台北縣，讓國民黨主席李登輝的故鄉「淪陷」。攝影/周嘉華

■1989年葉菊蘭以「請你陪我打一場母親的聖戰」，在台北市龍山寺舉辦第一場誓師演講會。攝影/周嘉華

■陳水扁競選台北市立法委員海報。傳單提供/邱萬興

■盧修一競選台北縣立法委員海報。傳單提供/邱萬興

■投票日前三天，陳水扁11月28日在自立晚報刊登「台灣獨立萬萬歲」廣告，聲援「郭倍宏無罪」。傳單提供/林秋滿

請你陪我打一場母親的戰爭

曾經，我用千百個藉口說服自己逃避／曾經，我以千百般理由強迫自己遺忘／藉口易找，而良心難安／理由俱在，但記憶猶新。

無法壓抑的，是永恆的母性在呼喚

母親，是這個社會的最後防線／不要把眼前所有的問題／都丟給孩子們去承受／讓我們攜手同心，突破萬難／追求一個供孩子儘情奔逐的美麗島／建設一個讓孩子快樂成長的新國度。

葉 菊 蘭

民進黨台北市南區立法委員候選人（中山‧建成‧延平‧大安‧城中‧龍山‧雙園‧古亭‧景美‧木柵）
競選總部：台北市忠孝東路2段100號 電話：3942571‧3942612‧3942618‧3942639 **FAX**：3942601

■葉菊蘭參選台北市南區立法委員文宣。傳單提供／鄭南榕基金會 攝影／曾文邦

■戴振耀首度為民進黨攻下一席職業團體的農民立委。
傳單提供/邱萬興

■1989年台北縣縣長尤清獲得62萬6333票，擊敗國
民黨提名的李錫錕，民進黨首度攻下擁有三百萬
人口的「總統故鄉」台北縣。傳單提供/邱萬興

■周慧瑛競選台北縣省議員傳單。傳單提供/邱萬興

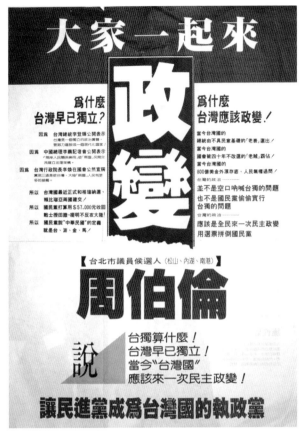

■周伯倫競選台北市議員傳單。傳單提供/邱萬興

■蘇貞昌競選屏東縣長傳單。傳單提供/張富忠

■林正杰競選台北市南區立法委員小冊子。小冊子提供/張富忠

■周清玉競選彰化縣長傳單。傳單提供／邱萬興

■傅正競選台北縣立法委員傳單。傳單提供/邱萬興

■李逸洋競選台北市議員傳單。傳單提供/邱萬興

■周柏雅競選台北市議員報紙稿。傳單提供/邱萬興

■卓榮泰競選台北市議員傳單。傳單提供/邱萬興

■民進黨中央黨部組成「中央助選團」文宣廣告。
　傳單提供/邱萬興

1990

野百合三月學運

■1990年三月「野百合」學運。
攝影/邱萬興

■反軍人干政遊行抗爭活動。
攝影/邱萬興

　　1990年三月國民大會改選總統，李登輝榮登中華民國總統寶座，然而，這是經過國民黨內權力惡鬥下的結果，並不表示台灣人的民主運動有所進展。

　　1990年中華民國第七任總統屆滿之際，國民黨惡名昭彰的「二月政爭」開始上演。國民黨內的「非主流派」推舉林洋港、蔣緯國角逐總統、副總統，企圖與「主流派」正副總統候選人李登輝、李元簇一別苗頭。雙方在這場政爭中翻雲覆雨，權力鬥爭無所不用其極，讓台灣人民認清了國民黨統治集團的本質。

　　1990年2月國民大會召開期間，抗退的「萬年國代」試圖透過國會的各種運作，攬權自重、貪得無厭的惡形惡狀，終於挑起台灣人民的憤怒之火，尤其是最具理想色彩、最沒有政黨利益糾葛且最具社會批判力的大學生，1990年的三月學運因此產生。參與學運的學生與教授，首度使用「罷課」手段來表達他們對國民黨強烈的不滿。

　　學運廣場上，「野百合」，象徵學生對台灣本土的認同。和過去四、五十年在國民黨教育體制下的學生相較起來，學運學生也從這次的抗爭中成長很多。來自全國各地的大學生、高中生齊聚一起，三月學運在所謂的「中正廟」（中正紀念堂）靜坐抗爭了六天，人數最多時，廣場內甚至聚集了數萬人之多。直到李登輝接見學運代表後，靜坐抗爭的活動才和平落幕。

　　原本期待李登輝上任後有所改革的民主運動人士，沒想到在五月，李登輝提名時任國防部長的郝柏村出任閣揆。學生、教授、社運人士和民進黨，於是在五月策劃了一波又一波的「反軍人干政」的遊行抗爭活動。從總統就職日，直到立法院通過閣揆人事的同意案當天，街頭抗爭始終不曾歇止。

　　6月底，李登輝總統於三月學運中承諾學生要召開的「國是會議」終於正式揭幕，民進黨與國民黨在台北圓山大飯店為期7天大會密集協商，達成總統、省長直接民選的共識。

　　11月初，黃華被捕。12月初，黃華被以叛亂罪判刑10年。黃華於庭訊時拒絕答辯、拒絕上訴。1988、1989年，黃華不斷以推動「台灣新國家」的理念，在台灣本土與海外台灣人社團宣揚其理想；在1990年初還和吳哲朗一同以民進黨提名的正副總統候選人身份，對抗國民黨的總統選舉，以彰顯「國代」投票的不合理。然而，在李登輝就任的第一年，一生為民主運動無私奉獻的黃華，卻四度成為政治犯。

■五月，野百合
學運的學生再
度重回中正紀
念堂發起「反
軍人干政」遊
行抗爭活動。
攝影/邱萬興

國民黨的二月政爭

1989年1月26日，國民黨政權無視於民進黨立委的反對，強行通過「第一屆中央民意代表自願退職條例」。1989年3月1日，國民黨政府鼓勵「萬年國會老代表」開始辦理自願退職。雖然國民黨答應給予這些老代表相當優厚的條件，可是為數不少「該退而不願退」的「老賊」，依舊不願放下長期以來、既得已久的利益，仍繼續盤踞在台灣的政壇。他們甚至揚言抗退，並且醞釀抵制李登輝。

原本在蔣經國死後代理總統的李登輝，必須經過國民大會選舉之後，才能正式成為「中華民國」的總統。因此，國民黨內所謂的「主流派」李登輝「台灣人（本省人）」，便提名「外省人」李元簇為副總統候選人，並在當時國民黨秘書長宋楚瑜的精心運作下，打算經中央委員會以一致起立鼓掌的方式，把李登輝、李元簇推為國民黨第八任總統、副總統候選人。

另一方面，國民黨內的「非主流派」則策動於1990年2月11日的臨時中央委員會議上，修改投票模式，從「起立表決」改變成「秘密投票」，並且推舉當時的司法院長林洋港、國安會秘書長蔣緯國角逐總統、副總統，意圖杯葛李登輝承接蔣經國的政治權力。這些行徑暴露了蔣經國死後國民黨統治集團內部的權力紛爭，

這也就是惡名昭彰的國民黨「二月政爭」。

而國民大會在召開期間，這些抗退的老賊，不僅不肯退出政治舞台，甚至還拼著老命，以所謂的「法統」，試圖擴張他們自身的權力，來操弄台灣的政治局勢。

最後，在林洋港、蔣緯國相繼知難而退的情況下，非主流派功虧一簣，變成了台灣政治上的泡沫。1990年3月21日，國民大會在陽明山中山樓選舉正副總統，李登輝、李元簇，以唯一一組正副總統候選人的身份，在668票中，獲得641票，得票率為95％，正式接任「中華民國」第八任總統、副總統。

李登輝與李元簇合作搭檔競選正副總統，表面上看來，李元簇是一個「沒有聲音」的副總統，但實際上，就李元簇個人的從政資歷來看，他卻是一個必須被追究的國民黨官員，他擔任過台灣省保安司令部（即警備總部的前身）軍法處副處長和處長。國民黨來台實施戒嚴之後，所有名之為匪諜案的案件，全由台灣省保安司令部處理。在李元簇擔任軍法處處長任內，不知有多少無辜的台灣人民葬身在他的手中。以這樣一個背景資歷的人，出任李登輝的副手，實在令人無法信任李登輝的執政能為台灣民主帶來多大的希望。

■全國學生運動聯盟發動「全民反軍人組閣」會師大遊行，將郝柏村的抗議海報倒掛在拒馬上。攝影/邱萬興

民進黨新科立委
阻擋老賊報到

1990年2月1日，立法院開始辦理第85會期立委報到手續。民進黨立院黨團的21位立委，包括陳水扁、謝長廷、林正杰、洪奇昌、盧修一、李慶雄、葉菊蘭、黃天生、劉文雄等多人在內的新科立委，以及當時無黨籍的立委陳定南、張博雅都聯手出席，在群賢樓佈下封鎖線，制止國民黨資深及僑選老立委的報到。

報到手續自上午8點起開始辦理，民進黨籍立委一早就採取強勢戰略，以手挽著手形成人牆的方式，守在報到會場門口，形成一道緊密的封鎖線，只讓增額立委進入辦理報到，阻擋資深立委進入會場報到。

林正杰在8點多，帶著20多張自製的勸退海報，趕到群賢樓。海報上書寫著許多幽默的字句，例如：「全世界右手最發達的動物——表決部隊」、「左手吊點滴、右手要表決」、「尿袋立委、尿袋政黨」等諷刺文字，讓這場國會殿堂中嚴肅的政治抗爭，添增了不少趣味性。

■民進黨立委在立法院群賢前阻擋老賊。攝影/余岳叔

■左二起洪奇昌、謝長廷、劉文雄、陳水扁、張俊雄、黃天生、葉菊蘭、張博雅阻擋資深立委與僑選老立委報到。攝影/余岳叔

民進黨護送國代的草山抗爭

1990年1月3日，台灣高檢處以叛亂罪罪名，將新國家運動總本部總幹事黃華提起公訴。2月13日，民進黨中常會通過，提名黃華、吳哲朗為第8屆中華民國正副總統候選人；國民黨內則通過提名李登輝、李元簇參選正副總統。由於中華民國的政治制度上，仍沿續以「（第1屆）老國代」才有權選舉正副總統的現實，因此即使身為台灣人的李登輝，仍被反對國民黨的民進黨人士所唾棄。

民進黨此舉是「明知其不可為而為之」，因為縱使提名對台灣民主運動有貢獻的前輩參選正副總統，還是根本沒有半

■3月14日，民進黨主席黃信介（中）領軍與正副總統候選人黃華（右）、吳哲朗，發動上千位群眾「護送」民進黨國代到陽明山中山樓開會，遭上千軍警封鎖在仰德大道上。攝影/余岳叔

■民進黨提名的正副總統候選人黃華、吳哲朗與國代、立委都被擋在陽明山下。攝影/余岳叔

點機會去和國民黨較勁。不過儘管如此，民進黨還是做此安排，一方面希望藉此保護被起訴的黃華，諷刺台灣司法體系完全由國民黨掌控的荒謬性；另一方面，則凸顯出「要求總統民選」的民進黨和「堅持讓老賊選舉總統」的國民黨之間的差異。

國民大會第8次會議期間，2月19日，李登輝總統設宴款待全體國大代表，民進黨國大代表黃昭輝在陽明山中山樓掀桌抗議，表示對國民黨的不滿。

隨後2月24日，國民大會第8次會議主席團選舉，資深的老國代在85個主席團席次中取得61席，從此之後，「老賊」便在國大會議中占盡主導優勢。不僅如此，3月5日，老國代更進一步要求追加出席費。國民大會主席團預算審查小組甚至決定，出席費由5萬2仟元調整為22萬元。資深國代崔震權提議表示：「出席費不能低於上次數目，否則將會影響（李登輝）總統的選舉」，一語道出老國代們政治勒索的惡行。同日，民進黨10位國代將「中華民國」刪改為「台灣」誓詞宣誓，被大法官張承韜認為無效。

3月6日，民進黨立委集體聲討老國代要求增加出席費、要求擴張職權的行徑。民進黨立委林正杰正式提案，要求院會決議，制止國民大會代表藉著正副總統選舉進行「憲政勒索」的舉動。台灣民間開始對「老賊」無法無天的惡行深惡痛絕，並把這些貪得無厭的「老賊」封為「政治蟑螂」、「政治垃圾」。

3月13日，國民大會秘書處下令憲警部隊，阻止民進黨籍國代進入會場行使職權，雙方爆發激烈肢體衝突。民進黨中央立即做出緊急決定，於次日由民進黨主席黃信介率領中常委及中央黨部的幹部，發動數千位群眾同行，打算「護送」11位民進黨國代到陽明山中山樓開會。民進黨的宣傳車上，寫著「護送本黨國代行使職權」。民進黨的隊伍，隨後遭上千軍警封鎖在仰德大道上。

3月16日，民進黨主席黃信介以及張俊宏、陳永興與國大代表等多人，至總統府請願並要求面見李登輝總統，遞交「解散國大」抗議書，不但請願未果，民進黨人士還遭到憲警以暴力強行驅離。

■聲援民進黨國大黨團的群眾在陽明山仰德大道與鎮暴部隊發生激烈衝突。攝影/余岳叔

三月學運
憤怒的「野百合」

七百個皇帝的壓榨

就在國民黨的權力核心全力運作國代選舉總統的期間,整個台灣社會對現有的憲政體制已經厭惡到了極點。1990年2月,國民大會召開期間,這些抗退的「老賊」,不僅不肯退出政治舞台,甚至還拼著老命,想以所謂的「法統」,試圖擴張他們自身的權力,來操弄台灣的政治局勢。這種讓人倒盡胃口的作法,終於招致台灣人民的憤怒,尤其是最具批判力的學生。1990年的三月學運因此而產生。

1990年3月8日,台大學生會出面邀請一些社運團體,共同討論當前的國是問題,會中達成了初步的共識:「反對毫無民意基礎的資深國大選舉總統,希望暫時停止這次選舉,先召開制憲會議後,再選舉總統、副總統」,最後決定以「還政於民,重建憲政」為運動基調,於3月18日在中正紀念堂舉辦群眾大會,並選出台大教授張忠棟擔任召集人。不料,林洋港和蔣緯國分別在3月9日和10日宣布退選,使得張忠棟教授決定取消原定的計劃。

3月10日下午,各學運團體和社運團體按原計劃集會,並聯合簽署一份由台大學生會起草的＜還政於民,重建憲政＞的聲明。

3月14日,一百多位台大學生會的成員,組成「台大學生民主行動聯盟」,至國民黨中央黨部,抗議國會長期不改選,並要求「解散國民大會,召開制憲會議」,當場與前來圍堵的

■1990年3月春天,全台灣超過五千位大學生在台北中正紀念堂廣場上,向威權體制的國民黨提出了「解散國民大會」、「廢除臨時條款」、「召開國是會議」、「訂定政經改革時間表」等訴求,學生特別為李登輝總統留下一個座位。攝影/余岳叔

攝影/余岳叔

■3月16日，民進黨主席黃信介（中右）率領幹部至總統府請願，並要求面見李登輝總統，遞交「解散國大」抗議書，請願未果，遭憲警強行驅離。攝影/余岳叔

兩百多名鎮暴警察發生衝突。

3月15日，五十餘名文化大學學生，組成「文化民主學生臨時組織」，抗議國民大會為阻擋民進黨籍國代參加開會而引起的軍警「封山」措施。他們提出了四個要求：一、警方立即撤除路障；二、國民大會和警方應為文化師生和草山居民的權益損失道歉並賠償；三、將繼續用各種和平合理的手段進行抗議；四、今後還有類似的老少賊分贓大會，應改在人跡難至的深山舉行，以避免憤怒的抗議人潮。

3月16日，民進黨主席黃信介與國大代表等14人，至總統府請願並要求面見李登輝總統，遞交「解散國大」抗議書，請願未果，遭憲警強行驅離。同一天，二十餘名台大學生下午前往台北市中正紀念堂靜坐抗議，拉開「同胞們！我們怎能再容忍七百個皇帝的壓榨！」布條，要求「停止國民大會開會，解散國民大會」，正

式掀起野百合「三月學運」的序幕。

3月17日凌晨，靜坐學生在中正紀念堂廣場前過夜，到當天傍晚，參加靜坐的學生已逾兩百人，部份教授也加入靜坐行列。晚上民進黨人士不斷到場聲援，關心的民眾增加到數千人。而參與靜坐的學校則包括台大、中央、中興法商、高醫、東吳、文化、政大、陽明、台北工專、建中等校。

此外，三十多名文化大學學生組成「三一七行動聯盟」，也於3月17日上午，到陽明山中山樓的牌樓前靜坐抗議，反對資深國代「每年集會一次、自行延長任期並追加出席費。」並致贈鬧鐘，以示為國代「送終」。

首度使用罷課手段

3月17日，台大自由派教授和部份學生，決定發起「柔性罷課」，要求全國大學師生，自

3月19日起的一週內，停止一切正常教學活動，將上課地點改到中正紀念堂，參與靜坐抗議行列，或是在校內改上民主課，並定名為「民主教育週」。

3月17日中午，台大教授賀德芬、夏鑄九、張國龍等人，為此拜會台大校長孫震，要求孫震宣告3月19日到25日為「民主教育週」，此舉遭到孫震斷然拒絕。

3月18日凌晨，於中正紀念堂參與靜坐的學運團體，在首次合作的校際會議上，確定了三月學運的四大訴求：「解散國民大會」、「廢除臨時條款」、「召開國是會議」、「訂定政經改革時間表」。同時，學運團體也由台大范雲、周克任、北醫呂明洲、東海郭紀舟、中興法商陳尚志、輔大廖素貞、文化林德訓等六校代表組成「七人決策小組」，決定與民進黨活動畫清界線，以保持學生運動的單純性。

3月18日上午，決策小組決定以「自主、隔離、和平、秩序」為學運廣場抗爭的四大原則。為了因應隔離政策，從上午開始就將學生與非學生區別出來，以一道警戒線畫出靜坐區，並實施出入者的身分查證，這就是三月學運糾察線的由來。這表示學運團體對「三月學運」與「國是問題」的看法，與民進黨的作法不盡相同，他們也透過這種方式，表達了學生的主見。

3月18日當天，在中正紀念堂廣場大門內靜坐的是學生，糾察線外則是由民進黨發起「反國大修憲」運動的群眾

大會,來自全台數萬名民眾,把台北市中正紀念堂廣場擠得水洩不通。民進黨的訴求是「抗議國大擴權」,並要求「解散國大、總總直選」。

3月19日下午,由於各校持續動員,廣場靜坐學生的人數急速往上攀升,數目約有一千名左右。當時戶外正值大雨,學生陸續移往國家劇院避雨。傍晚雨停後,學運的工作小組開始把借來的音響器材,放到劇院前的廣場上架設好。這套效果很好的「穩立音響」,是由楊祖珺找「穩立」老闆鄒玉珍商借的。學生因為廣場上音效很差的問題,進而影響到全場秩序的掌控、活動的傳達、協調與溝通,因此請楊祖珺幫忙解決問題。

「穩立音響」因為怕遭驅散時音響器材毀損、求償無門,楊祖珺甚至為此簽下價值三千萬元音響的「毀損保證賠償證明書」。

「野百合」的由來

3月19日深夜11點,學運團體的校際會議通過「野百合」為三月學運的精神象徵,它的意義如下:

(一) 自主性:

野百合是台灣特有種,象徵著自主性。

(二) 草根性:

野百合從高山到海邊都看得到,反映了草根性。

(三) 生命力強:

野百合在惡劣的生長環境下,依舊堅韌地綻放。

■台灣大學學生會會長范雲擔任「野百合學運」決策小組成員及總指揮。
攝影/邱萬興

■台大學生鄭文燦代表野百合學運的決策小組發言。攝影/周嘉華

(四) 春天盛開:

野百合在春天盛開,就是三月的這個時刻。

(五) 純潔:

野百合白色的純潔正如學生們一般。

(六) 崇高:

在台灣原住民魯凱族裡,野百合更是一生最崇高榮耀的象徵。

台灣的野百合,道盡了學

■野百合製作「自由之聲」大字報。
攝影/余岳叔

■來自大專院校學生於台北市中正紀念堂展開絕食抗議。攝影/余岳叔

生心目中的三月學運,包含對台灣實體性的認同(自主性)、全民的運動(草根性)、對抗不義的勇氣(生命力強)、青春的活力(春天盛開)、學生的理想道德象徵(純潔)、以及參與者生命中的榮耀(崇高)。

五千學生參加抗爭

3月19日,國民大會在社會各界的壓力下,終於提出「資深國代於1992年退職」的提案。

3月20日早上,廣場上學生的人數不斷增加,到了下午3點左右,學生人數約有2500人。而學運廣場內的決策小組,也決定於下午以送邀請函的方式,要求李登輝公開回應廣場的四大訴求,結果總統府不予回應,廣場上的學生因此情緒反彈。傍晚7點左右,學生人數增加到將近5000人左右,這也是廣場上學生人數最多的時候。

晚上,學運廣場的創造力開始釋放出來,野百合的精神象徵開始製作,徵求廣場之歌的創作活動也隨著開始。

3月21日,靜坐學生的精神保壘「台灣野百合」,上午製作完成,並移置在廣場中央。下午,國民大會選出李登輝、李元簇為第八屆正副總統。而廣場上的學生也經過三、四小時冗長的討論後,於傍晚6點達成決議。最後於晚間7點50分,53名學生代表會同賀德芬、瞿海源兩位教授,一起前往總統府拜會新當選的李登輝總統。

就在一群學生代表前去總統府之際,「黑名單工作室」在學運廣場熱烈地教唱著他們為三月學運所創作的歌曲。不久,台視在電視上報導「學運變質」的說法,引起了廣場上學生的憤慨。學生也順勢將此次抗爭中媒體不斷抹黑的氣憤,全部加諸在「台視」上,即使在宣布抗爭結束並撤離廣場後,這股對媒體「強烈不滿」的怨氣仍無法平息。這也是引發日後學運抗爭中所謂「小蜜蜂行動」的原因之一。

學運代表與李登輝會談

當靜坐學生代表於總統府會見李登輝時,由台大學生范雲代表宣讀廣場的四點要求,李登輝則答覆:「解散國民大會及廢除臨時條款,並非

總統的職權，這些會在國是會議中討論。國是會議召開的時間會比學生們預期的還早。而且會在總統就職時宣布政經改革時間表。」

李登輝一方面肯定學生的愛國情操，另一方面卻又以安全理由，拒絕學生們希望他親臨學運靜坐廣場的期盼。最後，學生代表為了昭信於廣場上的學生，要求總統府必須把會談過程製成錄影帶，總統府方面只有在這個條件上，答應學生代表的要求。

晚間11點，會談的錄影帶送到廣場。廣場靜坐的學生觀看完會面全程的錄影帶後，在3月22日凌晨1點30分做出撤離廣場的建議案。經過一個多小時進行撤退與否的討論與公決，凌晨2點50分召開校際會議後，投票表決，22校同意，1校反對的情況下，學運團體在22日清晨公布撤退的決定。

3月22日早晨，指揮中心正式宣布撤退聲明：〈追求民主，永不懈怠〉，直到下午4點，靜坐的絕食團完全撤離廣場。廣場上人去樓空，只剩下一株野百合。最後，決策小組決定組成「全國學生聯盟」（全學聯）來負責籌備會議事項。為期6天的三月學運抗爭，終於結束。

3月23日夜間，象徵「三月學運」精神的「台灣野百合」，在中正紀念堂的廣場遭到不明人士焚燬。

■「除老賊，解國難」群眾大會由陳菊（右二）與鄭寶清（右一）主持。
攝影/邱萬興

■民進黨中央黨部3月18日，在中正紀念堂同時舉辦「除老賊、解國難」群眾大會，吸引數萬人潮將廣場擠得滿滿的。攝影/蔡明德

■民進黨創黨主席江鵬堅向民眾演講的盛況。攝影/邱萬興

郝柏村由軍轉政
五月學運唾棄軍人干政

設計/邱萬興

經過國民黨二月政爭、三月學運之後，李登輝當上中華民國總統。參與學運的學生期待他做政治改革，連部份民進黨人士都以他是「台灣人總統」的眼光來包容他。沒想到，他一上任就提出一個令台灣人民十分錯愕的閣揆人事案。

1990年5月，李登輝提名前參謀總長、當時為國防部長的郝柏村，出任行政院長，一時舉國譁然。

■首都早報頭版以「幹」字，反對軍人組閣。攝影/余岳叔

令人錯愕的閣揆人選

李登輝提名郝柏村一事，涉及國民黨內高層人事的政爭、惡鬥。因此有一種說法是，因為當時的行政院長李煥，行事風格與李登輝格格不入，所以李登輝便找軍事強人郝柏村來接任行政院長的職務，一方面以郝柏村的軍人背景來安定紛亂的政治局勢，另一方面，也以郝柏村來鎮壓其他不服的國民黨黨政人士。

然而，不論事實真相為何，李登輝當上總統後，行事風格前後反反覆覆，「前腳」才對民進黨人士表示善意，說要釋放政治犯，還打算邀請海外台獨人士回台參與國是會議；「後腳」卻找了一個終其一生拿槍桿子的大軍頭來當行政院長。李登輝找了一個需要被改革的對象，來執行國民黨的改革計畫，這事情本身就是一個大笑話！

台灣人民在錯愕之餘，莫不掀起巨大的反彈聲浪。上從學生、學者、教授、立法委員，下至一般市井小民、販夫走卒，使得「反軍人干政」運動，成為三月學運後最轟轟烈烈的抗爭活動。

五月學運再起

和三月學運比起來，五月學運的規模沒有那麼大。但

■憤怒的「全國學生運動聯盟」再度集結中正紀念堂，展開一波接一波的「反郝」示威行動。攝影/邱萬興

是五月學運和台灣社運團體結合的緊密度比三月學運大得多，「反郝柏村軍人干政」的議題和抗爭方式是全民性的，學運活動只是其中的一環。

三月學運宣布結束的同時，學運團體也達成校際間合作的共識，成立了「全國學生運動聯盟」（簡稱「全學聯」）。3月23日象徵學運精神的野百合被焚毀，學運團體則於3月24日發出一份抗議聲明。

4月間，全學聯開會決定採分區制，分北、桃竹苗、中及南四區。另外，也決定央請藝術家楊英風以不銹鋼為材料，重塑野百合，以防破壞。

5月2日郝柏村軍人組閣的消息一傳出，5月5日全學聯再度集結各校學運社團於中正紀念堂，展開一波接一波的「反郝」示威行動。全學聯並派出「小蜜蜂」特攻隊，以「噴漆」方式宣傳學生的想法，同時也抗議電視台與部份報紙媒體，封鎖學運的消息。5月5日深夜，「小蜜蜂」特攻隊在行動中，有11位隊員在台北車站遭到警方逮捕。隨後大批學生群聚於警察局前抗議，這11名學生才被釋放。

5月19日，全學聯重返中正紀念堂，並將鋼塑的野百合送至廣場。「小蜜蜂」特攻隊仍

■學生製作的創意海報，將蔣中正、蔣經國、李登輝人像疊在一起。
攝影/余岳叔

■全國學生運動聯盟製作抗議反軍人
干政標語。攝影/余岳叔

持續行動，把整個中正紀念堂週邊的建築物都噴上「反軍人干政」、「反郝」等字眼。5月20日，李登輝就職總統的當天，全學聯在廣場上舉行鋼塑野百合落成儀式。下午，學生也加入萬人遊行的行列。「小蜜蜂」特攻隊四處「嗡嗡嗡」，在國民黨中央黨部前，情治人員動手毆打「小蜜蜂」成員；至於前往華視的行動，事後也遭華視控告。

這是台灣學運首度面臨司法審判的案例，也是在李登輝就任總統、郝柏村就任閣揆之後立即給學運的下馬威。

全民上街頭抗爭

5月5日，社運團體成立「全民反軍人干政聯盟」。5月17日，多所大學的教授和文化界的人士，也宣布成立「知識界反軍人干政聯盟」，並在省立博物館前靜坐抗議。5月18日，許多研究生為表示他們對教授的支持，從台北市議會遊行到博物館，加入「反軍人干政聯盟」的行動。

5月20日，民進黨、學術界、社運團體和學運團體，聯合舉辦「反郝」靜坐與遊行活動，徹底「反對軍人組閣」，有數萬名群眾走上街頭表示抗

■「全國學生運動聯盟」向藝術家楊英風訂製的不銹鋼「重塑野百合」行動完成，
近兩萬名群眾在中正紀念堂會師展開「全民反軍人組閣」會師大遊行。攝影/余岳叔

■民進黨立法委員在立法院群賢樓前靜坐抗議,在立法院內展開議事杯葛,抗議軍人干政。攝影/邱萬興

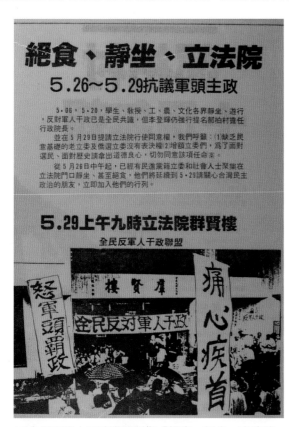

絕食、靜坐、立法院
5.26~5.29抗議軍頭主政

　　5‧06、5‧20，學生、教授、工、農、文化各界靜坐、遊行，反對軍人干政已是全民共識,但李登輝仍強行提名郝柏村擔任行政院長。

　　並在5月29日提請立法院行使同意權,我們呼籲:(1)缺乏民意基礎的老立委及僑選立委沒有表決權(2)增額立委們,為了面對選民、面對歷史請拿出道德良心,切勿同意該任命案。

　　從5月26日中午起,已經有民進黨籍立委和社會人士聚集在立法院門口靜坐、甚至絕食,他們將延續到5‧29請關心台灣民主政治的朋友,立即加入他們的行列。

5.29上午九時立法院群賢樓
全民反軍人干政聯盟

■全民反軍人干政聯盟製作「絕食、靜坐、立法院」傳單。傳單提供/邱萬興

野百合與槍桿的戰爭
堅決反對軍人干政

親愛的台北市民與學生們:

　　國民黨在台灣40年,從來都是以其槍桿為後盾,遂行其軍事法西斯的高壓統治。有家的歸不得,有民主理想的換來恐怖。今天,在全世界一片民主浪潮與改革的呼聲中,我們往往更美好社會適邁的理想,卻因為李登輝提名郝柏村擔任揆閣而希望落空。

　　從學生的觀點看,國民黨正以體面的西裝來包裝其「槍桿」的本質,他們也許是使社會「安定」的一群,卻也是使文明趨向庸俗死亡的一群,他們與權故變,總以為別人正危及其汲汲可得的權位。

　　而國民黨迷信「槍桿」武力整頓社會秩序的作法,同時,卻還得其反使得手無寸鐵的弱勢團體,在已財富分配不均的不平等社會,呼聲更為微弱。

　　這是一場「野百合」花與槍桿的戰爭。

　　為了台灣社會更為美好的民主未來,為了實現真正的社會正義,也為了我們心中那份似花的理想,我們要將「野百合」重建在中正廟上。

　　將那染象徵愛好和平、希望、屬於這塊土地,會再創再生的,會綿衍代代的「野百合」花,讓它綻開在這塊土地上。

■ 520 行動五大訴求　　　　全學聯北區

1.重返中正廟重塑野百合
2.反對軍人干政
3.反對個人獨裁,反對黨國是會議淪為御前會議
4.重視弱勢團體,實現社會正義
5.要求李登輝於五二○提政經改革時間表

● 519 中午 12:00 中正廟開始集結
● 520 早上小蜜蜂嗡嗡嗡!
● 520 下午 PM 2:00 開始遊行

■全學聯製作的「野百合與槍桿的戰爭」傳單。
傳單提供/邱萬興

114

■5月18日，近百位大學教授成立「知識界反軍人組閣行動」，在台北新公園省立博物館前靜坐抗議。攝影/余岳叔

議。然而，國民黨政府完全無視於人民的心聲，就在遊行的同時，國民黨召開臨時中常會，通過「李登輝提名郝柏村出任行政院長」一案。

立法院內外的抗爭

1990年5月27日，民進黨立院黨團在立法院外面、濟南路上的群賢樓前，舉辦「反軍人干政」絕食靜坐抗議，許多民眾主動前來加入抗議行列。立法院內，民進黨立委們則在國防委員會開會時，舉起各式各樣的「反軍人干政」標語來抗爭。

5月29日，國民黨在立法院執意行使閣揆任命的同意權，二十多位民進黨立委，全部身穿「堅決反對軍人組閣」的白色罩衫，展開議事杯葛的手段。立法院外，抗議群眾和鎮暴警察則發生嚴重的流血衝突，警方在來來大飯店前向民眾噴水，導致民眾憤而向警方丟擲汽油彈。

當天下午，以國民黨為絕大多數的立法院，通過「郝柏村出任行政院長」一案。

■「郝柏村組閣」案由立法院交付立委行使同意權，「反軍人干政聯盟」包圍立法院，又於5月29日在立法院旁爆發警民大規模衝突，引發來來大飯店前警方噴水、群眾丟汽油彈的緊張場面。攝影/潘小俠

■一名參加反軍人干政抗議活動的大學生，手持基督長老教會旗幟，無懼於警方噴水，屹立於水柱前。
攝影/羅興階

■1990年5月29日「郝柏村組閣」案由立法院交付立委行使同意權，
　民進黨立委在院會與國民黨立委發生激烈衝突。攝影/余岳叔

■盧修一為抗議軍人組閣，站上立法院議事桌上，指揮
　民進黨立委進行議事杯葛。攝影/余岳叔

■立法院長梁肅戎在進行議事表決時，陳水扁衝上主席台
　率先將立法院長座椅搬走。攝影/余岳叔

■左起王聰松、陳水扁、戴振耀、盧修一立委合力將院長
　座椅推下主席台。攝影/余岳叔

王見王
李登輝請黃信介喝茶

1990年國是會議召開前夕，李登輝總統與民進黨主席黃信介兩位朝野領袖進行歷史性會談。

1990年4月2日下午4點，國民黨主席李登輝總統在總統府接見民進黨主席黃信介，李登輝並請黃信介「喝茶」。黃信介則在見到李登輝的時候，直呼：「總統英明」。

當時，兩大黨主席坐下來面對面商談台灣的憲政改革、經濟改革，以及台灣和大陸的兩岸問題。這次的朝野領袖會談，為台灣的民主政治開啟一個新的溝通管道。

■施明德、艾琳達舉辦劫後記者會，艾琳達特地從美國攜回美麗島遊行的三色披帶參加，左起江鵬堅、許信良、陳菊、黃信介、艾琳達、施明德、姚嘉文。圖片提供/袁嬧嬧

■5月20日，李登輝、李元簇宣誓就任第8任總統、副總統。李登輝總統對「美麗島事件」受刑人頒布「特赦令」，施明德在三軍總醫院撕毀特赦令，堅持無條件釋放。施明德（右一）與許信良（右二）出獄後，5月21日在台北市國賓大飯店召開出獄記者會。攝影/邱萬興

■李登輝以國家元首身分，在總統府與民進黨主席黃信介晤面。左一為民進黨秘書長張俊宏，另一位是國民黨籍國代陳重光。圖片提供/張俊宏

1991

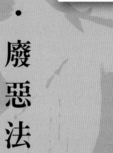

反閱兵・廢惡法

■5月20日，知識界「反政治迫害運動聯盟」，發起全民「反白色恐怖及政治迫害」大遊行。攝影/邱萬興

隨著台灣人民對中華民國憲政的極度不滿，民進黨內對有關台灣獨立建國的「制憲議題」也日漸重視。1991年3月，由海外台灣人發起的「海內外懇談會」在菲律賓馬尼拉市舉行，邀請海內外主張台獨建國的台灣政治領袖參加，會中並確定台灣「制憲建國」的目標。

由於國民黨執政當局與在野的民進黨曾在1990年的國是會議中決定，中華民國的「資深國代」必須於1991年年底完成退職程序，因此，1991年4月國民大會的開會期間，可說是「老賊」最後一次在台灣政治舞台上興風作浪的機會。

國民黨政權也藉著這一批「老賊」仍然在位期間，壟斷憲政改革，一方面縱容老國代用「表決部隊」的招數，通過「中華民國憲法增修要點」，來保障國民黨的既得利益；另一方面則運用軍憲警等的「體制暴力」，在國會殿堂內對付國會議員，在街頭對付學生、教授與人民，悍然抗拒台灣社會各界對憲政改革的要求。

國民黨政權的顢頇作為，再一次招致廣大的民怨。學生上陽明山抗爭在先，民進黨「417反老賊修憲」大遊行在後，一前一後在台灣社會捲起巨大的反彈聲浪。因為害怕1990年學運的風潮再一次發生，國民黨動員很多的警力，保護該黨的精神堡壘「中正紀念堂」，並封鎖其週邊道路。

因此，一場史無前例的「街頭漫遊」抗爭，便在無法到達遊行「起點」和遊行「終點」的情況下，數以萬計的台灣人民，以其體力和時間和軍警人員短兵相接，並在台北市街頭持續15小時的長期抗爭。

「台灣學生教授制憲聯盟」在一片「憲改無望」的深沈感慨中，以一連串行動來表達他們的不滿。因反對國民黨一黨修憲，上百名學生教授在台大校門口發起絕食抗議；隨後，28位知名教授、學者，在台大校門口宣布集體退出國民黨。台大教授陳師孟當場焚燒自己的國民黨黨證，表示對國民黨的強烈不滿。

5月9日，國民黨製造了一樁解嚴後的「白色恐怖」事件──「獨台會案」，逮捕獨台會成員陳正然、王秀惠、林銀福、廖偉程等

4人。其中廖偉程為清大研究所學生,林銀福為原住民。「獨台會案」爆發後,知識份子強烈反彈,學生、教授紛紛加入聲援行列。參與救援的學生、教授與社運團體,以占領台北火車站數日的方式向國民黨抗爭。

5月17日,立法院終於在龐大的社會壓力之下廢除「懲治叛亂條例」,並將陳正然、王秀惠、林銀福、廖偉程等4人交保釋放。5月20日,「知識界反政治迫害聯盟」發起全民「反白色恐怖及政治迫害」大遊行,學生夜宿在監察院前、中山南路的慢車道上。

然而在5月16日,陳婉真、林永生眼見國民黨不斷地打壓台灣人民追求台灣獨立的言論、思想等自由,決定在台中籌組「台灣建國運動組織」(簡稱台建組織),除了做為台獨聯盟在台灣本部的第一個辦公室之外,也向國民黨明白表示該組織直接主張「台獨結社權」。

8月底,在學者、教授全力斡旋下,陳婉真於21天「誓死抵抗」後,決定放棄武力抗爭。不料國民黨卻在此時開始逮捕郭倍宏、李應元等人。再一波的逮捕行動,隨後也激起「一〇〇行動聯盟」的成立與要求「廢除刑一〇〇條」的呼聲。尤其是10月初「反閱兵、廢惡法」的抗爭行動。許多學生、學者、教授再一次勇敢站出來反對國民黨的作為。

10月中,國民黨大肆逮捕台建組織的幹部、台獨聯盟盟員。先後把台灣島內的林永生、林雀薇、賴貫一、鄒武鑑、江蓋世、許龍俊,以及自海外返台的王康陸等人以不同的名義逮捕、收押、禁見。12月初,台灣獨立聯盟世界總本部主席張燦鍙自日本東京闖關搭機返台,在桃園中正機場被捕。

國民黨在1991年底之前,製造了一次又一次的「政治黑牢」,台灣人民不但沒有因此而退縮,反而更加認清國民黨的本質與郝柏村內閣「反台獨」的強硬作風。

■一〇〇行動聯盟在立法院門口演練「愛與非暴力」抗爭,許瑞峯面對警棍橫阻,毫不畏懼。　攝影／邱萬興

■一〇〇行動聯盟的「愛與非暴力」抗爭,鍾佳濱是抗爭活動重要幹部。
攝影／邱萬興

文化界學術界聲援黃華環島行軍
行出新台灣 建立新國家

　言論自由是民主政治的基礎，每個人都有權利宣揚自己的政治主張，並且以和平的方式去實現。

　1989年1月起，黃華因聲援蔡、許案，發起「領導新國家運動環島行軍」，以和平的手段推動台灣獨立建國運動，舉辦二十場演講會及遊行。1990年1月3日，國民黨以叛亂罪將黃華起訴，高等法院將黃華判處十年徒刑，這是他第四次入獄。

　1991年2月，由文化界林雙不與學術界發起「行出新台灣、建立新國家」，聲援黃華21天環島行軍，環島行軍選擇從宜蘭金面山的林家墓園出發，用「愛與非暴力」的精神喚醒社會的良心，以遊行演講方式展開環島，救援台灣最後的良心犯黃華。

■林雙不作家（右二）發起文化學術界「行出新台灣、建立新國家」，盧修一（左一）、陳永昌教授（左二）、黃富（右一），從2月7日展開環島行軍活動。
攝影/邱萬興

■1990年12月8日，黃華被國民黨以叛亂二條三起訴，黃華為了台灣獨立，即使面對高檢署審判，他都堅決主張回答：「台灣共和國萬歲！」攝影/邱萬興

傳單提供/邱萬興

四月抗爭：
反對末代老賊修憲

國民黨壟斷憲政改革，以國民黨一黨之私，訂定「中華民國憲法增修要點」，以「一機關二階段修憲」為名，行「一機關一階段修憲」之實，以保障國民黨的既得利益。為了通過這個增修要點，國民黨以軍憲警武力為手段，以老賊表決部隊為後盾，使盡一切手段，悍然抗拒台灣社會各界憲政改革的要求。

老賊修憲引起公憤

1991年4月8日，「第一屆」國民大會「第二次」臨時會，在陽明山的中山樓揭幕。這是「老賊們」在中華民國歷史上最後一次的開會記錄。當天國民大會的議場內，民進黨籍國代抗議老賊修憲，國民黨國代和民進黨國代因此肢體衝突持續不斷，便衣與憲警將8位民進黨籍國代推出會場外。

4月10日，民進黨中常會通過成立「憲政危機處理小組」。4月11日，民進黨決定於4月17日，動員全台各縣市黨部的黨員，在中正紀念堂發動群眾大會。

4月12日的立法院內，民進黨立委則因為抗議國民黨「濫用表決權」，因而爆發激烈的肢體抗爭。當時，民進黨黨團幹事長為盧修一立委不滿院長梁肅戎的態度強硬，以議事錄資料向梁肅戎投擲。梁肅戎因而下令：「將盧修一拖出去！」梁肅戎一聲令下，十幾名警衛人員猛力拉扯盧修一的身體，盧修一也奮力抵抗，隨後警衛不顧盧修一已經跌倒在地上，仍使勁將盧修一拖出議場。

盧修一四度被強行抬出立法院的議場，頭部因撞到議事桌桌角而告昏厥。盧修一昏倒後20分鐘，才被緊急送到台大醫院急救。除了盧修一之外，當天還有多位民進黨立委受傷

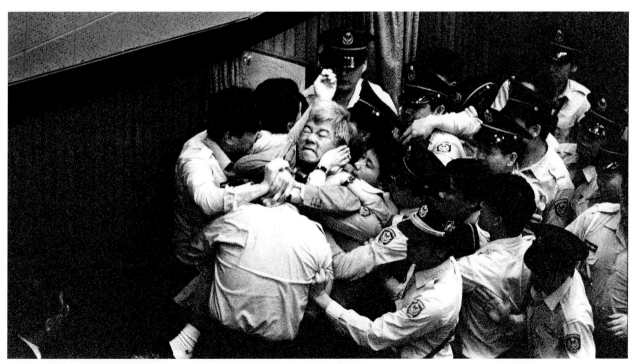

■民進黨立委因為抗議國民黨濫用表決權，4月12日爆發激烈的肢體抗爭，盧修一立委被立法院駐衛警圍毆，四度被強行抬出國會議場，頭部因撞到議事桌桌角而告昏厥，送台大醫院急救。攝影/潘小俠

掛彩，立委戴振耀也嚴重受傷。

4月13日，來自北、中部「全學聯」的二百多位學生，上午赴陽明山中山樓，抗議國大臨時會召開以及國民黨所謂的二階段修憲，要求「老表下台、人民制憲」，學生隊伍中的「小蜜蜂特攻隊」則沿路噴漆抗議，以宣傳車及麥克風在街頭廣播，並先後與警方爆發4次肢體衝突，國民黨開始以軍警封鎖中正紀念堂。

4月15日上午，民進黨舉行「憲政危機處理小組緊急擴大會議」，決議；第一，民進黨國大黨團於15日下午退出國大臨時會的開會，並且不再返回議場；第二，417的群眾大會，主要的訴求為「反對老賊修憲」；第三，集合地點在中正紀念堂，預定遊行至陽明山中山樓；第四，活動總召集人為黃信介，決策小組為張俊宏、許信良、江鵬堅、姚嘉文、施明德；總指揮為邱義仁。

四一七大遊行

由於國民黨政權不希望去年（1990年）學生在中正紀念堂抗爭數日的歷史重演，便動員大批軍警人力，從4月13日起到4月17日，持續5天封鎖中正紀念堂。

得知中正紀念堂被封鎖的消息後，民進黨「反對老賊修憲」遊行的集合地點，便改到羅斯福路台大校門口。此外，這一場遊行也在文宣、傳單上，不斷強調「堅持非暴力原則」、「要服從糾察人員的指揮」、「請民眾做多日抗爭的準備」。不少投入基督教長老教會「URM」訓練的民進黨黨工及社運人士，在這次的遊行抗爭中，便擔負起隊伍秩序和紀律的維持工作。

由於接連數日以來，國民黨在國民大會與立法院兩個議場內，不斷強力動用警察權，來對付民進黨國代和立委，導致盧修一、戴振耀等立委因而傷重住院；同時國民黨的軍警也在「全學聯」上陽明山的抗議行動中毆打學生。這些現象，看在台灣人民的眼中已忍無可忍，因此4月17日「反對老賊修憲」大遊行集合時有將近3萬名來自台灣全島各地的群眾和學生，匯集在台大校門口。

4月17日下午3點，浩浩蕩蕩的遊行隊伍從台大側門整隊出發，一路沿著羅斯福路往中正紀念堂的方向行進。走到愛國東路口時，被鎮暴警察和軍警人員阻擋去路，隊伍只好轉往中華路，之後遊行路線不斷被阻擋、更換。

這場遊行最特殊的地方是，國民黨強力封鎖了中正紀念堂（遊行起點）與上陽明山中山樓的道路（遊行終點），造成遊行隊伍在台北市街頭漫無目的地遊走15個小時，徹夜遊走在中山北路、承德路，最後被鎮暴警察阻擋在林森北路、長春路口，而不得不就地夜宿到清晨解散為止。

晚上10點，遊行隊伍步行到士林夜市前的中山北路上，總指揮邱義仁宣布決策小組的決定，要求群眾就地坐下，打算在此過夜。不料10點40分，4輛塞滿鎮暴警察的警用大巴士由北而南驅車急駛，向遊行隊伍挑釁。決策小組為防衝突升高，開始移動隊伍。11點30分，遊行隊伍離開中山北路，改走承德路，往台北車站的方向前進。

■反對老賊修憲在羅斯福路、
新生南路口出發前的隊伍，
右起張俊宏、施明德、黃信
介、許信良、姚嘉文、江鵬
堅。攝影/邱萬興

■1991年4月17日，民進黨發動上陽明山中山樓反對「四一七反對老賊修憲」
大遊行，近3萬群眾參加。攝影/蔡明德

■在長達15小時的遊行中民進黨前主席黃信介（中）只要肚子餓了，就在馬路上吃便當。
攝影/邱萬興

■民進黨立法院黨團，左起張俊雄、余政憲、陳水扁、黃天生、鄭余鎮、謝長廷手持「反對老表實質修憲」布條走在遊行隊伍中。攝影/邱萬興

群眾和警方玩躲貓貓

這場「沒有事先通過申請」的集會遊行中，警方處處封鎖隊伍的行進路線。群眾走到哪裡，警力就擋到哪裡。半夜1點15分，隊伍抵達南京西路、承德路口，警方以大批人馬伺候，隊伍仍採就地靜坐模式。決策小組一再和執政當局溝通協調，以避免有任何流血衝突發生。

凌晨1點50分，總指揮邱義仁照決策小組的決定，要求民眾起立，以極快速度整隊，並宣布隊伍回頭。邱義仁當場要求群眾「信任總指揮，不問目標何處，以免警方事先得知再

度派人力阻擋」，此時群眾無人反對總指揮的做法，隊伍非常整齊、秩序井然。隊伍一路轉到民生西路、林森北路，2點25分遊行隊伍在林森北路、長春路口休息，邱義仁也宣布就地休息過夜。

半個鐘頭後，凌晨3點，遊行隊伍又遭鎮暴警察逼進，在休息中的民眾全被驚醒。決策小組再度找國民黨協商。歷經兩個多小時之後，許多民眾早已體力不繼而就地入眠。終於在4月18日清晨5點22分，邱義仁傳達決策小組協商結果，並宣布「遊行活動至此結束，和平解散。」有些民眾遠從高屏地區北上參加遊行，在恍恍惚惚、神志尚未完全清醒之際，得知活動解散，才意識到自己「在台北街頭睡了一小覺之後，遊行抗爭竟然不知不覺就結束了」。

會後，邱義仁告訴在場民眾，台大校門口仍有三、四百位教授、學生對憲改主張仍在堅持中，因此，有不少民眾解散後直接前往台大表示關心。

4月19日，「台灣學生教授制憲聯盟」反對一黨修憲，要為台灣新憲法催生，提出「主權、制憲、社會權」等主張，上百名成員在台大校門口開始發起絕食抗議。

4月22日，國大臨時會三讀通過憲法增修條文，台灣學生教授制憲聯盟發表「民主之死」聲明，宣布該日為「國喪日」。黃華在獄中絕食，林義雄、高俊明在台大校門口加入禁食行列。

4月23日，制憲聯盟在台大

門口搭建靈堂，供奉「台灣民主英魂」，施明德加入絕食的行列。

4月24日，在「老賊有權能修憲，人民無力可回天」的深沉悲哀裡，台灣學生教授制憲聯盟為抗議國民黨「一黨修憲」，在台大校門口舉辦「為中華民國憲法送終」，要為台灣民主舉行告別式，發表〈我們終將回來——告台灣人民書〉。

教授怒焚國民黨證

4月24日，包括台大、師大、中興、交大、海洋、淡江等大學，與中央研究院在內的28位知名的教授、學者，在台大校門口宣布集體退出國民黨。台大教授陳師孟並當場焚燒自己的國民黨黨證，表示對國民

■台灣學生教授制憲聯盟發表「我們終將回來」——告台灣人民書。
傳單提供/邱萬興

黨的強烈不滿。陳師孟教授的祖父陳布雷先生曾是蔣介石的文膽，因此他的退黨行動格外令人震撼。

參加集體退黨的教授們發表了一篇聲明指出：他們退出國民黨的主要理由，就是國民黨在國民大會臨時會根本不採納別人的意見，造成民進黨代表退會，使修憲工作成為一黨修憲、圖謀一黨之私的最可恥騙局。

參加集體退黨的教授包括：才於4月23日接任台大歷史系系主任的張忠棟，台大法律系賀德芬，台大經濟系陳師孟、張清溪、朱敬一、林向愷、劉鶯釧，台大資訊系林逢慶，師大教育系林玉体，中研院近史所陳儀深，中研院民族所林美容，中興公行系管碧玲，中興法律劉幸義，台大化工謝國煌，台大土木夏鑄九、蔡丁貴，淡江水環所林意楨，淡江電算系莊淇銘，淡江數學系楊國勝、錢傳仁，海洋河工系楊文衡，中興應數系廖宜恩、王輝清、柯志斌、郭仁泰、王國雄、高勝助，及交大應數系陳鄰安。

最後，40年不改選的「老賊（資深）國代」，終於禁不起台灣人民一再要求政治民主化的強烈批判與社會輿論的壓力，於1991年12月25日「憲政紀念日」，在李登輝總統的歡送酒會後「走入歷史」，不再興風作浪。

傳單提供/民進黨中央黨部文宣部

■4月24日，歷經六天絕食的台灣學生教授制憲聯盟，在台大校門口舉辦「為中華民國憲法送終」，為台灣民主舉行告別式。攝影/邱萬興

■「台灣學生教授制憲聯盟」反對一黨修憲，要為台灣新憲法催生，堅決反對老表修憲，要求立即停止國大臨時會。4月19日上百名成員，在台大校門口開始發起絕食抗議。攝影/邱萬興

解嚴後的白色恐怖
聲援獨台會案大遊行

1991年5月9日,也是台灣「動員戡亂時期」終止後的第九天,國民黨以參加「獨立台灣會」(簡稱獨台會)為由,逮捕獨台會成員陳正然、王秀惠、林銀福、廖偉程等4人。其中廖偉程為清大研究所學生,林銀福為原住民。獨台會案爆發後,引起知識份子強烈反彈,學生、教授紛紛加入聲援行列。

四人被捕的過程

1991年5月9日清晨5時50分,法務部調查局由副局長高明輝負責,展開了一項祕密逮捕行動。台北市調查處、台北縣調查站、新竹市調查站、高雄市調查處等四個調查局屬下單位,在高明輝一聲令下,同時在各個地點展開行動。

他們在台北市逮捕陳正然,闖入新竹的清華大學男生宿舍帶走了廖偉程,在新店逮捕王秀惠,在高雄市逮捕林銀福。然後,這四個人連同調查人員搜索到的文件,都被押送到台北市調查處。

清大學生營救廖偉程

四人當中,廖偉程是學生身份,他被逮捕之後,特別引起學生們的關注。

當天清晨,調查局突破校

■5月20日,以知識界「反政治迫害運動聯盟」,發起全民「反白色恐怖及政治迫害」大遊行,從台北火車站出發要求郝柏村下台,要求失職官員下台。攝影/邱萬興

■揮別白色恐怖，知識界反政治迫害聯盟，要求撤除思想警察。攝影/邱萬興

■5月15日，「全國學生運動聯盟」、「清大廖偉程救援會」與社運團體，下午兩點起以化整為零的方式進入台北火車站，向往來旅客表達「廢除叛亂惡法、要求釋放無辜、反對政治迫害、尊重學術自由」等四大主張。攝影/邱萬興

■東海大學生做成小牢籠套在頭上，控訴國民黨政治迫害學生。攝影/邱萬興

園的層層保安機制，從清華大學男生宿舍華齋，押走了當時就讀歷史研究所碩士班一年級的廖偉程。當時他剛從睡夢中清醒，完全不知道發生了什麼事，就被調查局帶走並拘留了九天的時間。

廖偉程曾經在學術研究的領域裡，閱讀了海外台獨人士史明教授的著作，也去了一趟日本，與史明本人訪談。當時，史明被國民黨政府當局列

為黑名單，因此廖偉程被認為與獨台會有所關連，而被調查局拘提。

廖偉程被調查局帶走的事，在清大師生之間引起很大的反彈。當天中午，學生已在清大校園內靜坐、演說和貼海報。中午過後，學生成立的「廖偉程後援會」在校園內遊行，清大學生社團則在校門口拉開「抗議特務入侵校園」等標語的抗議布條，大聲控訴特

務闖入校園抓人。下午，清大學生再轉往新聞局、立法院、台北市調查處示威抗議。

當天晚上，民進黨立委盧修一、洪奇昌、鄭余鎮等人，陪同清大教授、院長及學生代表等多人到台北市調查處要人，與調查局副局長高明輝激烈辯論未果。數百名學生和群眾於是在台北市調查處的大門口，貼海報、拉布條抗議。「全國學生聯盟」北區核心份子

■由全國各大學與教授組成的「反政治迫害運動聯盟」，5月14日開始在台大法學院發起罷教、罷課活動，做長期抗爭。攝影/邱萬興

■「我要人權」，曾受到國民黨政治迫害的受難者穿戴手鍊與腳鍊，抗議白色恐怖。

■反白色恐怖及政治迫害大遊行，統派的陳映真（右一）也與許多白色恐怖受難者，穿著背心寫上坐牢年份、姓名、籍貫集體上街頭聲援。攝影/邱萬興

和以台大為主的「制憲聯盟」成員也都趕到現場聲援。

5月10日，事件開始擴大。台灣各個校園都開始展開聲援運動，清大教授簽署聯合聲明斥責「戒嚴心態借屍還魂」，當天就獲得校內一百名、校外八十多名教授的聯署支持。澄社、台灣教授協會、中央研究院等學術團體，也決定以「反軍人干政聯盟」的模式，結合文化界人士共同進行抗爭。

警方毆打陳師孟教授

5月12日，「全民反政治迫害聯盟」的學生，轉而進佔中正紀念堂，有數十名教授到場聲援。不過，下午五時，警方受命強制驅散群眾，並毆打陳師孟等二十多名教授。晚上，國民黨再出動鎮暴警察以棍棒毆打教授和學生。

5月13日，為了聲援獨台會案，清華大學學生代表宣布

「清大今日起將全面罷課，以示抗議」。28位清大教授也於下午提出「學術自由、思想無罪」的停課運動。同時，各大學的校園內罷課聲浪四起。另外，台大教授與學生一百多人到中正紀念堂展開靜坐，遭到警方強制拖離，陳師孟與數位教授嚴厲控訴警方對他們拳打腳踢。

5月13日，高明輝在調查局召開的記者會中，宣布辭去調

查局副局長的職務，卻已經無法平息全台反政府的風波。

5月14日，由全國各大學與教授組成的「反政治迫害運動聯盟」，開始在台大法學院發起罷教、罷課活動，表明要與國民黨當局長期抗爭。

學生占領台北火車站

5月15日，清大「廖偉程後援會」師生三百人及「全學聯」學生七、八百人，與社運團體，下午兩點起以化整為零的方式進入並占領台北火車站，向往來旅客表達「廢除叛亂惡法、要求釋放無辜、反對政治迫害、尊重學術自由」等四大主張。

當天，來自全國各地由「全學聯」所號召的數百名學生，從中南部北上加入抗議行列。原本主辦單位要求學生進入台北火車站時，安靜地加入抗議行列，不料，這些學生在進入台北火車站之後，竟以「報數」方式清點人數，讓主辦單位啼笑皆非且虛驚一場。

隨後，學生、教授近兩千人夜宿台北火車站內，要求國民黨政府廢除懲治叛亂條例。抗爭行動在台北火車站內持續5天，一直到5月20日才結束。

5月16日，立法院緊急提出廢除懲治叛亂條例提案。5月17日，立法院三讀通過廢除訂有唯一死刑的懲治叛亂條例。隨後，國民黨並將陳正然、王秀惠、林銀福、廖偉程等4人交保釋放。

5月20日，以「知識界反政治迫害聯盟」為主導的「五二○」抗爭活動，以思想言論自由為題，由學術界、學運界與社運界共同發起全民「反白色恐怖及政治迫害」大遊行，學生夜宿監察院前、中山南路慢車道，要求國民黨政府「郝柏村內閣下台」、「廢除刑法一百條」、「情治單位退出校園」，以及「無罪釋放獨台會涉案人」。

5月22日，李登輝總統終於下令廢止「懲治叛亂條例」。然而，在國民黨政府眼中，追求台灣獨立的民主運動人士只是由原本的「叛亂罪」改為「內亂罪」，繼續遭通緝的命運，直到1992年5月的「刑法一○○條」被廢止，才真正結束國民黨所謂「叛亂罪」的法源。

■左起廖偉程、王秀惠、林銀福、陳正然被釋放後，參加520「反白色恐怖及政治迫害」大遊行。攝影/邱萬興

■傅正是唯一參與兩次組黨運動的民主先
驅。傅正走的那一天，1991年6月8日上
午送葬隊伍特別行經民進黨中央黨部，
並通令全台各地方縣市黨部降半旗致
哀，全體黨工在辦公室默哀一分鐘，以
表達對傅正教授為台灣民主運動奉獻的
感念與最高的敬意。攝影/邱萬興

推動民進黨組黨關鍵人物——傅正

四十年來，我在台灣所追求的，甚至不惜以自由為代價乃至生命為代價所追求的，第一是民主，第二是民主，第三還是民主，除了民主，只有民主。——傅正

傅正，黨外人士都尊稱他為「傅老師」，是民進黨建黨十人小組的成員之一，也是民進黨草創時期的功臣。傅正老師的個性耿直，是一位道道地地的有學問、有良心、有反省能力的外省人。因為他對民主自由的熱愛，使他在以台灣本土菁英為主流的民進黨內，相當為人敬重。

傅正，本名中梅，1927年生於江蘇高淳，青年時期正好遇上二次世界大戰的抗日戰爭和國共內戰，使他求學過程頗為坎坷。抗戰末期，傅正曾經響應蔣介石「十萬青年十萬軍」的號召，加入青年軍的報國行列。二次大戰後，傅正得以復學，1946年，就讀上海大同大學經濟系。

隨後，傅正參與學運，並因積極反共，表現傑出優異，1947年，被遴選加入青年軍延安參觀團擔任採訪組長，並且到蔣經國親自主持的嘉興夏令營受訓。一年以後，傅正慢慢見識到國民黨團操控學運的手段，對國民黨大失所望，決心轉往武漢大學政治系，專心治學，追求真理。

1949年5月，武漢棄守，傅正隨著華中軍政長官公署白崇禧的部隊撤退，親眼目睹三十萬大軍覆沒之悲劇，從此痛恨「槍桿子出政權」的惡性循環，堅信唯有民主才能救國，立誓終身為民主自由而奮鬥。

1950年到台灣之後，傅正參加國防部政幹班，1952年，再調政工幹校，負責訓練政工幹部。1953年，傅正認清了蔣介石父子之家天下的心態，以本名向雷震所辦的《自由中國》半月刊投稿，開始脫離「蔣經國之路」而走向「雷震之路」。

傅正文選①　　　　　　傅正文選③

■1989年傅正出版的《對一黨專政開火》、《為中國民主黨、民主進步黨戰鬥》，詳實紀錄民進黨創黨初期若干重要聲明、決議文、對外宣言，為台灣民主運動留下極重要紀錄。圖片提供/邱萬興

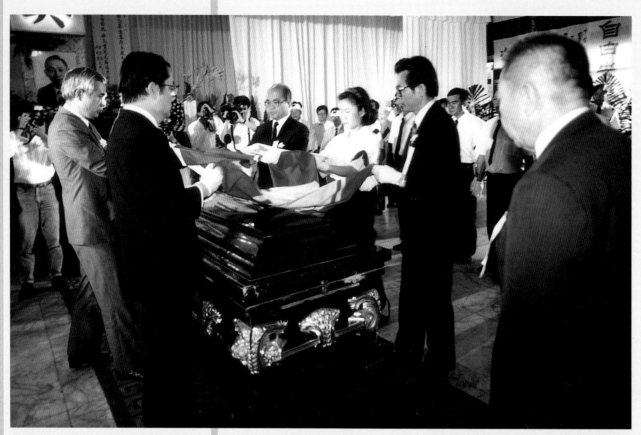

■1991年6月8日，民進黨創黨元老傅正教授舉行告別式，由江鵬堅、姚嘉文、蘇貞昌、張俊宏為傅正教授覆蓋民進黨黨旗，以表達對傅正為台灣民主運動奉獻的最高敬意。攝影/周嘉華

傅正在《自由中國》初期，以寫文章批判時政為主，他當時嚴厲指出國民黨一黨專政之私，挑戰國民黨旗下的反共救國團制度，並堅決反對蔣介石三度連任中華民國總統。他不但批判國民黨在台灣的選舉徇私舞弊，更主張成立反對黨，以制衡國民黨。

《自由中國》後期的活動，則以籌組反對黨為最重要的目標。由於獲得雷震的信任，傅正開始以「中國民主黨」籌備委員兼秘書身分，南北奔走，拜訪台灣各地之黨外領袖，希望能順利組成一個反對黨。

1960年6月，雷震、傅正等人結合台灣本土政治菁英，著手籌組反對黨。國民黨終於拿雷震和傅正開刀。9月4日爆發震驚海內外的「雷震案」，當時33歲的傅正，和雷震同時被國民黨構陷入罪並逮捕入獄。雷震被判處有期徒刑10年，傅正則被判「感化教育」，6年3個月。這是傅正第一次參與組黨活動。

出獄後，傅正先在世界新聞專科學校教授世界近代史。1972年，傅正到東吳大學政治系任教，一直到過世前，先後講授中國政府、行政法、中國政治學名著選讀、中國憲法與政府、地方政府、中國近代政治史、中國政治思想史。傅正就這麼默默地在校園內散播民主思想的種子。由於他隻身來台，沒有家累，學生們就宛如他的子女一般。他在校園內深得學生的敬重與愛戴。

雷震案後，台灣民主運動在國民黨政權高壓統治下，沉寂了十多年之後，才有《台灣政論》雜誌出刊。然後陸陸續續的黨外雜誌出刊、被查禁，直到1979年，《美麗島》雜誌出刊。

傅正憂慮台灣的民主發展再度遭國民黨政權扼殺，因此便積極介入黨外運動，與當時年輕一輩的意見領袖交往，不但在黨外雜誌上寫文章鼓吹民主自由的思想，同時常常幫黨外公職候選人助選，並協助黨外公職問政。

　　然而組黨的夢想仍常存在傅正的心中。因有雷震組黨失敗的前車之鑒，傅正一直很小心謹慎地為組黨事宜構思、佈局。1986年7月3日，傅正出面邀請黨外人士聚餐，洽談組黨的可行性。餐後大家在周清玉的家裡，對於進行秘密規劃組黨的事情交換意見。自此之後，大家每週聚會一次，成員有：費希平、傅正、尤清、江鵬堅、張俊雄、周清玉、謝長廷、游錫堃、陳菊、黃爾璇等10人，秘密協商組黨方式、黨章、黨綱、創黨宣言，黨名也由這10人小組討論決定。此小組一直到9月28日民主進步黨宣布建黨為止，沒有再增減人數。這就是民進黨「建黨10人小組」的由來。

　　為了決定民主進步黨的黨綱規章架構，尤清和黃爾璇到傅正家裡，就中外政黨規章做詳細比較，然後向小組提出報告。為了分工起見，宣言部份委由傅正負責研擬工作。其他黨章、黨綱初稿文字的斟酌修正，傅正的貢獻很大，尤其遇到大家意見相左而僵持不下時，就由他來排難解紛。傅正一再告誡大家「千萬不可洩密」，否則會重蹈「中國民主黨」的覆轍。

　　傅正在「建黨10人小組」及其後的「18人工作小組」中，均擔任重要文件之研擬，對於創黨文字之斟酌，周密精微，對於制度的參與策劃，建樹甚多，遇困難則盡心調和排解，使創黨工作不致消極轉向。民進黨宣布創黨後，傅正仍強調「人可以抓，黨不能毀」之決心，並提醒創黨同志隨時做萬全的準備，及安排第二波、第三波的人選。

　　同為創黨同志的尤清，曾在一篇文章中提到，「許多人當時面對可能全面被逮捕的危險，都有著焦躁、不安、憂慮的心情，唯有他（傅正）始終在謹慎的安排中，勇往直前，沒有任何退縮。」

　　民主進步黨創黨後，中央黨部幹部選舉時，淡泊名利的傅正，只屈就於「政策研究中心主任」之職位，協助民進黨發展黨務。每次開會傅正一定都是最早到。誰遲到，誰沒有來、誰說了什麼話，他都用筆記得一清二楚，所以在黨內也博得「太史公」的封號。

　　傅正以一個大陸籍學者的身分，無財無勢，卻因其道德人格與組黨經驗，成了組黨工作小組的召集人，並且在國民黨高壓統治的氣氛中，順利地推動組黨工作。這不只是傅正的第二次組黨活動，也是傅正一生奮鬥努力的結果。

　　1990年，傅正因胃癌住院接受化學治療，心中仍掛念著想為雷震撰寫完整的傳記，想為中國民主黨與民主進步黨撰寫組黨歷史。1991年5月10日，傅正病逝於孫逸仙治癌中心醫院，享年64歲。對民進黨而言，傅正已經鞠躬盡瘁了，他終身為民主奮鬥不懈的所做所為，將永遠留在台灣人民的記憶之中。

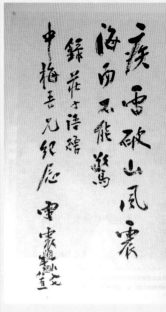

■雷震贈給傅正的手稿。

台建組織
誓死行使抵抗權

由於國民黨不斷地打壓台灣人民追求台灣獨立的言論、思想等自由,在5月9日的獨台會案之後,為了沿續黃華等人「新國家運動」的理想,陳婉真、林永生等人決定籌設另一個組織,來推動獨立建國的使命。

5月16日,「台灣建國運動組織」(簡稱台建組織)正式在台中成立,由陳婉真擔任召集人,林永生擔任總幹事。「台建組織」地點設在台中市西屯路一段248號,辦公室由熱心人士王朝鑫免費提供一棟三層樓的建築。

在成立的記者會上,陳婉真公開宣布:台建組織為台獨聯盟台灣本部第一個辦公室。她不但展示了台獨聯盟的旗幟,也介紹由林永生設計的台建組織的旗幟。同時陳婉真強調台建組織直接主張「台獨結社權」。

6月8日,國民黨以超快的速度發出「偵字第一號內亂罪」的傳票給陳婉真,要求陳婉真於「四天後」的6月12日上午出庭應訊。陳婉真不理會這次傳訊。6月17日,國民黨又發出第二張傳票,要她於6月26日出庭。陳婉真仍然堅持不出庭,台建組織並且開始籌劃一連串與眾不同的抗爭方式,如「拒不出庭」、「叛亂餐會」、「人

民法庭」、「傳訊檢察官」等行動,來回應國民黨的司法迫害。台建組織強調,要對付國民黨不義政權的方式,就是表明「人民有權自我防衛」。台建組織同時開始籌辦組訓活動,進而直接、公然地向國民黨執政當局挑戰。

6月22日,「刺蔣案」的主角鄭自財闖關回台,在台中陳婉真的「叛亂餐會」現身。6月26日,陳婉真應該出庭應訊的日子,台建組織由一名成員拿著一份「台灣共和國人民法庭」的傳票,要遞交給陳婉真案的檢察官柯良彥。柯良彥拒收,人民法庭就在台中高分院外審理柯良彥。第二天,6月27日,柯良彥便發表起訴書的新聞稿,指明陳婉真觸犯刑法一〇〇條的內亂罪。

7月,台建組織在全台各地展開組訓工作。透過組訓活動,不斷地與學者、教授溝通獨立建國的理念。

8月10日,台中高分院第二度以預備叛亂罪要傳陳婉真出庭,陳婉真依舊不予理會。由於隔天林永生即將前往日本參加獨盟會議,陳婉真事先和林永生討論如何防範國民黨的強制拘提。林永生說:「先備幾罐鹽酸、汽油、滅火器,三樓辦公室加裝鐵門,陽台四周加設通電的防護網……,總之,

■「台灣建國運動組織」,在台中市成立辦公室。攝影/周嘉華

不能讓國民黨輕易得逞。」

8月12日,法院決定對陳婉真發出拘提令。在得知陳婉真有可能遭到強制拘提後,作風慓悍強硬的台建組織,開始成立「台灣建國自衛隊」,台建組織的成員表示願和陳婉真同進退。從此,台建組織的大門不曾關過,為期21天行使抵抗權的抗爭於焉開始。

8月13日,林永生自日本趕回台建組織辦公室。8月14日,

台建組織在辦公室自三樓而下，兩邊分別懸掛著「血祭二二八台灣魂」、「誓死行使抵抗權」的大布條，並發布「全國總動員，追索台獨結社權」聲明。

8月23日，由台灣教授協會、台灣人權促進會、基督教長老教會、台灣建國研討會、新潮流辦公室、台灣學生教授制憲聯盟等三十多個社團，在台北市羅斯福路基督教長老教會總會，宣布成立「結社自由行動聯盟」，發表聲明「聲援陳婉真行使抵抗權」。

8月25日，台建組織的義工成員因不滿國民黨的媚共及打壓台獨的舉動，在例行巡邏任務經過國民黨台灣省黨部門口前，有人臨時起意去噴漆，結果招來警察對空鳴槍。義工成員情急之下，立刻向警車投擲汽油彈予以反擊。不到一小時，大批鎮暴部隊開始集結，準備前往台建辦公室，台建組織的成員因而進入備戰狀態。隨後不久，當施明德、羅榮光、盧修一等人趕來關心時，警方已經撤離。

8月26日，國民黨媒體全面「抹黑」台建組織。8月28日，李登輝在國民黨中常會上，針對台建組織事件表態將予以嚴辦。連民進黨內都有人對台建組織的行為不諒解。

8月30日中午，台建組織為了不願一再受到外界的污衊，全體決議在「結社自由行動聯盟」靜坐活動開始前，做成「銷毀武器」、「把陳婉真交給台灣人民」的重大決定。下午5點的記者會後方，台建組織成員開始收集所有武器，集中載至自然科學博物館後的空地上，林永生一聲令下，由陳婉真點燃最後一枚汽油彈，表示放棄武力抗爭。

8月底，是國民黨強制拘提陳婉真的最後期限。「結社自由行動聯盟」由廖宜恩教授擔任總指揮，自8月30日起在台中「台灣建國運動組織」旁，舉行「三十小時禁食靜坐，捍衛台獨結社自由」，終於和平化解衝突。

陳婉真則於次年1992年2月8日被拘提。

蔡許案

鄭南榕案

黃華案

郭倍宏案

李應元案

台灣建國運動組織　陳婉真案

■台灣建國運動組織製作的「台獨結社權」傳單。傳單提供/邱萬興

推動公民投票運動進入聯合國

1991年9月8日，公民投票促進會在台北市舉辦「公投大遊行」，舉著「打破世界紀錄」的500公尺大布旗，向國民黨當局提出：「舉行公民投票進入聯合國，廢除刑法一百條與釋放台獨政治犯」三項訴求。

公民投票促進會（Association for Plebiscite in Taiwan）於1990年11月17日，於台大校友會館成立。成立大會由呂秀蓮擔任司儀，成立的宗旨為：「推行公民投票運動，由台灣住民投票決定重要公共政策、憲政改革或台灣前途。」首屆會長為蔡同榮，副會長為高俊明牧師。

所謂「公民投票」，其意義就是「由全體公民直接參與重大政治問題的表決方式」。在1980年代末期、90年代初期，用公民投票的方式來表決國家重大政治問題，已是世界潮流。例如1991年2月，立陶宛共和國舉行公民投票，91%的公民贊成獨立。這個由公民投票而產生的獨立國家舉世聞名的創舉，讓台灣主張獨立的民主運動人士欣然神往。

1990年初以來，國民黨以沒有合法性、無正當性的「國大代表」，假台灣人民之手，行總統選舉之實，早已令台灣人民非常不齒，因此，公民投票促進會所推動的理念，很快就

■公民投票促進會在台北市舉辦「公投大遊行」，向國民黨當局提出：「舉行公民投票進入聯合國，廢除刑法一○○條與釋放台獨政治犯郭倍宏、李應元與黃華」等三項訴求。攝影/邱萬興

為台灣人民所接受。從1991年的2月初到8月底，短短的六個月裡，公民投票促進會全台總共成立了19個分會。

島內公投組訓上路

「公民投票運動」一方面要展開對台灣人民的啟蒙運動，尤其是加強介紹民主政治的理念，和公民投票的目標與方法；另一方面則要對國民黨政府施展民間的政治壓力，讓國民黨政府尊重台灣人民主權在民的意義，並且要求政府舉辦有國際監督的公民投票活動時，讓台灣人民向全世界表達真正的意願。

為了推展公民投票運動，公民投票促進會舉辦了17次的

「公民投票講習班」，班主任為林宗正牧師。講習班的活動在北、中、南三區分梯次進行，約有1247人受訓，訓練課程包括「舊金山和約與台灣前途」、「公民投票的意義與目的」、「糾察隊的目的、任務及原則」、「台灣人的價值觀和意識型態」等。這些理念的推動和組訓的演練，都是為了9月8日在台北的「舉行公民投票進入聯合國」大遊行而準備。

公投大遊行的日期訂在9月8日，也是有特殊意義的。1991年9月8日是「舊金山和約」四十週年紀念日。二次世界大戰後的1951年9月8日，由聯軍國家所簽訂——對日本的「舊金山和約」規定中，「日本政府放棄所有對福爾摩沙『台灣』及

要求舉行公民投票進入聯合國

大遊行

紀念舊金山和約40週年

時　間：1991年9月8日下午2點
地　點：台北市（詳細地點另行公佈）
演講者：國際政要
　　　　海外里名華人士
　　　　島內人士
目　的：要求政府舉辦國際監督的公民投票
說　明：1951年9月8日，由聯軍國家所簽訂的對日「舊金山和約」規定
　　　　日本放棄所有對權類澎湖之「台澎」及澎湖諸島的所有權利、領有權，
　　　　而並沒有把台澎主權移交「中國」，或「中華民國」，因此
　　　　台澎不屬於任何國家。我們在「舊金山和約」四十週年紀念日，
　　　　應該主張舉行公民投票，以台澎的名稱進入聯合國，
　　　　以保障台澎安全，爭取國際地位。

台灣的命運應由台灣住民共同決定
敬請參加遊行，要求舉行公民投票

傳單提供/公民投票促進會

澎湖群島的所有權利、領有權」，並沒有把台灣及澎湖主權移交「中國」或「中華民國」，因此，台灣應不屬於任何國家，台灣主權自然應當屬於台灣人民所有。而公投大遊行的目的，即在於9月8日當天，主張舉行公民投票，以台灣的名稱加入聯合國，以保障台灣安全，並爭取國際地位。

「舊金山和約」四十週年紀念活動

海外台灣人團體「台灣人民公共事務協會」（簡稱FAPA）便在1991年夏天開始推動「舊金山和約」四十週年紀念活動。活動總召集人為FAPA 副會長陳榮儒。紀念「舊金山和約」的目的，在於藉著和約說明台灣主權屬於台灣人民，喚醒台灣人主權意識，並向國際宣示台灣人決定自己前途的決心。

「舊金山和約」四十週年紀念活動包括：在美國國會舉辦台灣前途聽證會、在舊金山舉行紀念會與學術研討會，同時組團回台參加9月8日公投大遊行的群眾大會。

鎮暴部隊阻擋大遊行

1991年9月8日，由公民投票促進會發起，並邀民進黨、台灣基督長老教會、全學聯、台灣教授協會，在台北共同主辦「舉行公民投票進入聯合國」大遊行。原本公民投票促進會只是訴求以台灣之名進入聯合國，但過去數個月來，國民黨政府製造「獨台會案」、以刑法一百條來羅織罪名，台灣人民已相當不滿國民黨政府的為所欲為，因此國內外所有反對運動團體幾乎聯合一起舉辦一次盛大的遊行，舉著「打破世界紀錄」的500公尺大布旗，向國民黨當局提出：「舉行公民投票進入聯合國，廢除刑法一百條與釋放台獨政治犯」三項訴求。

遊行當天雖然下著傾盆大雨，仍有數萬左右的民眾走上街頭。遊行隊伍行進到中山北路與南京東路附近時，卻遭國民黨的拒馬阻擋。警方並用強力水柱驅散遊行群眾，警民雙方一直對峙到深夜仍未結束。隨後，遊行的決策單位接納陳師孟教授及台大經研所研究生林忠正建議，要求國民黨在10月10日之前釋放被捕的獨派人士，否則將舉行「反閱兵活動」。在向遊行群眾宣布這個構想後，才和平地結束僵持甚久的「九八公投大遊行」。

■公投會在台北市中山足球場舉辦「紀念舊金山合約40週年」晚會。攝影/邱萬興

141

黃信介：請與我一同來告別舊時代

■1991年9月27日，民進黨黨主席黃信介以「終身立委」的資格回立法院復職，旋即宣布辭職，在立法院開議當天發表：「請與我一同告別舊時代」，指出「復職不是我的目的，辭職才是我的目標」，並宣布拒領退職金。攝影/周嘉華

主席、本院各位同仁：

十二年前的十二月，咱台灣籠罩在一片蕭殺的恐怖政治氣氛下，為台灣社會的民主前途奮鬥打拚的美麗島同仁，在十二月十三日清晨大整肅行動中集體被逮捕入獄，隔一天，就是十四日那天，以無民意基礎的資深委員為主體的本院，不問是非、不顧法律程序，一致舉手同意警總軍法單位非法逮捕、收押本席。因為這件事情是無法無天的，所以本院的公報不敢記載，空無一言。隔年，又非法註銷選民用選票付託給本席的立法委員資格。

各位同仁，歷史的是是非非，可以原諒，但是，不能忘記，更不能抹殺。美麗島事件是台灣整個社會的災難，國民黨用高壓的恐怖手段，想要鎮壓台灣人民爭自由、爭公義、追求民主的願望與努力，很遺憾的是，本來應該是台灣最高民意機構的本院，竟然自我作踐，去做國民黨不義統治、壓制民意的幫凶共犯，這個「國會」以其暴力的多數，不僅護衛著全世界最長的「戒嚴」和「戡亂時期」，為獨裁者的逮捕國會同僚熱烈的鼓掌通過，作不義的幫凶，以「出版法」、「廣電法」迫害言論出版，以「選罷法」妨害公平選舉，更進而通過延續戒嚴統治的集遊法、國安法，不僅不思如何來彌補戒嚴高壓迫害後的萬民創傷，而且助桀為虐的變相將戒嚴時代換湯又加毒藥。長久以來，由於欠缺民意基礎，本院已經淪為國民黨的黨意尾巴機構，而不是最高民意機構。

但是，歷史證明，正義的女神最後總是疼惜那些被侮辱、被欺負的人。國民黨以軍法審判、司法審判來宣判美麗島同仁叛亂，將我們監禁在黑牢。不到一年的時間，不願被侮辱、被壓迫的沉默的台灣人，用它們最軟弱但也是最銳利的武器——選票，來審判國民黨，來還美麗島同仁的清白。十幾年來，這種審判一次又一次重演。

各位同仁，美麗島事件以後，國民黨驚惶地發現，它四十年來用高壓恐怖手段所欠台灣社會的歷史債務，若是不償還，那麼，表面上溫順、好欺負，但是內在倔強、不願永遠被侮辱、被欺負的台灣人，一定會一次又一次用選票來審判國民黨的不義統

治，一定會愈來愈勇敢地站起來向國民黨討還一筆一筆用血淚浸泡的歷史債務。所以他不得不被迫解嚴，不得不被迫特赦平反美麗島事件。但是，美麗島事件只是國民黨所欠的歷史債務的一部份，台灣還有二二八以後無數政治冤案還沒有平反，還有千千萬萬被侮辱、被踐踏的政治犯還沒有平反，甚至被剝奪參政權、工作權，台灣不義的政治結構和法律結構還有可能繼續侮辱、踐踏純良的台灣人民，國民黨對「政治謀殺條款」的刑法一百條至今還堅持「只修不廢」，海外鄉親返回故鄉的「黑名單」至今依然存在。

各位同仁，只要這些不義統治的殘餘還在，光我一個人的特赦和復權仍然不能和平的結束極權統治的舊時代，動亂不安的陰影還是更嚴重地籠罩這個社會，在國內外民主浪潮沖激下，想抗拒他甚至於還有可能引導台灣社會陷入戰亂。

各位同仁，大法官會議二八三號解釋令使得本席被非法剝奪的立法委員資格得以恢復，使得本席能夠回到離開了十二年的國會殿堂，這對本席來講，是一件值得安慰的事。但是，本席今天站在這裡，不是貪戀應該早就要改選的立法委員職位，而是要替過去國民黨不義統治的這段歷史做一個見證。剛才本席嚴厲地批判了許多老同仁，說他們是國民黨四十年不義統治的幫凶共犯，本席不是對他十二年前落井下石、助紂為虐的報復，而是懷著悲憫的胸懷，誠懇地邀請他們共同思考一個嚴肅的問題，咱這群走過大半個人生的老一輩政治人物，究竟還能替咱的社會、國家做什麼最有意義的事情？

法國一位大文豪曾說，「有的罪惡，不能洗刷，只能補償。」老實說，本院過去四十年的許多表現，許多幫助國民黨維持不義統治的表現，歷史會宣判是罪惡，這些已經成為歷史的罪惡，是無法洗刷掉的，但是卻可以用其他的表現來補償。各位同仁，過去十年來，台灣社會要求民主的聲音，其力量已大大改變了台灣社會、政治的面貌，建立一個新的、民主的、公義的社會，已經是不可阻擋的社會的潮流，對內如此，且看外面的世界：東歐、蘇聯這一、二年的變化，說明了想阻擋民主潮流的反動行為，終將會被民主潮流衝垮。國內外都瀰漫著民主的狂潮。一切都在大變，惟獨國民黨控制的立法院不變。

台灣過去這幾年民主化的努力中，老實說，本院的貢獻實在很小，甚至成為民主化絆腳石。國會老委員的退職和全面改選這件事情，最有力地說明了這一點，本席今天站在這裡，除了宣布立即辭去職務以外，特別要誠懇地邀請各位老同仁，包括在「自由中國雷震事件」中有相當風骨的梁肅戎院長，能夠在政治生命即將告一段落的此時此刻，以行動共同來辭去立法委員的職務，並且共同來廢除舊時代戒嚴殘餘的刑法一百條，讓我們用這一象徵性的行動來結束一個不義的、被扭曲的舊時代。本席相信，讓這樣一個你們曾幫助維持、至少默許它存在的舊時代，在你們自發的行動中象徵地結束，會比在你們被迫退職中結束，更加有助於我們的社會和平順利地過度到新的時代。在那一正在急促地叩門的新時代中，過去的冤曲、過去的不義都將還之以平，歷史的缺憾、是非也都還諸天地，那時候，我們才能昂揚地向前看，而不必充滿戾氣地要清算過去。

各位老同仁，政治人物不貴乎看他如何開始，貴乎看他如何結束，自古蓋棺論定看一個政治家的最後如何作為而定其終身，如果你們對過去能做這項補償，歷史終將會原諒你們、肯定你們。

　　　　　　　　　　　　　　　　　　——黃信介請辭終身立委告別演說

「反閱兵、廢惡法」運動
100行動聯盟的和平抗爭

自一九九○年代起，台灣民主化的過程中，有好幾次撼動人心的抗爭運動，其中以1991年「一○○行動聯盟」的「反閱兵、廢惡法」運動，被認為是和平抗爭中最成功的典範。

1991年，台灣知識界和社運界團體發起「一○○行動聯盟」，主張廢除刑法一○○條。當時初步的目標，是選定10月10日國慶日當天進行「反閱兵、廢惡法」的抗爭行動。

在國家慶典當中展開「反閱兵」的行動，雖然能夠清楚的凸顯目的，但也容易被政府當局視為嚴重的挑釁而被鎮壓，因此「一○○行動聯盟」決定當天堅守「愛與非暴力」的原則，就算遭受警察單位的暴力毆打，也要忍受犧牲。當天，走上街頭的民眾，沒有失控的肢體暴力，也沒有太過情緒化的負面言詞，只是靜坐陳情，而當時鼓舞士氣的最好方式就是唱歌，因此廢除刑法一○○條的理性訴求，能夠清楚且完整的被呈現出來。

台灣教授協會成立

1990年3月，「野百合學運」震撼國民黨統治階層，1990年5月，「知識界反軍人組閣」運動動搖了國民黨對學術界的控制，1990年11月，黃華第四度因「言論叛亂」被國民黨逮捕並判重刑，1990年12月，追求台灣主權獨立的台灣教授協會成立。台灣的學術界與學運界，在1990年對抗國民黨執政亂象的抗爭中，漸漸勇敢地發出聲音，並且拿出具體行動走上街頭，加入為民主而抗爭的行列。

1991年4月，台灣教授協會結合學生社團成立「台灣學生教授制憲聯盟」，提出「主權、制憲、社會權」等主張，並有許多學生在台大校門口靜坐絕食。

1991年5月9日，國民黨製

■「一○○行動聯盟」盟員由林宗正牧師指揮演練「愛與非暴力」抗爭，10月8日於總統府前閱兵台前遭鎮暴車以強力水柱驅散。攝影/蔡明德

造了「獨台會案」，引起學術界很大的反彈。數天後，警方又毆打學生與教授，以致引發全國的罷課風潮，學生與教授並進而佔領台北火車站靜坐抗議數日，最後國民黨不得不於5月17日通過廢除「懲治叛亂條例」，並將陳正然等四人交保釋放。

刑法一○○條惡名昭彰

「懲治叛亂條例」雖然被廢除，但國民黨政府仍保留「刑法一○○條」。國民黨政府口口聲聲說在台灣實行「民主政治」，其實，「刑法一○○條」根本違背憲法保障基本人權的精神。

「刑法一○○條」是一條絕頂惡劣的法律，它不但是迫害台灣人民思想自由的惡法，也是國民黨政府整肅政治異己的最佳法寶。「刑法一○○條」即一般所謂的「普遍內亂罪」，或是「和平內亂罪」。條文中「意圖破壞國體、顛覆政府，或以非法之方法變更國憲」的文字，是國民黨政府可以用來入

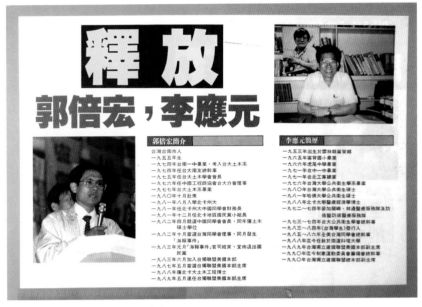

■要求釋放郭倍宏、李應元文宣。傳單提供/邱萬興

人於罪的工具。

郭倍宏、李應元
相繼被捕

8月30日晚上9點，台獨聯盟美國本部主席郭倍宏因為回國聲援陳婉真而在機場被逮捕，另一位已經潛回台灣一年多的台獨聯盟副主席李應元，則在9月2日被捕。郭倍宏和李應元都是台大畢業的優秀知識份子，出國留學多年且認同台獨主張而加入「台獨聯盟」。他們被國民黨以「刑法一○○條」的罪名而逮捕。

國民黨這一連串的逮捕行動，深深地影響了9月8日公民投票大遊行。許多學者、教授、學生紛紛站出來聲援郭倍宏和李應元。遊行當天，主辦單位的訴求除了要求加入聯合國之外，也要求執政當局廢除「刑法一○○條」，以及「釋放台獨政治犯」。

■羅文嘉帶領一○○行動聯盟「愛與非暴力」民眾，在立法院演練抗爭，擔任現場指揮。攝影/邱萬興

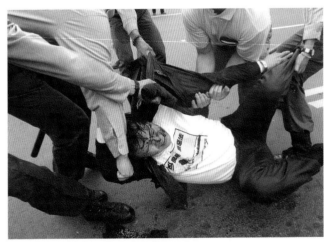

■非暴力抗爭民眾遭到憲兵的暴力毆打。攝影/蔡明德

■10月10日清晨，憲兵部隊準備驅離在台大醫學院大樓前靜坐的學者與教授，遭到各大媒體的集體抗議與聲援，媒體界揚言要讓政府雙十閱兵新聞開天窗。攝影/周嘉華

郭倍宏和李應元相繼被捕入獄的一星期後，台大醫學院的醫生們如蘇益仁、涂醒哲等人，由李鎮源院士帶隊前往土城看守所探監。李應元和郭倍宏的被捕入獄，使得李鎮源院士鬱積心中數十年對國民黨執政強烈不滿的能量，猶如火山爆發。為了廢除刑法一○○條，李鎮源經常帶領大家上街頭抗爭，年邁的他總是走在群眾之前，絲毫不落人後。

「一○○行動聯盟」名稱由來

「一○○行動聯盟」的原始提案人是台灣教授協會秘書長廖宜恩，他表示將此次抗爭運動取名為「一○○行動聯盟」的原因有三個。

第一、 台灣國內刑法學專家林山田教授寫過很多篇有關廢除刑法第一百條的文章。林山田教授認為，即使「懲治叛亂條例」已於5月17日廢除，但是箝制言論自由、思想自由與結社自由的惡法法源，就是刑法第一百條。因此「一○○行動聯盟」的首要目標就是要廢除刑法第一百條。

第二、「一○○行動聯盟」是要延續鄭南榕的精神，追求「百分之一百的言論自由」。

第三、 以一百人為一連，每連有三排，每排分三班，仿軍隊編制進行組織性動員，號召一百位教授、一百位學生、一百位婦女等等參與和平靜坐抗爭。

9月15日，廖宜恩和陳師孟、林逢慶、羅文嘉等人在紫藤廬聚會，討論籌組「一○○行動聯盟」的可行性，並以「反閱兵、廢惡法」做為行動訴求，同時也決定邀請有聲望的人士擔任發起人，以壯大聲勢。

9月18日，「一○○行動聯盟」在台灣基督長老教會召開發起人會議，確定由台大經濟系教授陳師孟擔任召集人，其餘的發起人有中研院院士李鎮源、台大歷史系教授張忠棟、台大法律系教授林山田、澄社社長瞿海源、台灣筆會會長鍾肇政、關渡療養院院長陳永興、比較法學會理事長陳傳岳、長老教會總幹事楊啟壽、公投會會長蔡同榮、台教會秘書長廖宜恩等10人。

和平施壓、主動出擊

9月21日，「一○○行動聯盟」於台大校友會館舉行成立大會，宣布「反閱兵、廢惡法」的兩階段活動。第一階段為「和平施壓」，第二階段為「主動出擊」。所謂「和平施壓」，即指從9月26日在台灣大學綜合大禮堂舉辦「刑法一○○條修廢說明會」開始，一直到10月3日在立法院司法委員會舉辦公聽會，10月5日在金華國中舉辦演講會等活動。

10月6日，由中研院李鎮源院士發起的「學術界呼籲廢除刑法一○○條」連署聲明，獲得近千位醫界與學術界人士參與連署。當天「一○○行動聯盟」在土城龍泉山寺組訓盟員，傍晚則到中正紀念堂廣場，實地演練「愛與非暴力」抗爭行動。

10月7日，立法院司法委員會一讀廢除刑法一○○條。然而10月8日，高檢署卻下達指示，要將「反閱兵行動」主謀者以現行犯羈押。

10月8日當天，「一○○行動聯盟」在台北賓館閱兵觀禮台前演練「愛與非暴力」抗爭時，在現場指揮的有林宗正、簡錫堦、羅文嘉、鍾佳濱、林秋滿等人，參與抗爭的青年學生拿出受過「URM」訓練的勇氣和信心，手牽著手、肩並著肩坐在總統府前廣場，每個人身上都穿著特別為這次抗爭活動而設計的、印有「反閱兵、廢惡法」圖文LOGO的長袖T恤。這樣做的目的是因為過去每次抗爭中，總有國民黨的

■世界級小提琴家胡乃元（左）是白色恐怖受難者胡鑫麟之子，也是李鎮源（右）的外甥。他當天到台大基礎醫學大樓為「反閱兵、廢惡法」群眾演奏。
攝影/周嘉華

「爪爬仔」企圖混進抗爭群眾中製造事端，然後嫁禍給主辦單位。

「一○○行動聯盟」既然要用「愛與非暴力」的手段抗爭，就要集體一致行動，服從現場指揮的命令，不讓國民黨有任何藉口。由於震驚於「一○○行動聯盟」的組織與行動能力，國民黨出動大批憲兵，以盾牌和長棍來毆打在場人士，並用強力水柱企圖沖散靜坐抗爭的群眾。

10月9日，「一○○行動聯盟」包括李鎮源、蘇益仁、涂醒哲、林山田、陳師孟、廖宜恩等學者、教授們，紛紛在台大醫學院基礎醫學大樓前靜坐，達成「反閱兵」的目的。也因為李鎮源院士是台灣醫學界的大老，他的「挺身而出」格外令人振奮，許多醫生因而追隨他的腳步，加入抗爭行列。

事實上，「一○○行動聯盟」的學者、教授們靜坐的地方，只有在仁愛路上、台大醫學院基礎醫學大樓前圍牆內的騎樓裡，此處既非博愛特區，也不在馬路上影響交通，但因

■民進黨立委一字排開站在桌上,抗議國民黨以惡法「刑法一○○條」逮捕「黑名單」人士,他們在立法院杯葛
行政院長郝柏村的發言。國民黨動用警察進入議場,以盾牌保護郝柏村。攝影/黃子明

礙於「國慶閱兵活動」，國民黨仍以違反「集會遊行法」的理由，於10月10日清晨，讓軍方動用憲兵部隊，將靜坐在台大醫學院基礎醫學大樓前的學者、教授，以強力驅離的方式「扛離」現場，說是要清除國慶大典閱兵前的「路障」。

「一〇〇行動聯盟」從9月21日正式成立，到10月10日在台大基礎醫學大樓的「反閱兵、廢惡法」靜坐行動結束為止，短短的20天，充分展現了台灣人民「沛然莫之能禦」的改革力量。「一〇〇行動聯盟」雖以「廢除刑法一〇〇條」為訴求，但真正的重點是在去除屬於思想迫害的部分，包括對陰謀犯之處罰，以及對以和平手段推動政治改造者的處罰。

1992年5月15日最後對「刑法一〇〇條」雖然是「修正」而非「廢除」，但是不再有所謂的陰謀犯，也明定「強暴、脅迫」才是內亂的要件。也正因此，終於迫使國民黨於修正案通過後不久，陸續釋放過去一年來被捕的十幾位台獨人士。

■陳師孟（上圖）與林山田是一〇〇行動聯盟發起人之一。攝影／邱萬興

懷抱獨立建國夢想——李鎮源

■2001年，陳水扁總統陪同李鎮源出席「反閱兵、廢惡法十週年紀念活動」。
攝影/邱萬興

李鎮源院士，台灣醫學界的大老，國際知名之藥理學家。早年貢獻心力、時間於蛇毒研究的醫學領域，晚年則是積極投身於台灣民主、獨立運動之洪流。他堅持理念、絕不妥協、毫無怨尤的精神，猶如一頭雄獅，威武不屈，鎮定從容，自自然然洋溢出一股尊貴的台灣人氣質。

李鎮源院士年輕求學時，是日治時代台北帝國大學（即現今的台灣大學）醫學部第一屆醫學生。一進入醫學院，李鎮源就全心投入「基礎醫學」之研究，他利用暑假時間到解剖研究室做實驗，並發表了生平第一篇學術論文。畢業後，李鎮源繼續追隨台灣醫學之父杜聰明，致力於「台灣產毒蛇的毒物學研究」。李鎮源對「蛇毒」的研究早為國際醫界所肯定，因此膺選為中研院院士，並獲國際毒素學會頒最高榮譽的「雷迪獎」。1985年，李鎮源更出任國際毒素學會會長。

李鎮源擔任台大醫學院院長期間，大力提倡專業制度，廢止台大醫師夜間開業及收取紅包的陋規，扭轉了台大醫學院及台灣醫界

■洪奇昌（左二）、李鎮源（左三）、陳師孟（左四）、林逢慶（左五）、李勝雄（右一）帶領隊伍在立法院前演練「愛與非暴力抗爭」。攝影/邱萬興

的不良風氣。這些重大改革，如果不是憑藉著他對理想的堅持及實踐勇氣，是無法做到的。

國民黨來台主政後，1950年的「台北市工委會」案，國民黨特務利用「言論禁制」的白色恐怖，強行帶走了好幾位台大醫師，其中包括他的好朋友許強（被捕後不久就被槍決）和妹婿胡鑫麟（坐牢多年）。這件事在他的心中烙下很深的陰影。

1987年，陳永興、李勝雄和鄭南榕，開始發起「二二八公義和平運動」，要求政府為二二八事件平反。陳永興因此開始與李鎮源有所接觸。1989年，李鎮源曾悄悄到為追求「百分之百言論自由」殉死的鄭南榕之靈堂行禮致意。

很多人以為李鎮源是從「一○○行動聯盟」才開始從醫學界轉入對政治及社會關懷的。事實上，身為一位師長，他對台大學生的愛護是很重要的觸發劑。他對很多台大醫學院畢業後出國的留學生，因被國民黨列入黑名單而不能回台貢獻所學的事，深感痛心。尤其是在1991年9月初，到土城看守所探望李應元、郭倍宏等人之後，終於使他對國民黨潛藏於內心數十年的怒火，一發不可收拾。1991年10月9日，「一○○行動聯盟」在台大醫學院基礎大樓前的抗爭，年邁的他行動並不落人後。

李鎮源在退休後的日子幾乎是以生命相許，無私地奉獻給台灣社會。他除了積極參與「廢除刑法一○○條」行動之外，也號召全台醫師、成立並組織「醫界聯盟」，提倡台灣本土文化、鼓吹台灣重返世界衛生組織（WHO）及加入聯合國、支持「一台一中」運動，推動台灣正名運動、台灣建國運動，甚至籌組成立「台灣建國黨」。

2000年，台灣第二屆總統直選時，親友學生要為李鎮源做壽，他堅持不受，最後則決定將自己的壽宴，改為陳水扁總統的舉辦募款餐會，並成立醫界後援會，以行動支持台灣人總統的誕生。就在這個場合中，陳水扁喊出了「台灣獨立萬歲！」

2001年「反閱兵廢惡法十週年紀念活動」，是李鎮源最後一次公開露面。為了讓病體衰弱的李鎮源能夠抱病出席參加，陳水扁總統甚至指示承辦單位說，「活動就辦在台大醫學院的門口吧！讓李鎮源院士直接下樓就可以參加了。」當天，陳水扁總統推著李鎮源的輪椅出場。熱愛台灣的李鎮源，不惜以他微弱的氣息呼籲大家，要珍惜得來不易的民主成果與言論自由。

■「反閱兵、廢惡法」T恤設計圖案。
設計/邱萬興

反閱兵廢惡法

LOGO的意義

1991年「一○○行動聯盟」的「反閱兵‧廢惡法」行動，有一個很特別的圖案（LOGO）設計。當時，不論是身上穿的T恤、宣傳單與貼紙，到處看得到這個LOGO。

這個設計是源自邱萬興的創意。閱兵大典上，阿兵哥拿著槍，精神抖擻、步伐一致地前進著。軍隊前面橫放著一隻坦克車長砲管，砲管上站著一隻和平鴿，槍口上並塞著一束菊花。象徵著台灣人民要求以和平的方式，來取代槍桿子的政權；象徵著台灣人民要求國民黨政權廢除刑法一○○條，釋放主張台獨的「言論思想犯」。

很諷刺的是，國民黨政權對砲管上的和平鴿和槍口上的菊花，完全視而不見，參與靜坐行動中，學生或教授、醫生，仍是以單薄的肉體去迎戰憲兵部隊的長棍和盾牌。

海內外獨盟盟員現身被捕

國民黨政權一向不容許台灣人民主張「台灣獨立」，不僅對台獨思想、言論大加撻伐，也對台獨結社的行動予以司法恫嚇。然而，堅持台獨建國理念的海內外台灣人，依然前仆後繼，即使要付出坐牢的代價，也在所不惜。

學歷最高的「叛亂團體」

「台灣獨立建國聯盟」，是國民黨高等法院通緝中的「叛亂團體」，應該是人類歷史上學歷最高的「叛亂團體」。台獨聯盟是由留學海外的優秀台灣人組成，成員80%以上擁有碩士、博士學位。

台獨聯盟世界總本部下有六個本部：美國、日本、加拿大、南美、歐洲、台灣。台灣由於政治情況特殊，過去一直是秘密盟部，但既然要台灣獨立建國，舞台自然要在台灣，因此聯盟開始籌備遷盟回台及台灣本部公開化等工作。

1989年11月，郭倍宏在台灣大選期間返台現身，並在重重警力包圍下安然脫身返美。12月底台獨聯盟在美國洛杉磯召開中央委員會議，在了解郭倍宏的對台觀察後，台獨聯盟中央委員會便決議──「兩年內遷盟回台」，亦即1991年底以前，將完成遷盟回台工作。

遷盟回台前的各項準備

從1990年初開始，為了執行遷盟回台的計劃，台獨聯盟便積極進行各項計劃進度：

一、培訓島內反對運動黨工，並吸收其中優秀者為島內盟員。當時，赴美訓練的地點都在美國聖地牙哥的加州州立大學人力資源開發中心，因為該中心的主任李瑞木曾任台獨

■1991年10月20日，力主「非暴力抗爭」的台灣獨立聯盟世界總本部秘書長王康陸闖關回台，在台獨聯盟台灣本部盟員第二次現身大會上演講。攝影/周嘉華

聯盟美國本部主席。李瑞木曾明白表示，他希望組訓在台灣從事草根工作的人，以便加強台灣人的組織能力，讓台獨運動更健全發展。而許多台灣島內的黨工，除了接受台獨聯盟的課程安排訓練外，也接受旅居日本的世界台灣同鄉會名譽理事長郭榮桔的經濟資助。

二、透過海內外溝通會議，與島內各反對運動團體廣結善緣。

三、不斷派人潛回台灣，安排遷台的聯絡與準備。其中美國、日本、南美巴西等地，都有秘密盟員回台進行各項工作進度。其中以美國本部副主席李應元於1990年6、7月間闖關回台，參加「北美洲台灣人教授協會」的年會後，堅持不肯循秘密管道離台而潛藏在台14個月，同時從事聯盟內、外部串聯工作，最具挑戰性。

1991年5月16日，陳婉真開始設立台獨聯盟在台灣的第一個辦公室之後，就成為國民黨的眼中釘。但是她「誓死抵抗」21天的決心，也讓國民黨束手無策。

8月30日，第二次闖關回台的台獨聯盟美國本部主席郭倍宏，為回國聲援陳婉真，搭乘美國西北航空班機，於晚上9點10分抵達桃園中正機場時，闖關失敗被捕。3天後，9月2日，「翻牆」回台14個月，一直和國民黨的軍警大玩捉迷藏的台獨聯盟美國本部副主席李應元，也於晚上7點在台北市松江路御書園遭調查局人員逮捕。

■1991年1月12日台獨聯盟在美國洛杉磯希爾頓大飯店舉辦遷台募款餐會，郭倍宏宣布將主戰場遷回台灣，展開一連串盟員返鄉與現身行動。攝影/邱萬興

■1991年9月2日，高檢署下令全面通緝台獨聯盟重要幹部，「翻牆」回台一年多的台獨聯盟美國本部副主席李應元，晚上7點遭調查人員逮捕。攝影/邱萬興

■10月20日下午4點，武裝鎮暴警察與霹靂小組，衝入台北市中山北路北區海霸王餐廳，逮捕王康陸（右二），郭正光（右一）則被驅逐出境。攝影/周嘉華

■媒體大幅報導海外「黑名單」人士回台被捕消息。

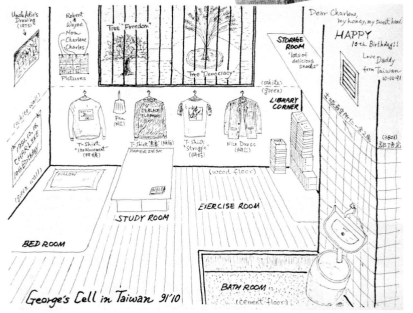

■郭倍宏在土城看守所,畫給女兒的獄中插畫。圖片提供/郭倍宏

國民黨加速逮捕行動

無懼於郭倍宏、李應元的被捕,台灣島內的台獨聯盟盟員積極舉辦盟員現身大會和籌備台灣本部。1991年9月4日,台獨聯盟台灣本部盟員在台中市天星飯店,舉行第一次盟員現身大會,共有鄒武鑑、林永生、劉金獅、許龍俊、江蓋世、蔡文旭、陳明仁等63位

盟員簽訂公開聲明書現身,當天警方派出300名員警在會場附近部署監控。

10月17日,台建組織的幹部林永生、林雀薇、賴貫一等人,以妨害公務罪名被捕。次日,10月18日,法務部調查局展開全台大搜捕,將台灣獨立聯盟台灣本部現身的主要幹部鄒武鑑、江蓋世和台建組織的許龍俊等人分別逮捕,移送台

中看所守收押禁見。在這一波的搜捕行動中,不少台獨聯盟盟員的名單資料也遭調查局掠奪而去。

10月20日,台獨聯盟台灣本部於台北市中山北路北區海霸王餐廳,召開第一次盟員大會,但許多成員已陸陸續續遭到國民黨逮捕。風聲鶴唳中,自美闖關回台的台獨聯盟中央委員郭正光博士,和總本部秘書長王康陸博士,以及前中央委員林明哲,均出現在海霸王的盟員大會。下午4點40分,武裝鎮暴警察與霹靂小組衝入海霸王餐廳,當場逮捕演講中的王康陸,另一名台獨聯盟中央委員郭正光,則於10月21日被驅逐出境。

12月7日,台灣獨立聯盟世界總本部主席張燦鍙,自日本東京搭機闖關,在桃園中正機場被捕。張燦鍙坦白表示,返鄉是為了早日建立「台灣共和國」。

黑牢身 建國志

台獨聯盟台灣本部有 21 位中央委員，
11 位遭國民黨政治迫害。

主　　席　張燦鍙　被通緝
副 主 席　李應元、郭倍宏—土城看守所
中央委員　陳婉真　被通緝
中央委員　黃華—台北監獄
中央委員　許龍俊、鄭武鑑、江蓋世、林永生—台中看守所
中央委員　林雀薇、賴貫一　台中看守所保釋中

這些人當中沒有一位不是知識份子，張燦鍙、郭倍宏、李應元具有博士學位，鄭武鑑華博士、江蓋世、許龍俊碩士，黃華、江蓋世非暴力的信徒，賴貫一台灣基督教長老教會牧師，陳婉真、林雀薇典型台灣女子、林永生大學教育程度，政治受難者，許龍俊曾任台灣牙醫師公會理事長，國民黨在怕什麼？儘管他們一再抹黑，但台灣的人民都很清楚，國民黨怕的是台灣人坐牢的決心、建國的意志。

衝破黑監牢
詞曲：王明哲

敬愛故鄉美麗島，到底有什麼錯
遠來故鄉面對黑牢，讓我也有覺悟
台灣的青年，不可怕坐牢—一次又一次
獨立建國永不回頭，衝破黑監牢

●郭倍宏全家福

●李應元全家福

●黃華
●鄭武鑑及其幼女鄭杉云

台灣獨立建國聯盟台灣本部 製作

台灣獨立建國聯盟台灣本部　聯絡電話：TEL：8314711　台北市士林區中正路 362 號 3F

台獨聯盟返台 創建台灣共和國

建國須要代價　坐監在所不惜
犧牲換來覺醒　鼓舞人民奮起

〈台獨聯盟〉
二二八事件之後，國民黨政權為清除台灣反抗勢力，以縝密的清鄉計劃製造白色恐怖，台灣社會菁英被流放海外，他們再也踏不上故鄉的土地，他們日思夜夢的只有台灣——他們的初戀，他們的鄉土，他們的最愛。

他們知道台灣要得到永久的安和樂利，只有獨立建國，這是所有台灣人的歷史大業。於是，他們結合海外台灣人團體，成立「台灣獨立建國聯盟」，透過聯盟，致力於台灣獨立建國。台灣不僅要獨立，台灣人還必須建國，才能解脫外來政權一再入侵的歷史輪迴桎梏。

〈遷盟返台〉
台獨聯盟世界總本部之下有六個本部：美國、日本、加拿大、南美、歐洲、台灣。台灣由於政治情況特殊，過去一直是秘密型態，但既然是台灣獨立建國，舞台當然是在台灣，於是聯盟開始籌備遷回台灣本部公開化等工作。

陳婉真、郭倍宏、李應元等人先行返台充實台灣本部，經過觀察、組織、運作之後，台獨聯盟宣佈1991年底以前，將完成遷盟回台工作。

1991年5月16日，陳婉真、林永生等人在台中成立台灣建國遷盟，宣佈台獨聯盟台灣第一個辦公室成立。
1991年9月4日，台獨聯盟在台園島在台中舉辦現身大會。
1991年10月20日，台獨聯盟台灣本部在台北舉辦成立大會。

10月20日台灣本部選出主席及中央委員，開始正常運作，至此，遷盟返台工作完成。

〈坐監建國〉
去年11月國民黨政權擱我同志黃華、陳婉真，隨後陳婉真保釋、黃華被判十年四度入獄。
1991年8月底，郭倍宏被捕。
1991年9月初，李應元被捕。
1991年10月中，林永生、祖貫一、林雀薇及台建弟兄被捕。
1991年10月18日，許龍俊等被捕，鄭武鑑、江蓋世台北被捕。
1991年10月20日，王康陸被捕。
1991年10月21日，郭正光被捕，遣返美國。
1991年11月初，林明哲被捕，遣返美國。

張燦鍙、陳婉真仍在國民黨政權懸迴中。

沒有人願意失去自由，沒有人願意坐牢。
但台灣獨立建國必須付出代價，
我們不願見別人受苦，所以欣然面對坐牢，
揹負命運十字架。
坐牢——是台灣獨立建國無法避免的歷程。

■台獨聯盟製作「黑牢身，建國志」的救援傳單。

傳單提供/邱萬興

廢除黑名單

■一○○行動聯盟與各大社運團體發起「廢除黑名單」，要求釋放被捕台獨聯盟盟員。圖片提供/袁嬿嬿

我愛鄉土・不要核四

■反核第一次以「我要孩子，不要核子」的軟性訴求口號，由媽媽們推著娃娃車上街頭。攝影/邱萬興

1991年5月5日，台灣環保聯盟發動歷年來最大、人數最多的「505反核救台灣」大遊行，從台灣大學校門口出發約二萬人走上台北街頭。參與的學生組成工作隊並製作「核電怪物」的芻像。

10月3日台電違背協議，逕行拆除台北縣貢寮居民於核四廠預定地搭建的核電告別式棚架，以保警、蛇籠、拒馬拒民眾於門外，引發警民激烈衝突，混亂中不幸造成一場悲劇造成，一名保警楊朝景被藍色箱型車衝撞死亡，數十警民受傷，駕車的林順源與環保聯盟東北角分會執行長高清南、江春和被收押，貢寮居民17人被起訴。

「我愛鄉土、不要核四」，10月25日台灣環保聯盟舉辦鹽寮反省追思活動，反核團體齊聚到貢寮，手持菊花覆蓋在核四廠模型上，表達「不要悲劇、不要核四」的立場。

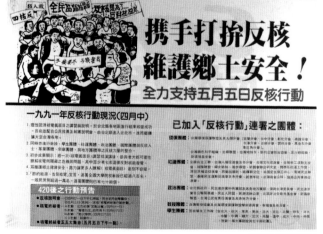

傳單提供/邱萬興

■5月5日，台灣環保聯盟發動歷年來最大、人數最多「1991全國反核大遊行」，約2萬人走上台北街頭。
攝影/邱萬興

■10月25日，台灣環保聯盟舉辦鹽寮反省追思活動，表達「不要悲劇、不要核四」的立場。傳單提供/邱萬興

■反核學生大隊製作數個「核電怪物」上街頭反核四。攝影/邱萬興

高舉「制憲建國」的國代選舉

第2屆國民大會代表的選舉，1991年12月21日揭曉，民進黨候選人高舉「制憲建國」的政見，造成許多高知名度的候選人如林濁水、蘇煥智、邱垂貞等人高票落選，民進黨僅得到22.78％的選票，當選66席。

國民黨則獲得71％的選票，在席次方面國民黨超過四分之三，掌握修憲的主導權，民進黨因席次未達四分之一，連修憲之否決權亦不可得，這是民進黨制憲運動以來的最大挫折。

12月31日，延任40年的第1屆資深國大代表終止行使職權，「萬年國會」結束。

■陳水扁（中）全力輔選正義連線的台北市國代許陽明（左）與張晉城（右）上壘。攝影/周嘉華

■1991年10月13日，在國民黨與中共恐嚇之下，民進黨第5屆全國黨代表超過三分之二通過「台獨黨綱」，正式將「台灣共和國」列入民進黨黨綱。攝影/邱萬興

■新潮流台北縣市國代候選人聯合文宣。傳單提供/新潮流辦公室

■林濁水競選台北市第二選區國代傳單。傳單提供/新潮流辦公室

■陳菊競選高雄市第二選區國代傳單。傳單提供/陳菊

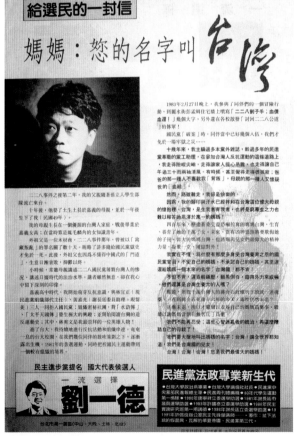

■劉一德競選台北市第一選區國代傳單。傳單提供/邱萬興

許信良當選民主進步黨第5屆黨主席

■1991年10月13日，民進黨第5屆全國黨代表大會通過「台獨黨綱」。由全國黨代表票選黨主席，許信良
以180比163票，17票差距領先施明德，許信良當選民主進步黨第5屆黨主席。攝影/邱萬興

■民進黨縣市黨部主委聯盟會致贈「功在民主」匾給民進黨前主席黃信介。
攝影/邱萬興

1992

總統直接民選

1991年年底，「老賊」國代終於全部退出盤踞甚久的國民大會。在1992年國民大會臨時會中，台灣人民第一次有機會透過自己選出的國大代表，來決定台灣的憲政體制。然而沒多久後，國民黨露出馬腳，抗拒改革。主導國大議事的國民黨，不但拖延、敷衍全國人民所關心的憲政問題，甚至將原先全民期待的總統選舉方式擱置不談。

針對國民黨毫無誠意的作法而導致的「國大亂象」，民進黨決定成立「總統直選推動小組」，並訂於4月19日起連續數天，舉辦「總統直接民選大遊行」，一來教育台灣人民「人人有直接選舉總統的參政權」，二來對國民黨施壓，抗議國民黨胡作非為，蔑視人民對憲政改革的期盼。

「419總統直接民選大遊行」活動抗爭了6天5夜之後，從4月24日凌晨4點30分起，警方開始對民眾惡意施暴、攻擊。受傷民眾名單中，有民進黨各縣市黨部的基層黨工，也有學者，國會助理，更有不少學生。許多人都被毆得血跡斑斑。遊行活動結束後，國民黨依舊以過去慣常的司法手段，來整肅民進黨的領導人士。總領隊黃信介與先後擔任總指揮的許信良、施明德、林義雄等4人，被以違反集會遊行法妨害公務的罪名，遭到台北地方法院起訴。

經過「一〇〇行動聯盟」好幾個月持續不斷的抗爭，5月15日，立法院終於三讀通過「刑法一〇〇條」修正案（意即「廢除刑法一〇〇條」）。此修正案通過後，先前被捕的台獨思想犯，如黃華、郭倍宏、李應元、林永生、許龍俊、鄒武鑑、江蓋世、王康陸、陳婉真等人都被釋放。「刑法一〇〇條」廢除後，台灣社會才

■廖中山教授擔任一台一
中大遊行總領隊。
攝影/邱萬興

162

真正擺脫「白色恐怖」的陰影。而在看不到憲政改革遠景的同時，台灣教授協會與學運社團及民進黨，決定5月24日再次走上街頭，要求「廢國大、反獨裁」。

8月，南韓和北京政府建交，與台灣斷交。而國民黨仍緊抱著過去「一個中國」的政策，不肯正視台灣的國際生存問題，許多學者教授站出來，要求放棄「一個中國」的政策，並支持「一台一中」的理念。10月，「一台一中」大遊行在台北市舉行，上萬民眾高呼「台灣、中國，一邊一國」，強烈地表達了台灣人民拒絕被孤立、拒絕被出賣、拒絕被統一、爭取「安全」、爭取「尊嚴」、爭取「獨立」的決心。

年底，第二屆立法委員選舉。民進黨許多重量級的民主運動前輩，尤其是美麗島事件受難人，紛紛投入這次選舉，而選舉的結果也相當豐碩。如張俊宏在台北市南區，姚嘉文在彰化、施明德在台南、呂秀蓮在桃園，以及黃信介在花蓮參選立委，都是高票當選。然而，其中較為曲折的是黃信介在花蓮的選舉。

國民黨花蓮的立委候選人──花蓮市長魏木村，為了要贏得選舉，不惜使用作票手段。而黃信介則是以民進黨的「元帥東征」之姿遠征花蓮，為民進黨在所謂的「民主沙漠」花蓮開疆闢土；開票之後，先因國民黨作票而敗選，隨後，則因為掌握到「作票」證據，而要求重新驗票，最後，終於因找到736張「幽靈選票」而翻案成功。1993年3月18日中央選舉委員會公告，黃信介當選花蓮縣立法委員。正義來得雖遲，但終究還是來了。

■公民投票促進會在台中市舉辦「公民投票，台灣加入聯合國」大遊行。攝影/邱萬興

223台中公民投票大遊行

公民投票促進會1992年2月23日在台中市舉辦「公民投票，台灣加入聯合國」大遊行與「上海公報20週年暨二二八事件45週年紀念晚會」，這是台中市最大型的一場街頭運動，再次展現令人感動的人民力量。

這次「2.23公民投票大遊行」，主要團體有台灣教授協會、全學聯、長老教會、原權會、台灣環保聯盟、民進黨各縣市黨部，下午三點由民進黨前主席黃信介、民進黨主席許信良與公民投票促進會總召集人蔡同榮的帶領下，來自全台一萬多群眾，從雙十路棒球場出發，舉著公民投票五百公尺巨旗遊行台中市區，一片旗海伴隨口號與歌聲揮舞，壯觀的隊伍和綿延四公里人龍車隊，給台中市民上了一堂新鮮的民主課。

■公民投票促進會，左起總召集人蔡同榮、榮譽總召集人黃信介、高齡92歲名譽召集人張深儒與總指揮田再庭。攝影/邱萬興

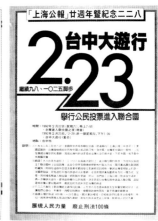

傳單提供/公民投票促進會

攝影/周嘉華

正義連線發起
彩繪華視行動

1月10日，陳水扁與邱連輝、彭百顯、鄭寶清、許陽明、張晉城等人，宣布成立「正義連線」，由邱連輝擔任創會會長、彭百顯任秘書長、陳水扁任立院小組召集人。

「正義連線」成立後，由陳水扁發布宣言，推動「反電子媒體壟斷運動」，做為正義連線重要的行動議題及訴求。陳水扁認為，雖然1987年台灣解除戒嚴，但是執政的國民黨仍保留掌控思想、箝制資訊的最後堡壘──電子媒體，不但無理，也不公平。

1992年3月8日下午，正義連線與台灣環保聯盟發起「彩繪華視行動」，由陳水扁任總領隊，率領許陽明、鄭寶清、沈富雄、陳光復、羅文嘉、林重謨、廖彬良等連線成員，到台北市光復北路華視大樓，展開噴漆抗議活動，以凸顯台灣電子媒體被長期壟斷之現象。

出發前一位台南市民特別寫了一段文字表達心聲：「給他一點燈光看，免得愛抹黑的電視抹黑了清白；給他一點顏色看，免得黑白報的電視顛倒黑白」。

■羅文嘉一聲令下，支持群眾在華視大樓開始噴漆，遭到警方舉牌「行為違法」。攝影/邱萬興

■盾牌後陳水扁、沈富雄、鄭寶清、陳光復與鎮暴部隊發生激烈衝突。攝影/邱萬興

■左起廖彬良、許陽明、陳水扁、鄭寶清、陳淞山舉著「正義連線、正義出擊」，向華視邁進。攝影/邱萬興

■陳水扁與許陽明、鄭寶清、陳光復在華視大樓前抗議警方對抗議民眾的施暴。攝影/邱萬興

■堅持台灣獨立運動的蘇東啓。
圖片提供/蘇治芬

1923～1992

台灣獨立運動先驅——蘇東啓

蘇東啟，1923年生，雲林縣北港人。北港公學校畢業後負笈東瀛，就讀東京關東中學，後考入中央大學政治系，並曾與朝鮮人鄭孝根、門野密議在日本展開抗日行動。

1942年，蘇東啟赴印度洋普吉島領事館就職，負責通譯及情報工作。1945年，二次世界大戰結束，日本投降，蘇東啟抵達重慶，在台灣行政長官公署駐重慶的臨時辦事處教日語。當時行政長官陳儀自台灣回重慶，參加國民黨二中全會。

1946年，蘇東啟回到台灣，先是擔任公署秘書處交際科次長。1947年，「二二八事件」發生，蘇東啟因親眼目睹國民政府殘酷鎮壓台灣人民的慘狀，於是辭去公署職務，立誓改革政事，並參選縣議員，因婦女保障名額之故落選。

1952年，蘇東啟當選雲林縣議員，一連四任，在雲林民間贏得議會「蘇大砲」的美名，並與蔡誅、薛萬、蔡連德，合稱「四大金剛」，在縣議會為雲林縣政把關。據說只要縣議會開議的日子，議事廳裡外都擠滿了關心縣政的人群，場外還必須架設擴音器，讓進不去的民眾可以聽得見。只要蘇東啟一上台質詢，全場立即鴉雀無聲，人人都等著聽他為弱勢者爭權益的有力質詢。

由於蘇東啟與「中國民主黨」的要角之一李萬居交情匪淺，兩人不但是同鄉，又曾於對日抗戰時在大陸重慶一同出生入死，後來蘇東啟還因李萬居之故而加入青年黨，因此，1960年夏天「中國民主黨」籌備時，蘇東啟也熱心參與。

1960年底，蘇東啟參選雲林縣長。他展現了驚人的群眾魅力，雲林縣幾乎就要「變天」。國民黨為此大驚，民間盛傳蘇東啟的票都被「做掉」，最後他以六千餘票些微差距落敗。

1961年3月9日，雲林虎尾的詹益仁、張茂鐘邀友人黃樹琳、李慶斌、林東鏗，與駐紮在莿桐鄉樹仔腳營區的1074部隊的陳庚辛、鄭清田、鄭金河、陳良、鄭正成等現役士兵，打算先奪取虎尾糖廠保警，或空軍訓練中心的輕武器，發動武裝革命，號召台灣獨立，但因條件不足而臨時取消。後來因有人向警備總部檢舉此事，警總便在此後半年的時間裡，羅織一個龐大的「台獨叛亂組織」案件，並將先前3月9日企圖在雲林發動「三九事變」的人士鎖定為叛跡明確的對象，同時認定首謀是蘇東啟。

1961年9月18日，《自由中國》發刊人雷震因組新黨被捕，當時擔任雲林縣議會議員的蘇東啟，便邀請全體的雲林縣議員45人（其中國民黨員有39人），共同提出請蔣介石政府釋放雷震等人的要求。這個舉動讓國民黨當局相當震怒。同一天，警總也請示國安局，並決定於次日（9月19日）凌晨，對蘇東啟等人展開逮捕行動。

1961年9月19日凌晨，憲警人員衝入蘇家，大肆翻箱倒櫃之後，強行押走蘇東啟夫婦。該案陸續傳訊三百餘人，是株連規模最大的政治案件。

1962年，9月20日普通審判庭宣判，蘇東啟、張茂鐘、陳庚辛等三人處死刑，另四十七人分處無期徒刑、十五年及十二年不等之有期徒刑。

　　蘇東啟的太太蘇洪月嬌為了營救丈夫，極力奔走陳冤，積極接觸島內外人士、國際人權組織及媒體，使此案引起海內外關注。蘇洪月嬌在營救的過程中，也被以「明知為匪諜而不告密檢舉」的罪名判刑2年。入獄當時，蘇洪月嬌尚有一個需要哺乳的四個月大的嬰兒蘇治原。就這樣，蘇洪月嬌帶著幼子蘇治原一起，坐了兩年牢。

　　蘇洪月嬌的努力奔波，使三個人免遭槍斃的命運，1963年，9月25日，蘇東啟、張茂鐘、陳庚辛等三人被改判無期徒刑。

　　蘇東啟一家在1960年代惹上這種罪名，親朋好友紛紛走避，家屬求助無門。蘇洪月嬌出獄後，發現原來人情比意想中更為涼薄，她一個女人，還要撫養六個孩子，因此決定在1963年年底競選雲林縣議員，而她的遭遇也讓她初次參選就當選。1975年，蔣介石逝世，國民黨政府舉行大赦，蘇東啟因減刑而出獄。

　　1976年9月18日，蘇東啟步出牢獄大門，重獲自由。

　　1977年，地方公職人員選舉，蘇東啟因身為叛亂犯，遭褫奪公權，一輩子不能參選及服公職，所以推出其妻蘇洪月嬌參選台灣省議員，蘇洪月嬌因而代夫出征。由於政治犯不得登記為助選員、上台演講助選，蘇東啟便口貼膠布，身穿囚衣為妻子助選（囚衣上寫著他在獄中的編號299號），穿梭於大街小巷、窮鄉僻壤。蘇東啟所到之處都是鞭炮聲連連，選民因而消除了對政治犯的畏懼，熱情的與他握手。

　　蘇洪月嬌則在此次選舉中高票當選台灣省議員。夫婦兩人服務熱誠，連選連任四屆。她與桃園縣的省議員黃玉嬌被稱為南北雙嬌。

　　1992年，蘇東啟病逝於北港崇德街自宅，享年71歲。

■1977年6月16日，坐滿15年政治黑牢的施明德出獄，施明德（左）為蘇東啟的牽手蘇洪月嬌參選雲林縣台灣省議員助選，擔任競選總幹事。圖片提供/新台灣研究基金會

419總統直接民選大遊行

國民黨一再跳票

做台灣的主人
選自己的總統

民主進步黨　中央助選團

傳單提供/邱萬興

在1992年國民大會臨時會中，台灣人民終於第一次有機會透過自己選出的國大代表，來決定台灣的憲政體制。但是隨後不久，國大臨時會召開一個月後，完全沒有進入憲政問題的實質討論，而主導國大議事的國民黨不但刻意壓縮議事空間，並對憲政問題的實質討論採取拖延、敷衍的態度，甚至在憲法增修條文提案上，將總統選舉方式擱置不談，把先前朝野溝通過的共識全然推翻。這種毫無誠意的作法，讓台灣人民看到所謂的「國大亂象」，對執政的國民黨大失所望。

1992年3月18日，民進黨針對「國大亂象」，決定成立「總統直選推動小組」，以期透過這個議題的抗爭，一方面教育台灣人民「人人有直接選舉總統的參政權」，另一方面也對國民黨施壓，以免讓國民黨在國民大會中為所欲為，不把憲政改革的重要議題放在眼裡。

3月25日，民進黨決議於4月19日舉辦「總統直接民選大遊行」，由黃信介擔任遊行總領隊，遊行決策小組為許信良（召集人）、姚嘉文、陳永興、洪奇昌、蔡同榮，遊行指揮小組為邱義仁、顏錦福、謝長廷。

4月17日，民進黨國大黨團六十多人前往總統府，要求會

■黃信介率領民進黨國大黨團到總統府前要求「總統直選」，在憲兵驅離前夕，唐碧娥國代為黃信介按摩暖身。攝影/黃子明

■歷經六天五夜的抗爭，國民黨的暴警與噴水車永遠無法抵擋人民要求「總統直接民選」的決心。
攝影/劉振祥

■4月22日，民進黨前主席黃信介鎮守街頭，發下豪語表示：「打死不退」。攝影/黃子明

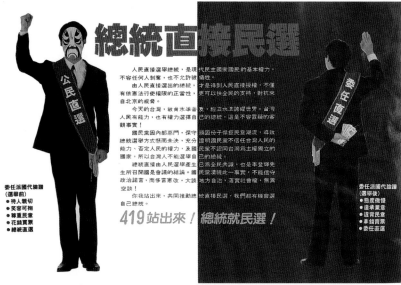

■總統直接民選8開傳單。 傳單提供/邱萬興

見李登輝討論憲改等問題，在總統府前，遭憲警阻撓推擠，甚至有女性國代還遭到暴警憲兵無禮的肢體動作而落淚，國民黨的「憲改謊言」不攻自破。

民進黨總統直選大遊行

4月18日，為加強號召「419總統直接民選」大遊行，民進黨主席許信良率領黨籍國代與黨工，兵分四路，在台北火車站、龍山寺、頂好商圈、台大等地散發傳單，引起民眾的熱列迴響。

4月19日，民進黨主辦「419總統直接民選」活動，全島同步遊行正式開拔。在台北的遊行隊伍共有醫界聯盟、台教會、台灣人公共事務協會、外省人支持台灣獨立支援會、老兵行動聯盟、計程車支持總統直選行動會、重建新大學聯

合工作隊、萬佛會、二二八和平日促進會、進步婦盟、艋舺龍山寺聯誼會等社運團體加入。

晚間，在細雨中於台北市體育場舉辦雷射夜光晚會，夜宿於台北體育場，秩序非常良好。

4月20日，四十多位民進黨籍國代二度前往總統府，要求李登輝立即承諾實施「總統直接民選」，依舊遭到軍警半路攔截，雙方發生激烈肢體衝突，

憲警甚至以「抬豬式」的方法，將國代王拓拖著走。最後在軍警三度暴力驅趕下，民進黨籍國代轉向中山堂，懸掛大幅抗議布條「人人有權選總統，嘸免國大作雞婆」。下午，國大黨團加入全島大串聯的遊行隊伍。

下午3點，「總統直接民選」大遊行，由黃信介擔任總領隊、林義雄律師任總指揮，從台北市體育場遊行到台北火車站前，遭鎮暴警察阻擋而無法

■民進黨公職左起吳清桂、翁金珠、蘇治洋、陳秀惠、許榮淑、王雪峯、張慶惠、陳菊一起站出來大聲說「阮欲選總統」。攝影/邱萬興

■民進黨主辦「總統直接民選」大遊行。攝影/邱萬興

民主進步黨 中央助選團　　民主進步黨 中央助選團

繼續前進。決策小組與指揮小組在勘察附近地形和會商後，決定將隊伍集中在忠孝西路、重慶南路口休息、吃晚餐，並就地舉行晚會，同時決定就此夜宿台北市的心臟地帶，與國民黨展開長期抗爭。

國民黨警方則故意擴大封鎖線，將台北火車站附近道路全部管制，限制人員、車輛進入該管制區，意圖以遊行造成交通不便，誤導民眾對民進黨推動總統直選的看法並醜化遊行的正當性。

人民街頭接力抗議

4月21日，決策小組決議動員第二波人力支援，以接力的方式持續抗爭下去，同時也決定堅持抗爭到底，即使警方驅離、噴水也絕不離開，活動要持續到最後一人被警方抬走才算結束。

在民進黨以街頭持續抗爭的方式與國民黨對峙時，國民黨籍國代陳重光向黃信介表示，希望民進黨派人和執政黨協商，不過被黃信介以國民黨缺乏溝通誠意而予以回絕。

4月22日，在烈日大雨中屹立3天的遊行指揮小組召集人林義雄，於上午將指揮權交給施明德後，赴美訪問。民進黨前主席黃信介鎮守街頭，發下豪語表示：「打死不退」。為防範豪雨來襲並作長期抗爭的準備，決策小組開始於靜坐地點搭起棚架，首開街頭抗爭出現臨時建築物的先例。

遊行決策小組同時決議，如被強力驅散，有再集結之決心和準備，並且要將活動議題擴大為：（一）總統直接民選，廢除國民大會；（二）廢除刑法一○○條，釋放政治犯；（三）落實社會權；（四）反核救台灣等四項。

警方對民眾惡意施暴

民進黨與群眾在台北火車站前抗爭了6天5夜之後，4月24日凌晨4點30分，警方以多於民眾十數倍的警力，強制拖離靜坐群眾。警方一方面表示「柔性」驅離，另一方面卻對民眾惡意施暴、攻擊。許多民眾遭到警方施暴、用噴水車強制驅離；甚至有不少民眾被警方帶到無人之處後，就遭警方拳打腳踢，甚至用警棍攻擊頭部、臉部、鼻樑等部位。

這次遊行的受傷民眾名單中，有民進黨各縣市黨部的基層黨工，也有學者，國會助理，更有不少學生。許多人都被毆得血跡斑斑。

419「總統直選」大遊行的活動落幕後，國民黨依舊以司法手段來整肅民進黨的領導人士。總領隊黃信介與先後擔任總指揮的許信良、施明德、林義雄等4人，被以違反集會遊行法妨害公務的罪名，遭到台北地方法院起訴。

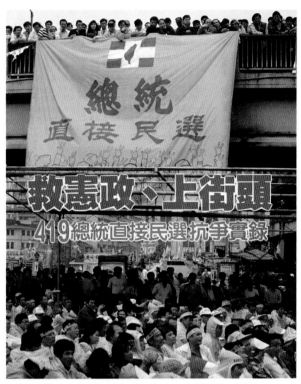

■民進黨中央黨部出版《救憲政、上街頭》小冊子記錄警方暴力驅離民眾的實況。傳單提供/邱萬興

■總統民選決策小組在台北市立體育場，呼籲民眾一起來推動「總統直接民選」。攝影/邱萬興

反核四 飢餓24
——為了孩子·請拒絕核電

車諾堡6週年紀念日，反核團體舉辦反核示威大遊行，展現人民反核力量。在核四預算案即將在立法院審議的時刻，他們發動選民打電話給立委，表達愛台灣，反核四的心聲。

傳單提供/邱萬興

■5月12日～6月3日立法院前接力禁食靜坐，百餘名學者參與，歷時23天，共募得70餘萬元反核經費。 攝影/邱萬興

傳單提供/邱萬興

■3月13日，反核團體齊聚立法院門口，頭綁黃絲帶，帶反核面具，要求立委繼續凍結核四預算。攝影/邱萬興

■3月13日，陳水扁在全民反核立院請願演講反核四理念。
攝影/邱萬興

■葉菊蘭上街頭，散發反核傳單。攝影/邱萬興

黑名單人物的街頭洗塵宴
524廢國大、反獨裁大遊行

經過「一〇〇行動聯盟」好幾個月不斷的抗爭，才把箝制台灣人言論、思想自由甚久的「刑法一百條」，徹底從國民黨的法律中廢除。

1992年5月15日，立法院三讀通過「刑法一〇〇條」修正案（意即「廢除刑法一〇〇條」）。5月16日，「一〇〇行動聯盟」假台北市金華國中舉辦「和平內亂罪告別式」演講會。5月18日，黃華、陳婉真、林永生、鄒武鑑、許龍俊、江蓋世等人，因刑法一〇〇條修正案公布生效後重獲自由。隨後，5月23日，郭倍宏、李應元、王康陸等人從土城看守所被釋放出獄。在這些政治犯中，唯有台灣獨立聯盟主席張燦鍙，因另有一相關的政治案件（被懷疑涉及王幸男的郵包炸彈案），不在這一波的釋放名單中，直到半年後的10月24日，才被交保後釋放。

政治犯雖因「廢除刑法一〇〇條」而被釋放，但是台灣的政治依舊呈現國民黨一黨獨大，完全不符合台灣人民對民主政治的期待。尤其是國民黨內，「老賊」去職後，卻換成「新賊」在國民大會中放肆惡搞。這些國大代表不但自我擴權、要錢又要權，還繼續深化國民黨內鬥的本質。不只李登

■5月24日，台灣教授協會主辦「廢國大、反獨裁」大遊行。攝影/邱萬興

174

輝、郝柏村之間的惡鬥，也延
伸到派系政客間經濟利益的爭
奪與分配。此外，在體制上從
總統制與內閣制的爭議，衍生
到「國民大會」和「立法院」
雙國會之爭。

看在學者教授與學生的眼
中，國民黨就像一個貪得無厭
的政治怪獸。所謂的「中華民
國憲法」，不過是權力分贓的政
治工具而已。

5月24日下午1點半，台灣
教授協會與各大學的學運社團
與民進黨，共同在國父紀念館
發起「廢國大、反獨裁」大遊
行，訴求「廢除國大、人民制
新憲、反對獨裁、爭取社會
權」。學運團體也主張「廢除孫
中山的五權體制、並廢除國民
大會、將制憲權交還人民」。

所有才剛出獄的政治犯，
通通再度走上街頭，以實際行
動支持「廢國大、反獨裁」的
主張。這項遊行活動也幾乎可
說是為這些「不畏黑牢的出獄
英雄」所辦的街頭洗塵宴。

■5月23日，刑法一百條修正公布生效後，左起郭倍宏、林永生，李應元、
鄒武鑑出獄，24日再度投入「廢國大、反獨裁」大遊行。攝影/邱萬興

■重獲自由的王康陸（左）、李應元（右）與葉菊蘭（中）攝於台北街頭。
攝影/邱萬興

■廢國大、反獨裁宣言傳單。傳單提供/台灣教授協會

一台一中‧海闊天空

1992年8月20日，南韓與中國簽署建交公報，同一天，國民黨執政當局宣布與南韓斷交。由於南韓是「中華民國」在亞洲最後的一個邦交國，斷交之後，台灣成了名符其實的「亞細亞的孤兒」，而這正是國民黨昧於國際政治，一意孤行地奉行「一個中國」政策的下場。

「一個中國」罪魁禍首

自從1971年「中華民國」退出聯合國，到1979年美國政府承認北京政權，台灣逐步被排除在國際社會之外。其中最主要的原因就是國民黨政權一味地堅持「一個中國，台灣是中國的一部份」的政策所致。

在「一個中國」的自殺政策下，所謂的務實外交，就是不惜花費龐大的台灣人民納稅錢，以金錢外交的方式，購買名不見經傳之蕞爾小國的邦交。而且只能以各種奇奇怪怪非國家的稱號（如中華台北），見容於國際社會。

生存的唯一活路

由於不願讓台灣前途葬送在「一個中國」的政策下，社運團體紛紛聯名加入「一台一中行動聯盟」，如台灣教授協會、台灣教師聯盟、台灣醫界聯盟、台灣基督教長老教會、台灣獨立建國聯盟、「外省人」獨立協進會、台灣人權促進會、新潮流辦公室、台灣勞工陣線、自主工聯、台灣農權總會、台灣環保聯盟、公民投票促進會、原住民權利促進會等共29個社運團體，聯名主張：「裁撤國統會、廢除國統綱領、拋棄『一個中國』的自殺政策、以『台灣』名義加入國際組織。以『一台一中』的政策，確保台灣唯一的生存之路。」

1992年10月4日下午1點，「一台一中大遊行」，從台北國父紀念館集合出發，由廖中山教授擔任總領隊。上萬民眾高呼「台灣、中國，一邊一國」，強烈地表達了台灣人民拒絕被孤立、拒絕被出賣、拒絕被統一、爭取「安全」、爭取「尊嚴」、爭取「獨立」的決心。

■「一台一中」主張，首次由4匹駿馬擔任遊行前導隊伍。攝影/邱萬興

■台獨聯盟高舉「台灣共和國」大旗，參加遊行。
攝影/邱萬興

傳單提供/邱萬興

■「兩岸交流」強強滾，民眾反諷國共的私下交流，右一為梁金鐘扮媒婆。攝影/邱萬興

反賄選救台灣

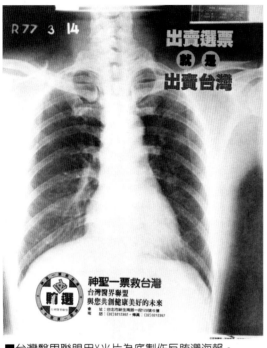

■台灣醫界聯盟用X光片為底製作反賄選海報。

呂秀蓮發起的「反賄選行動聯盟」，製作一張特別詛咒賄選的張貼海報，向選民訴說「買票的死了了，賣票的死翹翹」，對抗國民黨用買票維護政權之手段，以期喚醒台灣民心，告訴選民選舉買票就是向下沉淪，出賣自己手中神聖一票，就像出賣自己靈魂。

台灣醫界聯盟推動反賄選文宣，製作「出賣選票，就是出賣台灣」，1992年12月1日分送給全台民進黨候選人，要大家一起來共同消滅「金牛痘」。

台灣政治發燒‧小心賄選傳染

——大家一起來消滅"金牛痘"——

當我們滿懷著理想，企望建構一個健康、美好的生活環境，卻也看到我們的社會正在功利誘因下急遽地腐化，在民主政治發展過程中，影響最為深遠的民意代表選舉，早已籠罩在「賄選」的陰影中，使得民代問政品質低落，公共政策浪費公帑，政治成了利益財團累積財富的工具。台灣社會已生了重病，而這種病因最重要的就是「賄選」。

「賄選」這個民主政治的大毒瘤，已在我們社會內部廣泛地蔓延，甚至到了習以為常的地步，每次選舉，賄選傳聞不斷，而且正是眾所皆知的事實，為何我們的司法機關無法有力扼止呢？

台灣醫界聯盟本著醫國醫民的初衷，在成立開始，就將「反賄選」列為重點工作，我們希望人人健康，也希望追求社會的健康，我們呼籲所有關心台灣社會健康的朋友，同我們一起加入「反賄選」的行列，讓我們凝聚共識，只有賄選的全面禁絕，才能期待我們共同生存的台灣，有一個乾淨、健康且充滿希望的未來。

因此我們希望——

我們的病人朋友，以預防疾病的作法來預防「賄選」這個慢性致命的民族之疾的發生和惡化。我們的司法單位，以對付販毒者的嚴法一樣，來重罰處置買票者及買票組織，以消滅「賄選」這個民主之毒的病原。

我們的政府，要像撲滅瘟病的努力一樣，將以「黨金牛——黑社會——派系樁腳」，環環相扣的「賄選溫床」消滅根除。

今年三月，經由中研院李鎮源院士的號召，集結了各地關心台灣社會的醫界朋友，正式成立『台灣醫界聯盟』，期望透過醫界的力量，發揮醫界救人濟世的傳統，維護台灣人權，以醫界專業知識督促醫療、教育及環保等政策，並倡導醫療倫理及文化活動，以提昇台灣人民生活品質與尊嚴。

神聖一票救台灣
台灣醫界聯盟
與您共創健康美好的未來

傳單提供/台灣醫界聯盟

退報救台灣

1992年11月21日，為抗議聯合報言論及報導不公，台灣教授協會與新台灣重建委員會發起全民「退報救台灣運動」，鼓勵台灣人民，「三百元就可以改變時代」，省下三百元的訂報費，讓聯合報進不了信箱，達到全民「信箱革命」。其中最主要的原因就是要為「免於恐懼」而奮鬥。

「退報救台灣運動」的第一階段目標：拒登聯合報廣告與發起「退十萬份」聯合報，讓聯合報進不了信箱，要對聯合報造成一種社會監督力量。

「退報救台灣運動」發起人林山田教授表示，這個退報運動選擇聯合報為目標，是因為長期以來，聯合報在信守新聞倫理與新聞自由上有嚴重偏差，尤其處理中共的新聞，偏頗情形更嚴重，動不動就將中共官方人士恐嚇台灣的話題放在頭版處理，聯合報製造恐怖，威脅台灣人民，嚴重影響與誤導台灣讀者的認知。

不久，其他報紙媒體、雜誌也響應「退報救台灣運動」，主動在自己的報紙上刊登半版廣告，或是在雜誌內刊登公益廣告，加入支持退聯合報的行列。

後來，「我家不看聯合報」運動，引起聯合報的不滿，「退報運動」的林山田教授與楊啟壽、李鎮源、林逢慶等四位發起人，被聯合報控告涉嫌「誹謗」與「妨害信用」。針對這場官司，林山田曾幽默地說：「以一個教刑法的教授上法庭，既非法官身分，也非檢察官或律師，而是被告，這實在是一個非常特殊而有趣的經驗。」

■簡錫堦與社運團體在聯合報大樓前呼籲全民「退報救台灣」。攝影/邱萬興

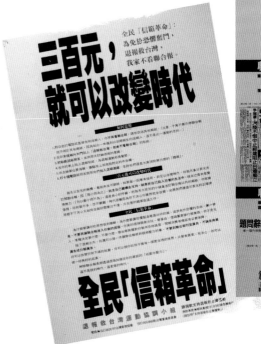

傳單提供/邱萬興

台灣獨立聯盟主席
張燦鍙出獄

前台大教授
彭明敏回台

■1992年張燦鍙於10月24日交保獲釋,正式宣告台獨聯盟的歸鄉行動成功,左一為李鎮源院士,右一為許世楷博士。攝影/邱萬興

■1992年11月1日,逃離台灣21年之久的彭明敏教授回國,在桃園中正機場受到鄉親熱情接機。攝影/周嘉華

■台獨聯盟來自海內外,主要幹部在台北市來來大飯店舉辦感謝酒會,歡迎張燦鍙出獄。攝影/邱萬興

民進黨元帥東征
黃信介抓到國民黨作票案

國民黨在台灣舉辦了數十年的選舉，從早期選前送肥皂、送雨傘、辦流水席請客，到近年來用民間所謂的「孫中山」與「蔣介石」的「選舉無師父，用錢買就有」模式，來奠定及鞏固其政權。每逢選舉，國民黨一定會再三宣示：「選舉絕對公開，絕不買票，絕不舞弊」。然而這是笑話，就像蔣介石告訴那些「老芋仔」（老榮民）說要「一年準備、兩年反攻、三年掃蕩、五年成功」笑話一樣可笑。

1977年的桃園縣長選舉，由於中壢國小的第「213」號投票所發生嚴重舞弊事件，上萬名激憤的民眾，用一把大火燒燬整個中壢分局，而爆發所謂的「中壢事件」。1992年，國民黨的「花蓮736張幽靈選票」作票案，是台灣選舉史上第一次被抓到做票而改變結果的舞弊案。

後山選戰風雲變色

1992年花蓮縣第二屆立委選舉，共有八人參選，角逐二席立委，競爭十分激烈。國民黨方面超額提名了謝深山、魏木村、鍾利德等三位候選人。民進黨方面則徵召前主席黃信介以「元帥東征、東方不敗」之姿，前往花蓮縣參戰，為民進黨到花蓮開疆闢土。

■許信良（右一）與施明德幫黃信介助選。攝影/周嘉華

對民進黨而言，花蓮縣就像台灣「後山」，是一片未經開拓的民主沙漠，過去未曾有民進黨候選人在此當選中央民意代表。然而，國民黨為了要繃緊花蓮選情，達到強力動員的效果，於是山線、海線聯手，蓄意夾殺民進黨前主席黃信介，企圖「包山包海」地囊括花蓮二席立委。

競選總幹事王兆釧用「咱大家的歐吉桑」親民的口號，

配合黃信介的高知名度與從政的傳奇歷史，將這一位曾與李登輝總統在總統府內平起平坐的民進黨民主老前輩，以其特有的政治優勢，型塑出一個民進黨的強勢品牌，製作出一張「王見王」傳單。再加上如「元帥東征・六出祈山」等一系列的選舉文宣攻勢，配合民進黨的民主菁英在花蓮各地演講，人山人海造勢活動，成功地將黃信介塑造成花蓮縣立委選戰中的第一品牌，使得黃信介在花蓮縣聲勢大漲，為後山掀起空前的選戰風雲。

為了讓民進黨走更長遠的路，黃信介不惜抱病遠征，到花蓮參選。在激烈的選戰中，卻又為了兄弟之情而心繫在台北市南區參選立委的胞弟黃天福，黃信介經常花蓮、台北來回奔波，甚至捨棄自己在花蓮縣的拜訪時間，陪著黃天福在台北街頭四處拜票，希望台北市民給黃天福一個機會，讓兄弟倆進入立法院，一起為台灣政治打拼。

12月19日晚上開票結果，國民黨提名的謝深山獲得46527票與魏木村獲得26667票當選。黃信介從選舉開票之初「穩當選」的選戰情勢，到開完票變成「只差62票」的高票落選，使得黃信介與支持者無法接受選舉結果。此時，黃信介的競選總部接獲民眾提供國民黨「作票」的線索，黃信介的競選總幹事王兆釧認為這場選舉「一定有問題」，當天晚上立刻決定到花蓮地檢署與花蓮縣選委會抗議，要求驗票。

當天晚上10點左右，上千名民眾與競選總幹事王兆釧從花蓮市林森路出發，一路上號召民眾到花蓮地檢署、縣選委會要求驗票，花蓮縣政府在晚上10點半左右被民進黨的群眾包圍，當時的花蓮縣警察局長

張四良與黃信介、王兆釧隔著蛇籠、拒馬協商，由黃信介與檢察官賴慶祥等人進入縣府內溝通。國民黨作票傳聞傳遍全台各地，花蓮一夜沸騰。

第二天，民進黨主席許信良、秘書長江鵬堅、張俊宏、施明德都到花蓮，要求花蓮縣全面驗票還給黃信介一個公道，被花蓮地檢署檢察官所拒絕。黃信介決定以具體事證舉

■「咱大家的歐吉桑」前往花蓮為民進黨開疆闢土，在後山掀起選舉風雲。插畫/邱萬興

發選舉舞弊，要求檢察官查驗花蓮市兩個投開票所的選票。民進黨要求查驗花蓮市長魏木村的大本營——花蓮市的54個投開票匭，花蓮縣其他鄉鎮票匭並未查驗。

查出736張幽靈選票

投票後三天，12月22日上午9點開始驗票。在驗票的過程中，花蓮市公所驗票場內與場外的氣氛都緊張萬分，場外群眾上千人隔著拒馬與五百多名警力對峙；場內則由民進黨的秘書長江鵬堅律師、總幹事王兆釧、省議員邱茂男等人負責與六名檢察官協商驗票。

花蓮市公所於是展開一天一夜、不眠不休的「馬拉松」式驗票程序。沒想到如此一驗，果真驗出一大堆問題。第一，省議員邱茂男首先懷疑名冊上選民的手印是偽造；第二，民進黨兩位黨員林振利、王燕美都發覺第十、十一投票所，開出的票有問題，本來在有效票、無效票的清點上沒問題，在清點選舉人名冊上的投票人數時，卻在計算選舉人人數時，爆發出一個大問題——開出的選票比實際投票人數還要多，因為在第十一投開票所的有效票比選舉人數多出43張，突然冒出43張「幽靈選票」。再計算第十投開票所竟然多了79張幽靈選票。最後統計共有十二個投開票所多出738張爭議票。

當時花蓮地檢署的六名檢察官感到「事態嚴重」，花蓮市54個投開票所中的12個開票所，竟然冒出738張「幽靈選票」，顯然是國民黨花蓮市長魏木村的選舉陣營以作票手段尋求當選。12月28日，民進黨在花蓮市區舉辦聲援前主席黃信介，「抗議國民黨作票大遊行」。

花蓮選舉弊案偵結
魏木村等共27人被起訴

花蓮檢察官展開偵辦，查出魏木村陣營事先串通多位選務人員趁著選舉的空檔，事先用簽名或按捺模糊指紋領取選票，先藏好投給魏木村的選票，並趁著整理票匭或其他選務人員不留意時，暗中投入票匭內。

花蓮縣爆發國民黨選舉作票案，檢察官偵辦、選舉法庭審理共耗時四個月，動員數千選務工作人員和警力。花蓮地方法院於1993年3月8日針對花蓮選舉作票弊案偵結完畢，國民黨花蓮市長魏木村、魏東和兄弟共27人被起訴，其中有6名投開票所的主任供稱作票給魏木村。最後宣判花蓮市8處投開票所選舉無效，在728張「幽靈選票」中，共有534張查明是投給國民黨魏木村，因此魏木村的得票數扣除534張，黃信介成為第二高票，由縣選委會呈報中選會。

1993年3月18日中央選舉委員會公告，黃信介當選花蓮縣立法委員，更正黃信介得票數26605票，以政黨協商的「政治手段」解決，最後補行公告黃信介當選，花蓮縣縣長吳國棟請辭，歷經波折的黃信介「立委」，則為民進黨在以往號稱「民主沙漠」的花蓮縣，留下為民主紮根、開拓的基礎。

■「咱大家的歐吉桑」，由民進黨中執會徵召去台灣最高難度的選區去開拓，他不但不負眾望，更抓到國民黨做票證據。傳單提供/邱萬興

■黃信介曾說過：「這一生我已選過四次公職，我不是吹牛，從來沒落選過」。傳單提供/邱萬興

1992年立委選舉
美麗島精銳盡出
民進黨獲得大勝

1992年12月19日立委選舉投票結果揭曉，國民黨一來因王建煊、趙少康不獲提名而自行參選，二來選民對金權政治的反感與反撲，造成國民黨選票大量流失。民進黨則獲得大勝，得票率33.05% 當選50席立委。

由於「廢國代」是民進黨的政治目標，所以前一年（1991年）的國代選舉，民進黨推出所謂的「二軍」來參選，也因此民進黨嘗到挫敗的滋味。而這次第二屆立法委員選舉，當時政治觀察家均以「一軍」的氣勢來形容民進黨候選人，選舉的情勢可說是精銳盡出、盛況空前。

許多位一生致力於反對運動的民主先進（美麗島事件受難人），在這次選戰中脫穎而出。這些重量級人物，包括黃信介以「元帥東征、東方不敗」到花蓮縣參選立法委員，抓到國民黨「選舉做票案」，張俊宏當選台北市南區立委、呂秀蓮當選桃園縣立委、姚嘉文當選彰化縣立委、施明德當選台南市立委、邱垂貞當選桃園縣立委、戴振耀當選全國不分區立委，此外，具全國知名度的民進黨菁英如陳水扁、謝長廷、林正杰、張俊雄、盧修一、洪奇昌等人均高票連任立法委員。

■陳水扁競選台北市北區立委傳單。傳單提供/民進黨中央黨部文宣部

■謝長廷競選台北市北區立委傳單。傳單提供/民進黨中央黨部文宣部

■黃信介競選花蓮縣立法委員傳單。傳單提供/邱萬興

■姚嘉文競選彰化縣立法委員傳單。傳單提供/邱萬興

■施明德競選台南市立委傳單。
　傳單提供/民進黨中央黨部文宣部

■呂秀蓮競選桃園縣立法委員傳單。
　傳單提供/民進黨中央黨部文宣部

■張俊宏競選台北市南區立法委員傳單。
　傳單提供/民進黨中央黨部文宣部

■范巽綠競選台北市北區立法委員傳單。傳單提供/范巽綠

■林濁水競選台北市北區立法委員傳單。傳單提供/邱萬興

■蔡式淵競選嘉義縣立法委員傳單。傳單提供/蔡式淵

■陳婉真競選台北縣立法委員傳單。傳單提供/邱萬興

■沈富雄台北市南區立法委員傳單。
　傳單提供/民進黨中央黨部文宣部

1993

推動老人年金制度

■5月20日，農民北上要求公地放領
「還我土地」大遊行。攝影/邱萬興

■5月30日，反核團體在台北街頭遊行，
蘭嶼原住民長老加入反核大遊行行列。
攝影/邱萬興

2月27日，澎湖縣長補選，民進黨提名的縣長候選人高植澎醫師，拿下近六成選票，擊敗國民黨候選人鄭永發，讓澎湖風雲變色，成為澎湖縣有史以來的第一位民進黨籍縣長。長年缺乏「民主」養份滋潤的離島澎湖，在這場轟轟烈烈的選戰中，遂成了全國政治新聞的焦點。

2月28日，「二二八受難家屬」第一次勇敢走上街頭，拿著受難者的遺像，參加「228疼台灣、重建再生」大遊行活動，在台北市南京西路遊行。在鄭南榕發起的二二八和平日運動推動了七年之後，受傷害很深的家屬才敢站出來，走出恐懼的陰影。

10月23日，為爭取「老人年金」而努力的老人年金行動聯盟，發起「重陽送暖敬老年金」大遊行。民進黨的次級團體「新潮流」開始把老人年金的議題，呈現在社會運動上，讓大眾去思考台灣社會的老人福利制度問題。

11月27日，縣市長大選，民進黨標榜「1993年地方執政年，清廉、勤政、愛鄉土」、提出「反金權，清廉疼台灣；要福利，勤政跨世紀」、「全力推動老人年金制度」等政見。由於1992年的立委選舉中，台南縣的立委候選人蘇煥智，率先提出「老人年金」的政見，獲得選民認同；1993年的澎湖縣長補選，高植澎也提出「老人年金」的政見而勝選，讓民進黨了解到台灣人民的真正需求，因而在這場縣市長的選戰中，傾全力推動老人年金制度。

然而選舉結果，21席縣市長的名額中，民進黨只當選6席縣市長，得票率41.20%。與前一屆選舉相較之下，沒有成長。原本誇口將拿下過半數的縣長席次的民進黨黨主席許信良，為信守政治承諾及敗選負責，宣布辭去黨主席一職，所餘任期由中常委施明德遞補。

■民進黨在台北市體育場舉辦黨慶兼縣市長造勢大會。攝影/邱萬興

高植澎讓澎湖一夕變天

1993年2月，澎湖縣第十一屆縣長補選，這是當年台灣最激烈的選戰。由於此時沒有其他選舉，澎湖縣是全國唯一有選舉的地方，自然成了重所矚目的新聞焦點。國民黨「黨、政、軍」掌控四十多年的澎湖縣，因為國民黨組織嚴密，過去「只要能被提名，就能當選」，民進黨要想選贏國民黨根本困難重重。

當時民進黨黨員人數在澎湖縣只有幾十個人而已，他們都知道，「在澎湖縣馬公市街上要找個民進黨員，比找外籍勞工還困難」。澎湖縣雖然幅員很小，但是民進黨若想要和國民黨上萬黨員大軍對抗，當時所有的媒體，都認為這是「不可能的任務」。以國民黨的優勢，只要隨便叫一個人出來躺著選都能選上。

選戰只有短短不到一個月，民進黨表達了強烈的危機意識。整個選戰策略主打文宣戰，就是要全面拉抬形象清新、第一次參選的高植澎醫師的聲勢，除了要獲得澎湖縣選民的好感外，也一路抨擊國民黨提名人選的形象問題，進而取得選戰主導權，喚起民心思變的風潮。

這場選戰，由段宜康負責組織戰，鄭文燦負責文案，採用「本島包圍離島」、「都市包圍鄉村」戰略，所有的傳單文宣從台北用航空快遞運送到澎湖馬公本島，再用船分送到每個離島，如湖西、西嶼、白沙、望安、七美等島嶼。

隨後，民進黨重量級政治人物，如黨主席許信良、秘書長江鵬堅（澎湖女婿）、立法委員陳水扁、謝長廷、蘇貞昌、施明德、陳菊、盧修一、洪奇昌等名嘴，不斷地跨海站台造勢，在離島與國民黨「大車拚」。尤其在馬公市的政見會，人潮越來越多，聽眾甚至高達五千人以上。選舉之前，民進黨總共在澎湖與各離島辦了三十幾場演講會，並以拉一票是一票的做法讓高植澎醫師的聲勢持續上升。

第一波文宣，以「東北季風吹不倒的硬漢」做為競選主題，介紹高植澎醫師人如其名「植根澎湖」，在澎湖縣基層醫療服務十幾年，長期為澎湖離島老人看診，以「一雙腳走遍全澎湖」作為主訴求，成功地將高植澎醫師清新、改革的印象深烙於選民的腦海中。

第二波文宣，以凌厲的攻勢，挑戰國民黨提名的縣長候選人，澎湖縣議會議長鄭永發，其家族經營「珠仔店」特種行業的複雜背景。打出「要選醫生，還是要選開賭場？」的選舉策略。這一波戰報在投票前最後的十幾天發出，而國民黨長期掌握基層選戰所憑藉的「買票招數」要出招時，「國民黨買票」的耳語開始傳遍澎湖各大大小小島嶼，造成鄭永發選前極大的壓力。

第三波文宣，在縣長選舉史上第一次提出65歲以上「老人年金」三千元的訴求策略。第四波戰報推出「軍方強力介入選戰，高植澎危急萬分」搶

■2月27日，高植澎醫師以2萬3430票，拿下近六成選票，擊敗國民黨候選人鄭永發，是澎湖縣有史以來第一位民進黨籍縣長。攝影/邱萬興

救文宣，強力批判國民黨軍方「團管區」、「情報單位」等澎湖防衛司令部指揮官宋川強介入選舉。

澎湖選民向來認為澎湖防衛司令猶如地下縣長，國民黨的縣長只不過是名義上的縣長而已。這幾波強力的造勢文宣，殺傷力極強，不但為這場選戰掀起前所未有的高潮，更被澎湖縣民譽為「有史以來最精彩、也最具攻擊力」的選舉文宣。國民黨原本視為囊中物的澎湖縣長寶座，在措手不及的情況下，終至落敗。

2月27日選舉結果揭曉，「澎湖一夕變天」。國民黨黨政軍全力輔選的鄭永發議長，竟然兵敗如山倒。民進黨提名的高植澎醫師出奇制勝，一舉拿下澎湖近六成的2萬3430選票，以六千多票差距擊敗國民黨鄭永發1萬6954票，當選澎湖縣有史以來的第一位民進黨籍縣長。

次日，全國各大報紙輿論以頭版標題「澎湖變天了」來記錄這場不可能的選戰，民進黨高植澎醫師的選舉傳奇，至今為人傳頌不已。

■高植澎抗議軍方強力介入澎湖縣長的選舉文宣。
傳單提供/民進黨中央黨部文宣部

■高植澎的第二波戰報：「國民黨，請不要污辱澎湖人」。傳單提供/邱萬興

雅美長老
北上參加反核大遊行

台灣環境保護聯盟聯合許多團體，5月30日舉辦了「一九九三反核大遊行」。當日下午二時由台北市市立體育館出發，穿越敦化北路上「恐懼門」，見識民生東路旁的「輻射屋」，遊行至立法院。來自全國各地的群眾，約有六千多人參加，氣氛非常熱烈，各種服飾、道具更是多采多姿，尤其是民生別墅的輻射鋼筋受災戶，與全副武裝的雅美長老抗議核廢料場侵佔其土地，特別從蘭嶼搭飛機來台北參與大遊行，更是引人注目。

這次大遊行活動的訴求是：撤銷核四計畫、杜絕輻射毒害、建立非核家園。針對這些訴求，環保團體提出十三項有關核能安全、輻射污染和能源政策的具體主張。

今年的遊行已是反核團體第五次大規模的反核遊行，活動在傍晚時分，施放核電廠模型的天燈，表達「告別核電」的意義之後結束。

■來自各地民眾以嘉年華會的方式，表達反核四的訴求。攝影/邱萬興

■婦女新知等婦女團體製作「我要孩子，不要核子」的人型布偶，表達反核心聲。攝影/邱萬興

■來自蘭嶼的雅美族長老參與反核四運動。
攝影/邱萬興

敬老養老：
社會的共同責任

1993年10月23日，老人年金行動聯盟發起「重陽送暖敬老年金」大遊行，由洪奇昌擔任總領隊、澎湖縣長高植澎擔任榮譽總領隊、許信良與施明德擔任榮譽召集人，下午1點30分，由廖中山教授與「外省人台灣獨立協進會」成員推著輪椅老人上街頭，民進黨參與年底縣市長選舉候選人率領支持者與老人，約上萬人從台北市新生南路台灣大學門口出發，遊行到立法院。

老人年金行動聯盟要求：

（一）敬老津貼（在年金保險實施前的過渡期）：凡是年滿65歲的老人，每人每月由政府發給敬老津貼5仟元。但以下的人不得領取：已領軍公教退休金者、已領榮民退休金者、已達一定收入者。

（二）年金保險：儘速通過「國民年金法」，建立完整的年金制。

■敬老年金行動海報。傳單提供/邱萬興

■從台灣大學門口出發前的隊伍。
攝影/邱萬興

■廖中山（右一）推薦輪椅老人上街爭取老人年金。攝影/邱萬興

1993年縣市長大選
反金權‧要福利

民進黨希望能為台灣人民創造一個理想的生活空間，讓台灣成為一個公平正義看得見，福利安全享受得到的國家。

1993年縣市長大選，民進黨提出「反金權，清廉疼台灣；要福利，勤政跨世紀」等政見。民進黨縣市長候選人聯合簽署「老人年金」的政策方案，凡65歲以上的年長國民，未領政府津貼者或未經公立機構安養者，每月均可領5000元敬老金。

「國民黨做不到，民進黨做給你看！」敬老福利津貼在民進黨執政的縣市政府裡編入政府預算，自1994年7月1日開始發放。民進黨以此作為縣市長大選的首要政見訴求，希望落實建立一個福利國家的理念。

11月27日投票揭曉，民進黨得票率41.20%，只當選6席縣市長，（宜蘭縣游錫堃、台北縣尤清、新竹縣范振宗、台南縣陳唐山、高雄縣余政憲、

澎湖縣高植澎），彰化縣長周清玉與屏東縣長蘇貞昌連任失敗，比上屆的7席，還減少1席。

1993年底，尋求屏東縣長連任的蘇貞昌意外落選，讓所有的選舉專家跌破眼鏡。在此之前，蘇貞昌以其亮麗的施政成績與個人魅力，一步一腳印，四年來走遍屏東465村里，不但植樹百里而且大力推廣屏東特有的農產品「黑珍珠」蓮霧，讓屏東縣政府行政效率獲

■1993年民進黨中央黨部出版「全民的新希望」對開海報。傳單提供/民進黨中央黨部文宣部

■1993年民進黨中央黨部出版「推動老人年金制」對開海報。傳單提供/民進黨中央黨部文宣部

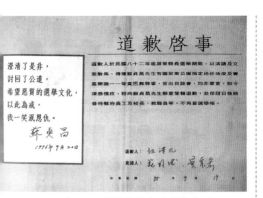

■伍澤元登報向蘇貞昌道歉啓示。
傳單提供/民進黨中央黨部文宣部

省府考績效率連續三十九個月第一名。蘇貞昌更因而獲得「屏東黑珍珠」的稱號，連任實力被各界看好，甚至讓國民黨在屏東縣長之戰，面臨「畏戰怯戰」的尷尬局面。

為了把執政的蘇貞昌縣長拉下馬來，國民黨主席李登輝欽點省住都局長伍澤元出征，挑戰蘇貞昌，想要重挫蘇貞昌的銳氣。伍澤元陣營於是以跟蘇貞昌完全無關的「屏東公園炒地皮」和「賽嘉樂園一顆石頭150萬元」兩案，影射蘇貞昌貪污舞弊，蓄意抹黑蘇貞昌執政的清廉形象。

蘇貞昌在這場選戰中受到極大的抹黑與傷害，再加上選舉時，屏東縣議會議長鄭太吉帶著100多個黑道兄弟到蘇貞昌的演講會場鬧場，蘇貞昌最後真的敗給了國民黨抹黑手段和黑道的惡行。

選舉結束後，蘇貞昌在縣長職務交棒前夕，舉辦「歡喜付出，甘願承擔」感謝晚會，向屏東縣選民致歉，強調「我將縣政交還屏東縣民」而非交棒給國民黨伍澤元，屏東縣也從「黑珍珠」的故鄉變成「黑道」的故鄉。

這是蘇貞昌第一次在選戰中中箭落馬。3年後，1996年9月19日，伍澤元才公開在各大報登報向蘇貞昌道歉。蘇貞昌對伍澤元「一笑泯恩仇」，因為澄清了是非，討回了公道，蘇貞昌決定撤回一億元求償。

後來，伍澤元因八里污水廠弊案纏身潛逃出國、流亡在外，屏東縣議會議長鄭太吉則因囂張殺人被判死刑並遭槍斃伏法。後來的選舉只要一提到國民黨的抹黑手段，民進黨一定以蘇貞昌被抹黑落選之例為代表。

在這場選戰中，原本誇口將拿下過半數的縣長席次的民進黨黨主席許信良，為信守政治承諾及敗選負責，宣布辭去黨主席一職，所餘任期由中常委施明德遞補。

■1993年陳唐山競選台南縣長對開海報。傳單提供/邱萬興

■1993年民進黨縣市長於民進黨黨慶大會上造勢活動。攝影/邱萬興

■1993年尤清連任台北縣長「大戰三重幫」文宣。
傳單提供/邱萬興

■1993年余政憲競選高雄縣長文宣。傳單提供/邱萬興

■新竹縣縣長范振宗連任推出主張老人年金文宣。
傳單提供/邱萬興

■1993年王拓競選基隆市長文宣。傳單提供/邱萬興

■民進黨1993年推出的「敬老金保證書」，新竹縣
長范振宗的保證書。傳單提供/邱萬興

■1993年蘇洪月嬌競選雲林縣長文宣。傳單提供/邱萬興

1994

快樂、希望、陳水扁

■5月1日，施明德當選民進黨第6屆黨主席。攝影/邱萬興

■5月23日，民進黨在立法院大門口主辦「敬老人、要津貼」活動，賴坤成裝扮成黑白郎君。攝影/邱萬興

　　1994年4月10日，台大數學系黃武雄教授及人本教育基金會等數十個團體，以「讓我們擁有童年」為主題，發起「四一〇教育改造」大遊行。這是台灣教育史上第一次從小學到大學要求全面教育改革的遊行。

　　1991年，第一次台灣人民制憲會議，制定了《台灣憲法草案》。然而，國民黨強行通過修憲案，否決了人民對制憲的期盼。因此「第二次台灣人民制憲會議」籌委會於1994年6月24、25日召開「台灣人民制憲會議」。會中除了修改更符合全民需求的新憲外，也公開向全民徵選新國旗、新國歌。

　　1994年7月12日，立法院通過核四預算，民進黨立法院黨團強烈反對興建，林義雄律師在立院為爭取「核四公投」展開禁食，六天內獲得全台十萬人連署支持。9月21日，由林義雄律師發起「核四公投促進會」並擔任召集人，以「非武力行動」為實踐手段，展開環島「核四公投、千里苦行」，共35天，步行1005公里。這項活動是要向當權者施壓，希望凝聚人民的力量，促使統治者交出國家政策的決定權，讓人民決定是否要興建核四。

　　1994年7月，立法院三讀通過「省縣自治通則」，台灣人民終於能在1994年12月3日，以人民直選的方式，選出首屆的民選「台灣省長、台北市長、高雄市長」。這場選舉大大地改變了台灣的政治生態。

　　這場選戰，在台灣選舉史上首度出現「三黨競爭」的民主景觀，無論台灣省長或北高市長，都是國民黨、民進黨、新黨三黨競選。社會各階層包括政黨、族群、省籍以及社團的動員與投入程度，都是前所未見，就連警方出動鎮暴警察維持公辦政見會秩序的人次與場次之多，也是空前絕後。

　　陳水扁在台北市的參選策略，摒棄過去的悲情訴求，改採「快樂市民」、「希望城市」、「台北新故鄉」的參選理念，終於一舉攻下台北市長的寶座。而高雄市長與台灣省長部份，則仍是在國民黨政權的掌控下，分別由吳敦義、宋楚瑜贏得這場選舉，民進黨高雄市長候選人張俊雄和省長候選人陳定南，不幸敗北。

■1994年8月4日「爭主權,反霸權」,民進黨在台北市基隆路世貿大樓前,抗議「國共會談」,當場焚燒中國五星旗。
攝影/邱萬興

為下一代而走
410教育改造大遊行

■4月10日，台大數學系黃武雄教授及人本教育基金會等團體發起「四一○教育改造」大遊行，由黃武雄親繪插畫的「為下一代而走」海報。傳單提供/邱萬興

教育是百年大計，然而台灣的教育制度，完全悖離了教育的精神與意義，嚴重壓抑並扭曲了個人知性與人格之發展。在國民黨的指揮控制之下，透過「師範系統」掌握了師資之培育，也掌控了學校的設立。再輔以「軍訓教官」、「救國團」、「安全人員」等行政體系，控制了教師與學生的思想與行動，不但壓抑教師自主性的教育活動，更排除地方政府的自主教育權，使地方政府成為只是負擔教育經費的團體，並透過統一編輯的教材及聯考制度，管制學生的言行思想。

凡此種種的教育問題，早已困擾台灣的老師、學生和家長數十年，而在台灣民主化的進展過程中，要求教育改革的呼聲也日益升高。

1994年4月10日，台大數學系黃武雄教授及人本教育基金會等數十個團體，以「讓我們擁有童年」為主題，發起「四一○教育改造」大遊行。上午10點到下午2點，先在台北市國父紀念館舉辦攤位園遊會；繼而號召「萬人親子上街頭」活動，在台北市舉辦「為下一代而走」抗議活動。

「四一○教育改造工作隊」提出四項主要訴求：

一、落實小班小校：訂定時間表、逐年完成。中小學應於5年內達到每班少於30人，每校少於30班。

二、廣設高中大學：人人都有機會上高中。5年內達到同年齡有20%可以上大學。設公民大學，向各年齡層公民開放。

三、推動教育現代化：師資及教材多元化。中小學社區化，社區監督、家長參與。開放民間興辦各級學校。落實原住民、殘障、工農子弟等族群之主體性教育。充實幼兒教育。重視個體發展，消除集體管理主義。大量提供無條件助學貸款。

四、制定教育基本法：在各教育法之上，制訂法律位階較高之「教育基本法」，明訂現代化教育之基本精神，以根本改造台灣的教育。

這是台灣有史以來，第一次從小學到大學全面要求教育改革的遊行。在主辦單位別出心裁的策劃下，以嘉年華會的方式進行，無數小朋友、家長走上街頭，有的小孩騎腳踏車、溜直排輪，許多基層教師也加入遊行行列以表支持。

■台大數學系黃武雄教授。攝影/邱萬興

■410教育改造傳單。傳單提供/邱萬興

■四一○教育改造大遊行，在台北市舉辦「為下一代而走」的萬人親子上街頭抗議活動。攝影/邱萬興

第二次台灣人民制憲會議

我們要在新國歌聲中
升起新國家的新國旗

一部新憲法的制定，代表一個新國家的誕生；一面新國旗與一首新國歌的產生，象徵著一個新國家的精神。然而，台灣人屢受外來政權的迫害，在漫長的歷史裡，毫無機會制定自己的憲法、升起自己的國旗、唱出自己的國歌。悲情的島嶼、苦難的歷史，不斷召喚台灣人民：建立一個獨立自主的民主國家。

為了型塑台灣命運共同體，台灣需要新國旗、新國歌。台灣人民制憲運動追求建立一個獨立共和，民主自由，社會福祉，綠色和平的國家。

1991年，第一次台灣人民制憲會議，在民進黨、無黨籍、學者專家，與社會各界的參與下，制定《台灣憲法草案》。隨後，國民黨利用「資深國代」（老賊）強行通過修憲案，與人民要求的制憲精神背道而馳。

為了護衛台灣新憲法，建立一個民主而正義的國家，「第二次台灣人民制憲會議」籌委會，於1994年6月24、25日，召開「台灣人民制憲會議」。會中除了修改更符合全民需求的新憲外，也在報紙上刊登廣告，向全民公開徵求、選拔「新國旗、新國歌」，共收到了六、七十件國旗、二十多件國歌的徵選信件。最後並在台灣大學大操場的晚會中，舉行新國旗第一次的「升旗典禮」，吸引了數千民眾參與。

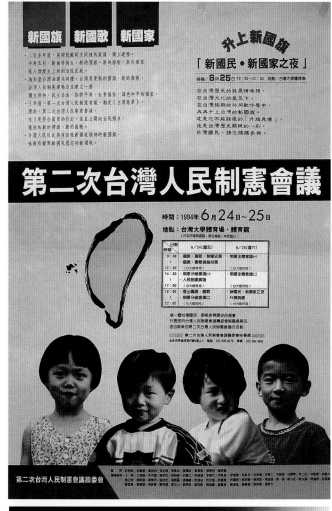

■「第二次台灣人民制憲會議」在台灣大學體育場舉辦「新國民、新國家」之夜，並舉行升旗典禮。攝影/邱萬興

林義雄 核四公投千里苦行

1994年7月12日，立法院通過核四預算，民進黨立法院黨團強烈表達反對興建，林義雄律師在立院為爭取核四公投展開禁食，六天內獲得全台十萬人連署支持。

有了人民力量的支持，林義雄決定把力量化為行動，9月21日，由林義雄律師發起「核四公投促進會」並擔任召集人，以「非武力行動」為實踐手段，從台北萬華龍山寺出發，在一百多位志工齊唱「我愛台灣」的歌聲中出發，展開環島「核四公投、千里苦行」，共35天，步行1005公里。

「核四公投、千里苦行」出發前，曾發表宣言強調：「核能電廠的興建與否，攸關全民及其後代的生命安全，不應該只由少數人濫權粗率地做決定。在這樣的認知下，我們發起了『核四公投運動』作為全面改造台灣的第一步。希望人民的力量，能促使統治者交出國家政策的決定權，讓人民決定是否要興建核四，讓人民決定自己的命運。」

核四公投促進會要求參加千里苦行的成員，必須穿上苦行T恤，頭戴黃色斗笠，服裝一致，隊伍整齊劃一。沿途禁食、禁語，更讓參與者感受到這趟苦行的嚴肅性。隊伍的總指揮簡錫堦、活動執行秘書鍾佳濱、台大教授高成炎、影像記錄者李泳泉、陳麗貴、葉博文、慈林基金會陳尚志、作家

■7月12日，立法院通過核四預算，林義雄（前排右三）在立院為爭取核四公投展開禁食，六天內獲得十萬人連署支持。攝影/邱萬興

■林義雄律師發起「核四公投促進會」並擔任召集人，展開環島「核四公投、千里苦行」遊行，隊伍到達立法院遭鎮暴部隊阻隔在外。攝影/邱萬興

林雙不、台灣筆會會長李敏勇、文化工作者林文義等人都是全程參與。

林義雄的女兒林奐均則一路教唱一首由林義雄作詞、林奐均作曲的「我愛台灣」。這首「我愛台灣」的旋律，在這趟千里苦行中，不斷地陪著這群成員。

由於核四公投的議題，深獲台灣人民的認同，因此，核四公投促進會的志工們也來自社會各階層，包括家庭主婦、老師、阿公阿媽、學生，他們犧牲假期擔任志工，一路苦行到底，為的就是愛護、疼惜台灣這塊土地。

反對黑道治國
蔡式淵單挑黑道議長鄭太吉

戒嚴時代的台灣，「黑道」是國民黨掌控的一股重要的社會力量。1977年桃園縣長選舉，地方黑道是鎮壓、恐嚇許信良陣營的打手；1979年美麗島事件前後，高雄市黑道扮演著很微妙的角色，坊間傳言，主動刻意衝撞打憲警的，正是他們。1984年10月，國民黨軍情局派竹聯幫陳啟禮、吳敦赴美刺殺出版《蔣經國傳》的作家江南。

即使黑道在不同的戰役中為國民黨「制裁」異議人士立下了汗馬功勞，但蔣經國時代中，黑道和政治領域還是有所區隔。

蔣經國時代之後，黑道和政治的關係有了本質上的改變。1990年前後，大批的黑道投入地方政治「漂白」，在短短幾年之間，幾乎完全攻佔了各地方議會，甚至比較「大尾」的都進入國會殿堂。

屏東縣議會就是被黑道攻佔的最傳神的代表。

1989年縣議員選舉，有殺人未遂前科、剛被營訓結束的鄭太吉參選屏東縣議員，雖然頭上頂著黑道的標籤，卻在屏東市第一選區拿下最高票，首度當選議員的鄭太吉，憑著他的人脈和勢力，居然當上了副議長，議長是郭廷才。

1992年郭廷才轉戰立委，黑道菜鳥副議長鄭太吉自動扶正，成了議長。1993年二度參選議員，再度以最高票連任，議長一席，沒人敢和他競爭。

1993年12月屏東縣長選舉，蘇貞昌競選總部成立時，鄭太吉率領一百多位兄弟鬧場，當場以鐵椅棒棍毆打蘇貞昌的支持者，媒體稱鄭太吉的部隊為「白布鞋部隊」。

鄭太吉在第二任議長任內，加入國民黨，當時是伍澤元擔任縣長，水幫魚，魚幫水，鄭太吉更是不可一世。加上伍澤元和國民黨層峰、中央的親密關係，五年前還被管訓的流氓鄭太吉，就和國民黨中央建立往來管道，曾蒙李登輝總統召見。1994年12月台灣省長選舉，鄭太吉擔任宋楚瑜屏東競選總部的總幹事，大力為宋拉票。

鄭太吉擔任議長，為伍澤元「清除」很多政治障礙。任何記者、議員膽敢忤逆，隨時會被抓進議長室修理。當時各報評論屏東縣的政局文章，沒有記者敢署名。中國時報曾有台北政治記者寫到屏東政壇的負面新聞，該報駐屏東特派員就被修理一頓，最後是報社社長親自南下向鄭太吉道歉才了事。

鄭太吉除了當議長之外，還不忘「本業」，固定向賭場和特種行業收「保護費」。1994年12月13日清晨六點，也就是宋楚瑜剛當選省長十天後，鄭太吉帶了七名弟兄去找鍾源峰，鍾是鄭小時後的玩伴，當時開賭場，但不肯向鄭太吉交每個月二十萬元保護費。

鍾源峰被叫醒和母親一起

■蔡式淵不願見到黑道治國。圖片提供/張富忠

開門，未料，鄭太吉當著鍾母面前就向鍾源峰開了一槍，隨即同行的弟兄連開十七槍，鍾當場斃命，鄭太吉則揚長而去。

當著鍾母面前亂槍打死鍾源峰，實在是囂張恐怖，但更可怕的還在後頭：連續三天全屏東議論紛紛，誰都知道兇手是何人，鍾母向警察檢察官指證歷歷，但是檢警不敢傳鄭太吉，報紙不敢登鄭太吉涉嫌，人人都知道的事，卻個個噤聲。這樣的情節，可能連義大利西西里黑手黨都要敬佩。

12月16日，民進黨嘉義縣立委蔡式淵，在「國是論壇」發言，公開指出就是屏東議長鄭太吉率眾槍殺鍾源峰，蔡式淵並指控屏東立委曾永權、華加志和縣長伍澤元阻撓檢警辦案。

蔡式淵石破天驚的質詢發言，讓案情急轉直下，19日鄭太吉被收押。1995年被以殺人罪起訴，最高法院於2000年7月判決鄭太吉死刑定讞，8月槍決。

但即使蔡式淵質詢指名鄭太吉殺人，第二天各大報還是不敢登鄭太吉的名字，各報以「議壇鄭姓人士」代表鄭太吉。嫉惡如仇的蔡式淵後來發表聲明表示，揭發鄭太吉殺人，是「不願看到黑道治國」。蔡式淵正直、勇敢的作風相較於屏東政壇所有政治人物的駝鳥、恐懼，更是凸顯黑道治國的嚴重性。

■蔡式淵已公開指名鄭太吉，但報紙依然不敢登出鄭的名字。圖片提供/張富忠

「記者節」記者上街抗議遊行

1987年，台灣社會在解除報禁後，新聞自由的尺度隨著解除戒嚴而大有進展，但是新聞媒體工作者的專業尊嚴、社會地位卻未因此明顯提升。

1994年6月間，自立報系發生資方「股權轉移」事件，受到社會各界相當重視。自立報系長期以來，一直是台灣民主運動中頗具影響力的新聞媒體，且報社本身具有相對獨立自主的編採風格，因此「股權轉移」後是否會影響其原來的報社風格，備受各界矚目。此外，自立報系的記者、員工也發起抵制具財團背景的新資方。

1994年9月1日，數百位來自各個不同報社的媒體工作者，在具有象徵意義的「記者節」當天，不畏當天颱風狀況，冒著風雨走上街頭，完成一項台灣有史以來首度以新聞工作者為主體的遊行。

他們不只用行動聲援自立報系的記者與員工，同時提出「落實內部新聞自由，推動編輯部公約，催生新聞專業組織」等三大訴求，積極要求各報社的資方加以配合，以爭取媒體工作者的新聞自主權。

次年，1995年3月29日，「台灣新聞記者協會」終於在台大校友會館正式成立。

■媒體記者在自立報系大樓前舉辦聲援活動。攝影/黃子明

■9月1日記者節當天，數百位媒體記者走上街頭，聲援自立報系記者與員工的抗爭活動。攝影/黃子明

四百年來第一戰
台灣省長、北高市長首度民選

1994年7月，立法院三讀通過「省縣自治通則」，完成延宕長達40年的「地方自治法制化」的憲改工程，使1994年12月舉行的首屆民選「台灣省長、台北市長、高雄市長」，獲得法源依據，並且大大改變了朝野政治的面貌。

12月3日的台灣省長與北高市長選戰，在台灣選舉史上，首度出現「三大黨（甚至可說是『多黨』，含無黨籍人士）競爭」的民主景觀，社會各階層包括政黨、族群、省籍以及社團的動員與投入程度，都是前所未見，就連警方出動鎮暴警察維持公辦政見會秩序的人次與場次之多，也是空前絕後。

台灣省長部份，五組候選人分別是國民黨提名的省主席宋楚瑜、民進黨提名的曾任兩屆八年宜蘭縣長的陳定南、新黨提名的立委朱高正，與無黨籍的吳梓、蔡正治。

國民黨在這場選戰中，以「勤政、廉能、愛台灣」主訴求。民進黨省長候選人陳定南與副省長搭檔人選蘇貞昌，則以「四百年來第一戰，要將台灣變青天」做為參選訴求。

開票結果，民進黨陳定南獲得325萬4887票，新黨朱高正獲得36萬2377票，國民黨提名宋楚瑜以472萬6012票，56.22％的得票率，當選首屆民選台灣省長。

二陳加一張，綠色新希望

陳水扁 台北市長候選人　　　陳定南 台灣省長候選人　　　張俊雄 高雄市長候選人

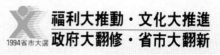

福利大推動・文化大推進
政府大翻修・省市大翻新

■民進黨省市長聯合競選海報。傳單提供/民進黨中央黨部文宣部

台北市長部份，四組候選人分別是國民黨提名的現任市長黃大洲、民進黨提名的立委陳水扁、新黨提名的立委趙少康，與無黨籍的紀榮治。

新黨提名的立委趙少康以「建立新秩序」為主題，來因應多黨政治的紛亂局面。陳水扁則一改過去民進黨常用的悲情模式，打出「快樂、希望」的全民訴求，選戰團隊更是高唱「台北新故鄉」、「春天的花蕊」，表明要建立一個快樂、希望的城市。開票結果，國民黨黃大洲獲得36萬4618票，新黨趙少康獲得42萬4905票，陳水扁則以61萬5090票，43.67%的得票率，當選台北市長。

高雄市長部份，五組候選人分別是國民黨提名的現任市長吳敦義、民進黨提名的立委張俊雄、新黨提名的國代湯阿根，與無黨籍的鄭德耀、施鐘響。吳敦義以「市民做主、高雄第一」做為競選主軸。張俊雄以「高雄我的家」、「換黨換人做做看」為主題。開票結果，民進黨張俊雄獲得28萬9110票，新黨湯阿根獲得2萬5413票，吳敦義則以40萬0766票，54.46%的得票率，當選高雄市長。

省市長選舉競選活動前後長達數個月，選情變化激烈。選戰中，各種無所不用其極的耳語中傷或抹黑手段，幾乎讓所有的候選人都捲入這場前所未有的「口水大戰」，包括考試作弊、上酒家、私生子、圖利他人等等的說辭，彷彿就像是

■陳定南競選省長傳單。傳單提供/民進黨中央黨部文宣部

■台灣省長的選舉，由鎮暴部隊進駐公辦政見發表會隔離雙方支持者，避免衝突發生。攝影/黃子明

一場扣帽子大賽。例如：陳定南是「一個酷吏」，宋楚瑜是「打壓本土文化的劊子手」、「謀殺史豔文的兇手」，朱高正是「中共代言人」，黃大洲是「烏龍市長」，趙少康是「趙一半、新法西斯主義者」，陳水扁是「台獨急先鋒」，張俊雄「有雙人枕頭」等等。

至於各個黨派的輔選陣營以及電子或平面媒體，也都陷入狂熱激情的選戰氛圍之中。在此同時，民進黨主席施明德發表的「金馬撤軍論」，曾讓民進黨在選戰中飽受抨擊；而新黨候選人朱高正也發表驚人的「五通電話論」，揚言自誇說如果中共武力犯台，他能夠「打不到五通電話」，就讓中共攻台

行動暫緩24小時。

而這場世紀選戰中，最為戲劇性的選情變化，首推台北市長選舉前的「棄黃保陳」效應。根據投票前夕的多次民調結果顯示，國民黨候選人黃大洲的聲勢始終拉抬不起，而新黨候選人趙少康打出「保衛中華民國」和「建立新秩序」的文宣訴求，為這場選戰刮起了一陣旋風，不但氣勢居高不下，同時也挑起了「族群和諧」和「國家認同」的議題，使台北市選情沸騰不已，甚至蔓延全台。不少原本支持國民黨的本省籍台北市民，於是將選票移轉支持同為本省籍的民進黨候選人陳水扁。當時全台各地，有許多民進黨的支持者，

甚至不斷以電話拜票方式，動員他們在台北的親友投票支持陳水扁，更有不少人專程由南部北上。

最後關鍵時刻，陳水扁的競選總幹事謝長廷與兩位執行總幹事羅文嘉、馬永成分擊黃大洲、趙少康，加上整個選戰的主軸、攻擊防禦成功與棄保效應高度發酵，是陳水扁最後得以勝出的關鍵。

但是不容否認，陳水扁在立委任內成功地塑造其「反貪污、抓特權」的清新形象，以及這次溫和地訴求「快樂市民」、「希望城市」、「台北新故鄉」的參選理念，才是陳水扁能獲得近半數台北市選民認同、支持的主要因素。

■ 一九九四年省市長民選候選人參加高雄市造勢大會，左起台北市長候選人陳水扁、台灣省長候選人陳定南、副省長候選人蘇貞昌、高雄市長候選人張俊雄，代表民進黨出征。攝影／邱萬興

這一場選舉有一個和往年選舉最不同的特色，是警察人力的調度運用，到了令人咋舌的地步。往年選舉，或是大規模的群眾運動，由於同質性高，參與者的政治意識型態極為相近，只有「警民衝突」的場面會發生。這次選舉則大不相同，三黨的候選人、三黨的支持群眾，同時出現在公辦政見會上。不同意識型態的群眾，彼此之間的距離太近，容易引發「群眾衝突」，非常需要大批警力，形成人牆，把不同的群眾區隔開來，以免惹出事端。

也因此，有許多前所未有的場面，在這次選舉中都出現了。譬如演講時，群眾尚未到場，警察已先進場；甚至到場聆聽演講的群眾人數，還遠不及隨時備戰待命的警察人數。許多警察更是同一場次的演講聽上好幾遍。數以千計的鎮暴警察奉命在現場維持秩序，這些鎮暴警察不得不對千篇一律的競選言論洗耳恭聽。對民進黨而言，要讓這些鎮暴警察乖乖地在台下聽演講，也是千載難逢的機會。

這一場選舉除了省市長之外，還有多席次的省市議員一同競選，使得1994年年底的選戰鬧熱滾滾。開票後，民進黨的總席次為：台灣省議員當選23席、台北市議員當選18席、高雄市議員當選11席。

過去每次選舉，民進黨在台北市的得票率，都未能超過四成。這次選舉仗著陳水扁參選台北市長的強勢選情，連同市議員選舉部份，共突破了四

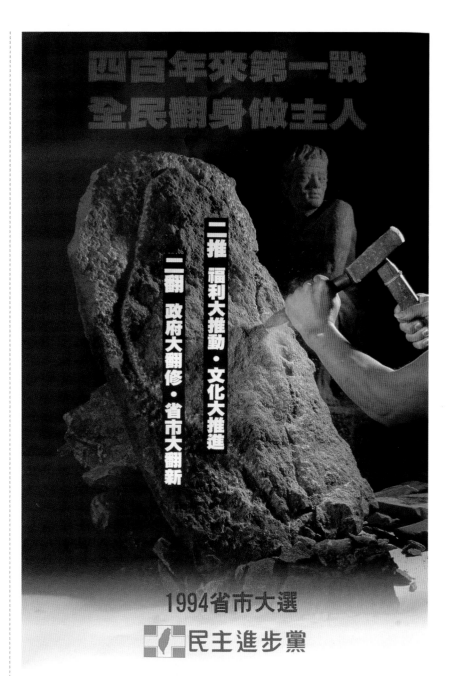

■1994年民進黨省市長大選對開海報。傳單提供/民進黨中央黨部文宣部

成的得票率。在52席的台北市議員中，當選18席。而國民黨則是只剩下19席，只比民進黨多出一席。趙少康則是因「母雞帶小雞」的策略奏效，讓新黨在台北市議員選舉，提名14席，當選11席。台北市議會因而首度呈現「三黨不過半」的政治新局面。

從這一年起，台灣的民主政治幾乎都在所謂「三黨不過半」的氣氛中原地踏步，無論是民生法案或是國家的重大議題，常因無法達成協議而爭吵不休、停滯不前。

■陳定南競選台灣省長文宣。傳單提供/邱萬興

傳單提供/邱萬興

■陳定南競選台灣省長與扮演包青天的民眾合影。攝影/周嘉華

■1994年陳水扁競選第一次台北市長文宣。　　　　　　　　　傳單提供/民進黨中央黨部文宣部

■陳水扁改變民進黨過去悲情式的競選方式，打出「快樂、希望」訴求，結果以61萬5090票當選台北市長。 攝影/黃子明

■張俊雄競選高雄市長傳單。傳單提供/民進黨中央黨部文宣部

■邱茂男競選屏東縣省議員傳單。傳單提供/張富忠

■張清芳競選台北縣省議員傳單。傳單提供/邱萬興

■湯金全競選高雄市議員傳單。傳單提供/邱萬興

■林滴娟競選高雄市議員傳單。
　傳單提供/民進黨中央黨部文宣部

■民進黨正副省長候選人陳定南（中左）、蘇貞昌（中右）與省議員
　參選人，後排左起黃清霖、蘇治洋、張學舜、吳陳惠珍、張溫鷹。
　攝影/邱萬興

1995

馬關條約一百週年紀念

■2月28日,台北新公園二二八
紀念碑落成典禮。攝影/邱萬興

為了因應台灣政壇上首度推出「民選總統」的政治局勢,民進黨積極推出優秀的總統候選人。民進黨內共有彭明敏、許信良、林義雄、尤清等4位總統參選人出馬競爭。第一階段初選採「黨員、幹部投票」的方式,許信良、彭明敏兩人同時進入第二階段初選。在這場總統初選投票中,民進黨首度採用「以身分證換投幣」的方式投票,最後提名彭明敏參選中華民國第一屆民選總統。彭明敏不久即正式宣布謝長廷為其競選搭檔。

國民黨方面,李登輝先是獲得黨代表連署推薦,再通過全台各地黨內初選,正式成為國民黨提名的總統候選人。李登輝接著宣布與連戰為競選搭檔。執意要參選總統的監察院長陳履安,則自行脫離國民黨,成為無黨籍參選人,並宣布競選搭檔為女律師王清峰。

而於年初就佈局準備參選的國民黨副主席林洋港,也不顧黨內提名作業,堅持參選到底,並宣布郝柏村為競選搭檔。李登輝為此曾在一場演講中,點出一個耐人尋味的訊息:當初郝柏村堅決反對總統直選,後來卻又執意參選,也為國民黨日後的分裂埋下一段伏筆。

12月2日,第3屆立法委員選舉投票揭曉,民進黨當選54席(得票率為33.17%),國民黨當選85席,新黨當選21席,無黨籍當選4席。國民黨成為國會席次勉強過半的「脆弱政黨」。而新黨則標榜「三黨不過半、國泰又民安」的口號標語,原本三年前僅有7席實力的新黨,一下子增加到21席,這也讓該黨在立法院中搖身一變,成為一個頗有份量的政黨。

民進黨在台北市南區立委選戰中,四位候選人葉菊蘭、沈富雄、顏錦福、黃天福,首度採取「四季紅」的共同配票模式,開出亮麗的成績,四席全上,成為選舉史上的佳話。此外,民進黨在南投縣所提名的兩席立委彭百顯和蔡煌瑯,也是「全壘打」的成績。但也有四位「主席」級的立委不慎中箭落馬,他們分別是前民進黨主席江鵬堅、姚嘉文,前台獨聯盟主席蔡同榮、張燦鍙。

　　12月13日，國民黨決定撤銷林洋港與郝柏村的黨籍，分別「擁李」與「反李」的近二千名群眾，聚集在國民黨中央黨部外互相叫陣，國民黨從此進入了「藍旗打藍旗」、「國旗打國旗」的時代。過去國民黨不管如何明爭暗鬥，總是由權力高層做最後的協調，這一次，卻是國民黨權力高層第一次因內鬥而呈現嚴重分裂的狀態。

　　立委選舉過後，民進黨主席施明德、立委林濁水、周伯倫，與新黨全委會召集人陳癸淼、趙少康、立委周荃等人，於12月14日在立法院的咖啡廳，進行「大和解」的歷史性會晤，就「大聯合政府」議題，進行首度接觸。

　　以往，不同政黨之間，因政治利益不同，總是互相敵對，無法互相包容，這項首開先例的創舉，開啟了台灣不同政黨之間就「議題」的看法上，有溝通、商談和討論的空間。

■民進黨與新黨進行「大和解」、「大聯合」的歷史性會晤，就「大聯合政府」議題，進行首度接觸。左起為趙少康、陳癸淼、邱義仁、陳文茜、周荃。攝影/周嘉華

中國！今天我們向你告別

由台灣教授協會主辦的「馬關條約一百年、告別中國大遊行」，1995年4月16日在台北市街頭，有上萬民眾以「告別中國」的角度，來詮釋馬關條約對台灣的意義。遊行中，宣傳車一再播放「母親的名叫台灣」，遊行隊伍的口號、標語，則不斷高呼「保衛台灣」的決心。台灣人民在遊行中，不住地以言詞表示與中國的對立：

向中國說「不」！今天我們向你告別。再見！中國！

你接連不斷的用飛彈對準台灣，只會讓台灣人民看清楚自己的前途。

從此，請你不要宣示你我不可分離。

台灣中國，一邊一國！

今天我們要大聲告訴你，我們要用血、用汗、全心捍衛自己的家園！

■馬關條約100年「告別中國大遊行」海報。傳單提供／邱萬興

■「告別中國」大遊行，訴求：廢除國統會、加入聯合國、制定新憲法、保衛咱台灣。攝影／邱萬興

1995年2月28日，李登輝總統參加台北新公園二二八紀念碑落成典禮，以國家元首身分，代表政府向二二八受難家屬表達歉意。攝影／黃子明

全台公投‧決定人選
民進黨總統候選人初選

在台灣政治民主化的歷程中，在野人士多年來不斷要求「總統直選」抗爭下，執政的國民黨迫於民意與輿論的強大壓力，不得不順應時勢潮流，修改憲法，終於在1996年推出了「總統直選」的方案。

1995年3月19日，民進黨全國黨員代表大會無異議通過「廢除預備黨員制」；表決通過公職人員提名條例，繼續維持「幹部投票」及第二階段初選；並通過修改公職人員提名條例，將該黨政黨比例代表之產生，分「政治人物、學者專家、弱勢團體」三組。

6月11日，民進黨總統第一階段初選黨員投票，共有彭明敏、許信良、林義雄、尤清4位總統參選人競爭，許信良獲得9138張黨員票，59張幹部票的成績拿第一，彭明敏以1萬1006張黨員票，39張幹部票的成績拿到第二，兩人共同進入民進黨第二階段初選。

同時，這4位候選人也首度配合媒體（由中時報系主辦），參加在電視上公開的「民進黨總統初選政策辯論會」，以辯論方式侃侃而談各自的施政理念。

民進黨總統第二階段全台公民投票，7月10日，彭明敏與許信良在台東市南京路民主廣場進行第一場總統辯論會。在這場總統初選投票中，民進黨也首度採用「以身分證換投幣」的方式投票。總共在全台23縣市舉辦了49場初選，9月24日，民進黨總統二階段公民投票初選結果揭曉，由彭明敏代表民進黨參選中華民國第1屆民選總統。

9月26日，民進黨總統候選人彭明敏正式宣布謝長廷為其競選搭檔，共同為1996年的總統大選而努力。

■民進黨總統候選人，黨內初選第一階段共有左起尤清、林義雄、許信良、彭明敏4位參選人競爭。攝影/邱萬興

■許信良黨內初選競選文宣。
　傳單提供/民進黨中央黨部文宣部

■彭明敏黨內初選競選文宣。傳單提供/民進黨中央黨部文宣部

■民進黨總統第二階段公民投票辯論會，在彭明敏（右）與許信良（左）兩人中，首度採用以身分證換投幣方式的
　投票，選出民進黨總統候選人。攝影/邱萬興

1995年立法委員選舉

民進黨首創
「四季紅」配票模式

12月2日，第3屆立法委員選舉開票結果，在總席次164席當中，國民黨當選85席，民進黨當選54席，新黨當選21席，無黨籍當選4席。國民黨成為國會席次勉強過半的「脆弱多數」。民進黨推出「給台灣一個機會」的訴求做為競選主軸，與上一屆相比，席次只多二席，實力沒有增加多少，只在原地打轉。而新黨則靠著一句「三黨不過半、國泰又民安」的口號標語，以及在許多選區採取強制配票的模式，席次大幅增加。同時，憑靠著「反李」與「反台獨」的主張，新黨的勢力也首度跨過濁水溪與高屏溪，在中南部生根，原本三年

■1995年11月21日，民進黨台北市南區4位立法委員候選人左起顏錦福、沈富雄、黃天福、葉菊蘭，首度宣布採取「四季紅」的配票模式。攝影/周嘉華

前僅有7席實力的新黨，一下子增加到21席的實力（含不分區立委），使該黨在立法院中從一個毫無舉足輕重的小黨，搖身一變，成為一個頗有份量的政黨。自此之後，立法院也進入「三國演義」時代。

這次選舉比較特殊的選情，有下列幾個現象：

（1）台北市南區立委選戰中，應選出9席。民進黨四位立委候選人葉菊蘭、沈富雄、顏錦福、黃天福，在11月21日聯合競選總部成立時，宣布首創「四季紅」的共同配票模式。鼓勵民進黨的支持者，採取投票者個人依據春夏秋冬四季、不同出生月份而分別把票投給不同的候選人，這樣可以避免黨內候選人選票懸殊，有人會落選。

民進黨的支持者，從來沒有經歷過這種選黨不選人的選舉模式。「四季紅」的策略最後開出亮麗的成績，顏錦福獲得5萬6848

■民進黨提名北區立委候選人左起張晉城、蕭裕珍、江鵬堅、王雪峰、林濁水，民進黨創黨主席江鵬堅卻意外落馬。攝影/邱萬興

票、葉菊蘭獲得5萬6364票、黃天福獲得5萬0072票、沈富雄獲得4萬8275票，共拿了21萬1千多票，比上一屆立委選舉（三年前）多了3萬票。在這場選戰中，民進黨「全壘打」四席全上，新黨獲得三席，國民黨二席，「四季紅」的配票模式因而成為台灣選舉史上的創舉。

（2）在南投縣部份，國民黨提名陳志彬、賴英芳競選連任，民進黨則提名彭百顯競選連任。這些候選人個個基層實力堅強，不論人脈、資歷與資金都很雄厚。根據當時媒體的分析，無不將南投縣視為「選情單純而穩定」的選區，選民甚至認為南投縣三分天下的選舉結果已大勢底定。

民進黨在南投縣應選三席

攝影/邱萬興

立委中,除了提名彭百顯之外,又補徵召縣議員蔡煌瑯參選立委。結果,民進黨首度在「林洋港的故鄉」拿下超過51％的選票。民進黨所提名的兩個立委候選人彭百顯和蔡煌瑯,不但分別獲得第一、第二高票,同時也是「全壘打」的成績。民進黨在南投縣總得票數超過國民黨三萬多票,將原本打算連任的賴英芳淘汰出局。在這場選戰中,民進黨居然把南投縣「綠化了一半」。

(3) 無黨籍的廖學廣在台北縣參選立委。他因「鎮長稅」被判十八年徒刑,選前,廖學廣的競選團隊出了一波告急搶救的感性文宣,內容則以年邁慈母的呼喚口吻,陳述一個事實:「學廣,阿母無法再等你十八年了!」這份文宣在全台北縣到處張貼,因而打動了許多台北縣民的心。拜「十八年徒刑」之賜,廖學廣獲得7萬多票,以第一高票當選立委。

(4) 民進黨的蘇貞昌在1993年連任屏東縣長失利後,轉換跑道,北上發展,在台北縣揚眉吐氣,以第二高票當選立委。

(5) 三黨違紀參選的候選人,絕大部分都嚐到背叛政黨的苦果,紛紛被選民拋棄而落選。但退出民進黨而違紀參選的許添財立委是「唯一例外」。他雖然孤軍作戰,但以其財經背景的專業形象,積極爭取到許多台南市選民的支持,因而以台南市第一高票當選。

(6) 這次立委選戰中,民進黨共有11位原任立委(如高雄市北區李慶雄、台北縣陳婉真、黃煌雄,台中縣廖永來等人)連任失敗。另外,還有四位「主席」級的立委參選人也不慎中箭落馬,他們分別是「前民進黨主席」江鵬堅、姚嘉文,「前台獨聯盟主席」蔡同榮、張燦鍙。

■蔡煌瑯競選南投縣立法委員傳單,創下民進黨在南投縣「全壘打」上壘的成績。傳單提供/邱萬興

■吳淑珍(中)為盧修一(左)立委選舉站台、陳郁秀(右)。攝影/邱萬興

1996

總統首次直接民選

■台大教授高成炎為了反核，在鎮暴部隊前，將台北市和平東路的台電核能火力發電工程招牌拆下。攝影/邱萬興

　　1996年2月初，立法院一開議，立刻面臨第3屆立法院正副院長改選。民進黨發起「二月政改」，以立委施明德聯合國民黨籍原住民立委蔡中涵，聯手對抗國民黨所推出的劉松藩與王金平。由於民進黨籍的張晉城立委跑票（簽名投廢票），讓以為改革有望的民進黨希望落空。

　　台灣總統大選前夕，中國刻意於3月5日宣布實施一連串軍事演習，從3月8日到15日，將對基隆外海和高雄外海進行第一波導彈試射。中國打算以此威脅台灣的總統選舉；中共領導人江澤民更是不斷地用高分貝的音量，對台灣人民威脅恐嚇，並藉此進一步鎮壓島內「台灣獨立」的聲浪。

　　面對敏感時刻的中共威脅，國民黨籍的李登輝總統信誓旦旦地表示，「我有18套劇本可以因應，台灣人民可以安心。」、「中共飛彈的彈頭是空的，是啞巴彈。」由於李登輝敢「拍胸脯」、「掛保證」，李登輝的誓言以及民眾對中國導彈的反感，形成「李登輝情節」，讓許多民進黨支持者「棄彭保李」，轉而把票投給了李登輝和連戰。

　　四組正副總統候選人中，國民黨的李登輝、連戰以581萬3699票，54%的得票率，順利當選為中華民國第1屆民選總統、副總統。民進黨的彭明敏、謝長廷，則得票227萬4586票，獲得21.13%的得票率。

　　11月21日，桃園縣縣長劉邦友公館發生台灣治安史上最重大的槍擊血案，縣長劉邦友、縣議員莊順興、機要秘書徐春國，與縣長保鑣等8人被槍殺死亡，縣議員鄧文昌頭部重傷。台灣人民對這件血案大為震驚。

　　接著不久，民進黨婦女部主任彭婉如，也於參加民進黨在高雄縣舉辦的臨全會前夕，不幸遇害身亡。

■1996年2月28日，林義雄前往總統府前為
二二八受難者默哀時與憲兵對峙。
攝影/邱萬興

攝影/邱萬興

大和解時代來臨
在野政黨聯合推動二月政改

1995年12月,立委大選揭曉,國民黨85席、民進黨54席、新黨21席、無黨籍4席,國民黨只維持形式上過半數。台灣國會的政治生態產生劇變,國民黨從此喪失在立法院持續四十多年的絕對多數優勢。

12月14日,民進黨的立委施明德、林濁水、周伯倫,與新黨全委會召集人陳癸淼、趙少康、立委周荃在立法院咖啡廳,就「大聯合政府」議題,首度進行不同黨派間的「大和解」、「大聯合」的歷史性會晤。這項舉動強烈地震撼了台灣政壇,也打破了原本僵化、敵對的台灣政治生態,開啟了所謂的「大和解時代」。

「大和解」改變了立法院的政治生態,民進黨與新黨的領導人一致認為,在野黨應該聯手爭取立法院的主導權。只要在野政黨能聯合起來,從執政

■陳婉真(中)與林重謨(右)手持民進黨旗加上新黨黨徽,向民進黨中央黨部秘書長邱義仁(左)表達反對和新黨接觸。攝影/周嘉華

的國民黨挖走五票，在野政黨就能打敗黑金腐敗的國民黨，這是在野政黨努力許久、千載難逢的機會。1996年1月16日，民進黨成立「新政局因應小組」，施明德、許信良、張俊宏、邱義仁、洪奇昌、周伯倫、蘇貞昌、姚嘉文在來來大飯店開會，確定推舉施明德競選立法院長。在野陣營聯合原住民立法委員蔡中涵和瓦歷斯·貝林兩人，共同發動「二月政改」。

1996年2月1日，立法院正副院長選舉，國民黨推出劉松藩與王金平的「劉王配」，民進黨則推出前主席施明德立委，聯合原國民黨籍原住民立法委員蔡中涵，組成「施蔡配」來對抗國民黨。

這場立院龍頭之爭，朝野雙方為了穩固各自票源，上演「亮票、摺票、暗記、人盯人肉搏戰，安排順序、互相監視投指定票箱」等各種戲碼。因民進黨中評會主委兼正義連線副會長的立法委員張晉城拒絕亮票，並在投給施明德的選票上，簽下了自己的大名，刻意把寶貴的一票變成廢票。

第一輪雙方以80比80打成平手，共有4張廢票，雙方皆未過半。在激烈的朝野鬥爭下，進行第二輪投票。國民黨則是在收編無黨籍立委羅福助和廖學廣後，院長候選人劉松藩才得以82票對81票，以一票之差險勝施明德。副院長候選人王金平則在第一輪投票時，就以過半數的84票勝過蔡中涵的78票。這就是所謂的在野政黨聯合推動的「二月政改」。

■1996年2月1日，立法院正副長改選，民進黨主導「二月政改」，經二輪投票後，施明德以81票對82票敗給國民黨劉松藩。攝影/黃子明

抗議中共以飛彈威脅台灣
反統一・反侵略大遊行

1996年台灣首屆民選總統的大選（3月23日）前夕，中國共產黨政府宣布自3月8日至16日展開一連串軍事演習，將對基隆外海與高雄外海進行第一波導彈試射。中共此舉，嚴重損害台灣主權的獨立與人民的安全。

中國在此時此刻對台灣人民恫嚇與挑釁，「已構成封鎖港口，向台灣宣戰的事實」，台灣人民因此向中國政府作最嚴厲的抗議與譴責。

然而，就在全台灣人民同仇敵愾的時刻，行政院長連戰雖然發表一則抗議聲明，卻還在聲明中重申「追求國家統一、及反對台獨的立場」，向中國表態。

為了抗議中共文攻武嚇，用導彈恫嚇台灣，社運團體與民進黨在台北市舉辦一場「316反統一、反侵略」大遊行。台灣人民在這場遊行中，除了對中國侵略舉動作最嚴厲的抗議外，還要大聲告訴中共領導人「台灣不屬於中國」，而屬於台灣兩千一百萬人民，即使在武力威嚇下，台灣人民追求獨立建國的心志依然堅定不移。

「316反統一、反侵略」大遊行由李鎮源、史明、高俊明、施明德擔任名譽總領隊，張國龍、葉菊蘭任總領隊，李應元任總指揮，上萬民眾從台灣大學校門口出發，各社運團體沿路分發傳單，並配合宣傳單宣揚理念，在街頭向台北市民大聲表達：「台灣中國，一邊一國，台灣是台灣，中國是中國，兩國兩制，和平共存，愛台灣，反統一，愛台灣，要獨立」，並且呼籲全世界愛好和平的國家與人士，共同支援台灣，反對中國侵略。

攝影/邱萬興

■3月16日，為了抗議中共文攻武嚇，用導彈恫嚇台灣，社運團體與民進黨在台北市政府大門口，舉辦一場「316反統一、反侵略」大遊行。攝影/邱萬興

■學生團體展開「保台灣」絕食靜坐，抗議中共文攻武嚇，用飛彈恫嚇台灣。攝影/黃子明

參選爆炸
台灣首次舉行總統民選

台灣政壇上有史以來第一次「五千年來第一戰」的「民選總統」方案，在民進黨與許多民間改革團體多年來的努力推動下，終於在1994年7月28日第二屆國大臨時會，正式通過「總統、副總統由人民直接選舉」的憲法增修條文，明訂「總統選舉方式，自第九任總統改由人民直接投票產生」，這也是台灣人民第一次有機會以自由民主的方式，直接投票決定中華民國總統。

1995年8月31日，國民黨內總統初選中，李登輝以1637票、91%的得票率，正式獲中國國民黨提名為總統候選人。隨後，李登輝提名行政院長連戰為副總統候選人。

1995年9月24日，民進黨正式提名彭明敏為總統候選人。彭明敏不久即正式宣布謝長廷為競選搭檔。

1996年2月24日，中華民國第九任正副總統競選活動正式起跑日，朝野共有四組人馬

正式角逐台灣首屆民選總統。他們分別是國民黨提名的李登輝、連戰；民進黨提名的彭明敏、謝長廷；退出國民黨黨內總統初選，並表明辭去司法院長的林洋港，與前行政院長郝柏村；退出國民黨並宣布辭去監察院長的陳履安，與監察委員王清峰。

國民黨李登輝、連戰以「尊嚴、活力、大建設」競選主軸，競選總幹事由蕭萬長擔任。民進黨彭明敏、謝長廷以

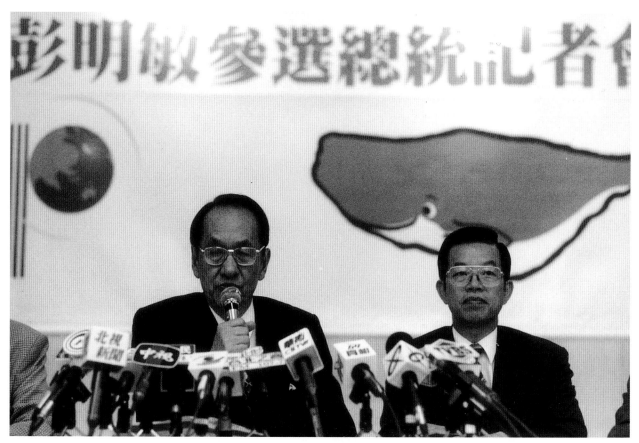

■民進黨正副總統候選人彭明敏、謝長廷舉辦參選總統記者會，以「鯨魚」作為競選標誌。攝影/周嘉華

「鯨魚」作為競選標誌，代表海洋國家，鯨神文明，以「和平尊嚴、台灣總統、給台灣一個機會」，作為競選訴求。競選總幹事由葉菊蘭擔任，執行總幹事由正義連線彭百顯與福利國連線蘇嘉全，分別擔任文宣與組織工作。彭明敏在這場總統大選中，堅持要打一場不一樣的、高品質的選戰，他認為國家元首的選舉，應該要有格調，不應該為了當選而不擇手段，更不應趁機對競爭對手的私德進行攻擊。

台灣總統大選投票前夕，中國刻意於3月5日宣布，開始實施一連串軍事演習，在福建沿海集結近五十萬部隊。從3月

■陳履安與王清峰搭檔參選正副總統。攝影/黃子明

■退出國民黨的林洋港與郝柏村搭檔宣布投入總統大選。
攝影/周嘉華

8日到15日，中共解放軍將對基隆外海和高雄外海進行第一波導彈試射，中國打算以此威脅台灣的總統選舉；3月8日，中共於凌晨由福建永安對台灣南北海域發射三枚M9飛彈，中共領導人江澤民更是不斷地用高分貝的音量，對台灣人民威脅恐嚇，並藉此進一步鎮壓島內「台灣獨立」的聲浪。由於台海緊張局勢迅速升高，美國特派遣航空母艦「獨立號」戰鬥群駛進台灣外海，以約束兩岸自制。

3月11日，中共副總理兼外長錢其琛警告美國勿試圖介入台灣問題，針對美國派遣「獨立號」航空母艦進入台灣海域表示抗議。錢其琛表示：「也許他們忘記了台灣是中國的一部份，而不是美國的保護地」。美國總統柯林頓在3月11日又下令載有一百三十架的戰鬥機的第七艦隊「尼米茲號」核子航空母艦，配備有護航艦八艘戰

鬥群加入在台灣外海的「獨立號」航空母艦戰鬥群。3月13日，中共再度發射第四枚導彈，落於高雄外海，並在東山島附近進行海空實彈演習。

台灣在八二三砲戰以後，從來沒有像這一次那麼逼近戰爭邊緣。面對中共威脅的敏感時刻，反而造成國民黨李登輝的競選聲勢居高不下，李登輝總統信誓旦旦地表示，「我有18套劇本可以因應，台灣人民可以安心。」李登輝嘲笑中共飛彈的「彈頭是空的，是啞巴彈。」由於李登輝敢「拍胸脯」、「掛保證」，形成所謂的「李登輝情結」和「棄彭保李」的效應相互高度發酵之下，許多民進黨原本的支持者因此轉而把票投給了李登輝和連戰。

3月23日投票揭曉，4組正副總統候選人中，國民黨的李登輝、連戰以581萬3699票，54%的得票率，順利當選為中華民國第九任總統、副總統。

而民進黨的彭明敏、謝長廷則得票227萬4586票，僅獲得21.13%的得票率。以新黨組織為班底的林洋港、郝柏村獲得160萬3790票，14.9%得票率。無黨籍的陳履安、王清峰獲得107萬4044票，9.98%得票率。第三屆國大代表選舉，民進黨當選99席國代，得票率

29.9%。

李登輝總統發表勝選感言說：「中華民國85年3月23日，民主的大門，終於在台澎金馬地區完全打開。兩千一百萬同胞，為民主做了最佳的見證。在國家面臨威脅、恫嚇的關鍵時刻，我們完成這一次大選，因為，我們深信：這是歷史使

命的召喚。感謝全國同胞，在今天用選票，對台灣這塊土地，表達最真誠的熱愛，對中華民國表達最懇切的承諾。一切的榮耀，歸於兩千一百萬同胞。」

■1996年3月23日投票揭曉，國民黨提名李登輝、連戰以54％得票率，當選中華民國第九任總統副總統。攝影/黃子明

終於回鄉的鮭魚
刺蔣案主角黃文雄返台

黃文雄行刺蔣經國，那歷史性的一槍，雖然未能結束蔣家政權，卻讓全世界知道台灣人對蔣家政權的唾棄。

1960年代末期，國民黨政權依然對台灣實施白色恐怖統治，而大權在握的蔣介石開始將政權逐步轉移給兒子蔣經國。蔣經國先後擔任黨、政、軍、特各種要務職位，於1965年1月出任國防部長，1969年6月出任行政院副院長。

為了建立蔣經國的國際聲望，蔣介石經常派蔣經國出國訪問。

1970年3月，蔣經國將出訪美國的計畫一經報紙披露，留學美國的台灣學生圈裡，開始有人表示「要給蔣經國一點警告」。

1970年4月18日，身為行政院副院長的蔣經國，奉蔣介石之命，應美國國務卿羅吉斯的邀請前往美國，做為期十天的訪問，以爭取美國政府對台灣國民黨政府的經濟援助。

早在蔣經國訪美之前，台獨聯盟主席蔡同榮就已先致函給美國總統尼克森，要求美國停止對「蔣家政權」的援助。美國各地的台獨聯盟成員，也在蔣經國所到之處舉行多場示威遊行。

1970年4月24日，蔣經國原本預定於上午11點45分，赴紐約第五街中央公園附近的廣

■刺蔣案主角黃文雄（左）與鄭自財。攝影/周嘉華

場飯店，應遠東美國工商協進會之邀演講，他原想從隔街的飯店徒步到會場，卻因下雨而改乘汽車。然而，廣場飯店外面早已聚集了一大群台獨聯盟示威抗議的隊伍。

中午12點左右，蔣經國的座車駛到廣場飯店。蔣經國在警察的護衛下登上石階，正走向飯店門口之際，混在抗議人群中的康乃爾大學社會學博士班學生黃文雄，突然自示威的行列中衝出來，朝蔣經國背後開出那歷史性的一槍。

黃文雄開槍的那一剎那，被身旁的警察發現了。他朝著黃文雄的手肘劈了過去，讓手槍失去了準頭，隨後三名警方人員將黃文雄撲倒在地。而當時，黃文雄的內弟，台獨聯盟

■1970年，424刺蔣事件鄭自財被捕時留影。
圖片提供/鄭自財

■1970年，424刺蔣案開槍的黃文雄當場被美
國警察制伏。圖片提供/鄭自財

的秘書長鄭自財，則從人群中跑出來打算救援黃文雄，兩人同時都被美國警方逮捕。

台灣留美學生黃文雄與鄭自財兩人行刺蔣經國一事，是震驚中外的政治暗殺事件，「424的槍聲」驚醒了國民黨統治者，也喚醒了沈默許久的台灣人。

在籌劃「424刺蔣案」時，鄭自財一邊在紐約一家建築事務所工作，一邊擔任台獨聯盟的秘書長。

黃文雄，1937年出生，台灣新竹人。1967年赴美時先就讀於匹茲堡大學，後來加入台獨聯盟。事件發生時，他在美國康乃爾大學攻讀博士學位。

黃文雄那革命性的一槍，成功地向全世界控訴蔣家的罪行。黃文雄被捕時，高喊著：「讓我像男子漢般一樣站起來！」充分展現出他不平凡的

骨氣與尊嚴。全球各地的報紙都以很大的篇幅，報導這件「424刺蔣事件」。鄭自財和黃文雄成了台灣人的英雄。營救鄭、黃兩人的捐款四處湧來，海外的台灣人湊足了錢，分別以九萬元及十萬元的美金，才將兩人保釋出來。

這次的刺殺行動雖然失敗了，但是給國民黨的蔣家政權一個大大警惕。蔣經國返台後，為避免被暗殺的歷史重演，自此不再踏出國門。兩年後，1972年接任行政院長的蔣經國，極力推動所謂的「吹台青」政策，開始起用台籍政治菁英，謝東閔、林洋港、李登輝、邱創煥、施啟揚等獲重用，被稱為「台灣本土化」的開始。

「刺蔣案」的審理拖了一年多，1971年5月中旬，美國法院的陪審團判決兩人有罪。1971

年7月6日，刺蔣案宣判，黃文雄、鄭自財兩人棄保逃亡。鄭自財先逃至瑞士，轉到瑞典；此後分別在瑞典、英國、美國的監獄服刑。最後鄭自財才在1991年6月22日，以「黑名單闖關」的方式成功地現身在陳婉真的「叛亂餐會」上。

然而，黃文雄卻是二十一載，杳無音訊。九〇年代，在一次很偶然的機會下，陳菊在歐洲見到黃文雄。陳菊因而在台灣的報紙上，發表一篇〈是的，我真的見到了黃文雄〉。在陳菊的勸說下，黃文雄終於考慮返台。

黑名單中最後一個被解除返台限制的就是刺蔣案的主角黃文雄。1996年5月6日，黃文雄闖關入境。二年後，1998年11月10日，黃文雄被政府查獲，控以違反國家安全法第三條，未得許可入境罪名起訴。

折翼的天使
彭婉如對女性參政的貢獻

1996年12月1日，民進黨第7屆第1次臨全會於高雄市尖美飯店召開。前一天（11月30日）晚上，民進黨婦女部主任彭婉如為了推動「婦女1/4保障條款」，在尖美飯店與一些黨內人士討論再三之後，深夜離開尖美飯店，打算回到下榻的圓山飯店。出人意料的，彭婉如從此失蹤。

12月1日，民進黨第7屆第1次臨全會如期舉行。會中決議通過婦女四分之一保障名額，以後民進黨內舉行各類公職選舉時，各選區的提名名額，每4席名額中，女性至少應佔1席。這象徵將來在民進黨內，女性從政的機會比以前大為提高。

■1996年12月21日，在彭婉如命案後，各婦女團體組成「婦女連線」，訴求婦女安全，在台北市發起「女權火照夜路」大遊行及守夜活動，上圖為紀念彭婉如的白色布幔裝置藝術。攝影/黃子明

就在女性黨員為這個過關的條款雀躍不已時，彭婉如還是沒有出現。一直到了12月3日下午，彭婉如的屍體才在高雄縣鳥松鄉被人發現。被發現的彭婉如屍體，身中30餘刀，大家在悲傷難過之餘才警覺到，彭婉如的遇害，不是政治問題，而是與婦女切身相關的「治安問題」。婦女的人身安全問題，在彭婉如的犧牲後，開始為社會大眾重視。民進黨化悲慟為改革社會的力量，成立「彭婉如婦女受害基金會籌備處」，並公布婦女人身安全政策。

彭婉如原本是一位中學老師，步入中年後，因緣際會讓她走進婦運的領域，曾在婦女新知基金會擔任過秘書長。在任秘書長的這段期間，為了關切婦女議題，她曾走訪國民黨和民進黨的立委，之後，她就深深體會到「婦女的議題，必須從政治面著手切入改善，才可能有明顯的效果。」

後來，她離開婦女新知，又在幾個婦女團體磨練。1993年，她到美國紐約州立大學研究婦女運動，並在1994年拿到婦女研究的碩士學位。回到台灣之後，在民進黨國代陳秀惠的引薦下，彭婉如接下了「民進黨婦女發展委員會執行長」的職務。這份工作讓她有機會把所學與實際結合，同時也把婦運和政治結合。

1996年3月的總統大選後，她認為民進黨若要獲得更多選民的支持，就必須在婦女工作上更加把勁，於是她開始積極推動「女性參政保障條款」。1996年6月中，她的主張在民進黨第7屆全國黨代表大會中，沒有得到重視，黨內人士還因此戲稱彭婉如為「彭四分之一」。

但是，彭婉如並不因此而氣餒，1996年的下半年仍然為此條款而努力。令人最為不忍與不捨的是，她的努力終於獲得肯定，她的「女性參政保障條款」通過了，而她卻命喪在歹徒的手中，成為未被重視的「婦女人身安全問題」的慘痛例證。

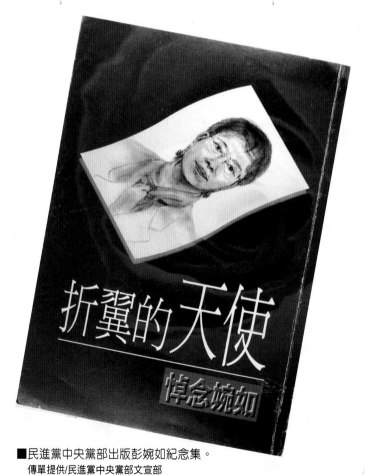

■民進黨中央黨部出版彭婉如紀念集。
傳單提供/民進黨中央黨部文宣部

1997

綠色執政 品質保證

■反中國併吞大會不分族群，大家齊聲
向中國說「不」。攝影/邱萬興

接續1996年底的治安問題，1997年4月底，台灣再度爆發治安史上的大事：全國矚目的綁架案，知名藝人白冰冰失蹤15天的獨生女兒白曉燕，在台北縣五股工業區中港大排溝附近，被人發現遇害身亡。

5月初，民間的社運團體，以人本教育基金會與彭婉如基金會為主導團體，由人本教育基金會董事長史英擔任總指揮，發起以治安為訴求的「504悼曉燕，為台灣而走」大遊行，抗議治安惡化、婦幼不安全，要求政府撤換內閣，給人民一個住得下去的台灣。由於國民黨政府沒有及時對人民的要求有所回應，抗議團體便在兩週內，為同一個議題，再度動員民眾走上街頭。

這不單是在野政黨的政治抗議，而是攸關人民生命安全問題，所以，民眾也積極響應這兩次的大遊行。主辦單位甚至在總統府前，以創意鐳射光的「腳印」、「認錯」，投射在總統府；抗議的群眾則集體用踩腳來「震動大地」，震動權力高層，要求「總統認錯，撤換內閣」。

年底，縣市長大選前一天（11月28日）深夜，台北縣的選情非常感人。罹患肺腺癌而進入生命末期的立委盧修一，不顧醫師勸阻，抱病親自前往台北縣長候選人蘇貞昌設在板橋市的演講會場助選，向台北縣鄉親下跪拜票。原本想參選台北縣長的盧修一，因病無法實現其政治夢想。盧修一的「深情一跪」，不僅感動現場數萬群眾，更因電視全程轉播而大大地扭轉了北縣選情。

11月29日，縣市長大選日。在這場轟轟烈烈的選戰中，民進黨獲得12席縣市長（台北縣、基隆市、桃園縣、新竹縣、新竹市、台中縣、台中市、台南縣、台南市、高雄縣、屏東縣、宜蘭縣）。民進黨的得票率為43.32%，超過國民黨的42.12%。這是台灣選舉史上第一次，在野的民進黨得票率勝過執政的國民黨。

大選後，民進黨執政的縣市人口數為全台灣總人口數的71.59%，北台灣與南台灣的地方政權幾乎全部綠化，民進黨的綠色執政首度於地方全面開展，這也為不久之後台灣政壇的大翻轉預作準備。

■台北市長陳水扁主持民進黨縣市長會議，在場者為新當選的十二位縣市長。攝影/邱萬興

台灣原住民族正名抗爭成功

在台灣史上，原住民族隨著時代的轉變一直有著許多不同的名稱。清朝時期，原住民被稱為「番」，其中被政府教化者稱為「熟番」，未被教化者稱為「生番」。日治時代，原住民被稱為「番」或「高砂」。台灣光復後，原住民被稱為「山胞」。在國民黨政權的統治下，「山胞」一詞帶有濃厚的歧視內涵，同時也是被污名化的代名詞，因此，原住民們採用「原住民族」此一稱呼，作為自我認同及擺脫污名的起點，進而爭取台灣原住民族應有的權利。這是日後台灣原住民族運動的核心主題。

1983年，身為原住民的胡德夫開始為台灣民主運動的黨外人士助選站台演唱，當時的黨外人士都會以「台灣這塊土地原來的主人」來強調「原住民」的困境。

1984年4月4日，胡德夫及童春慶等原住民與黨外人士，在「黨外編輯作家聯誼會」組織下，設立少數民族委員會。

少數民族委員會之宗旨：「一、為嚴重關切山地經濟遭受掠奪之情況，二、為深入調查台灣少數民族童工、雛妓、船員及其他勞動者遭受迫害之情事，三、為闡揚台灣少數民族文化的珍貴價值，抵制同化政策，四、為促進少數民族之政治覺醒，鼓吹少數民族之自治權利，五、為其他有助於提昇

台灣少數民族尊嚴與權益的事項，均應全力以赴。」

1984年11月20日胡德夫、童春慶、范巽綠、黃景賢、范德雄、王志明、王智璋等人籌設，台灣原住民權利促進會，討論組織章程草案，該草案是「原住民」稱呼首次在原住民運動的文獻中出現，也是正名運動的起源。

1984年12月29日創立了「台灣原住民權利促進會」（簡稱原權會），胡德夫則當選為創會的會長。

1987年7月30日，台灣原住民權利促進會第二屆第五次會議，由伊凡·諾幹於會中提議修改章程，更改會名為「台灣原住民族權利促進會」，將先前的「原住民」改為「原住民族」，調整運動策略，將原住民族集體權益的爭取列為原運首要目標，伊凡並研擬包含自決權、自治權及土地權等17條「台灣原住民族權利宣言草案」。

1987年9月9日，原權會結合39個團體帶領原住民、包括大學生、長老教會牧師前往嘉義火車站前之吳鳳銅像抗議，持寫著「吳鳳是劣士，莫那魯道是烈士」、「拆除吳鳳銅像」等布條，並朝銅像丟雞蛋，進行抗議，遊行至縣政府要求拆除銅像，將吳鳳鄉改名為阿里山鄉。1988年，吳鳳鄉代表會經過激烈辯論後決定更改鄉名

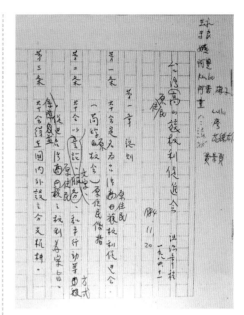

■「原住民」的稱呼首次在原住民運動文獻中出現，其中藍色筆跡為范巽綠撰寫。圖片提供/范巽綠

為阿里山鄉。最後嘉義火車站前吳鳳銅像被二十位原住民青年以鐵鍊合力拉倒。

1988年8月25日，原權會結合宗教與原運團體，組成「台灣原住民還我土地運動聯盟」，來自全台各地2000多名的原住民，身著傳統服裝高喊「為求生存、還我土地」，為爭取土地權於台北街頭，發起原住民第一次「還我土地大遊行」。

1991年1月9日，原權會發動會員10餘人，前往陽明山中山樓，抗議國民黨草擬的憲法增修條文將原住民劃分為「山地山胞」與「平地山胞」，要求修憲應採用「原住民族」統稱台灣原住民族各民族。

1992年5月21日，原權會與長老教會共同主辦「爭取憲法原住民條款」抗爭遊行活動，動員千餘名群眾，在寒風細雨中，由文化大學步行上陽明山中山樓要求國民大會將憲法「山胞」正名為「原住民族」、保障土地權、設立中央部會及專責機關及原住民族自治等。

1994年4月10日，李登輝總統藉由行政院文建會在屏東縣舉辦的「原住民文化會議」時，首次以國家元首的身分，採用「原住民」的稱謂以取代國民黨官方沿用將近五十年的「山胞」之稱呼，李登輝總統發表此次的談話之前，憲法仍尚未完成正名，當時的國民黨修憲草案也不準備將「山胞」的名稱改為「原住民」，因此，李登輝總統此次重要的公開談話，是國民黨往後不得不接受正名運動的關鍵因素之一。

1994年6月23日由原權會、民進黨中央黨部原住民族委員會及長老教會共同主辦，並邀請37個原住民團體協辦，推動「正名權、土地權、自治權」入憲大遊行，遊行目標為總統府。來自台灣全島原住民族的各個族群，原住民立委瓦歷斯·貝林，民進黨國大代表20餘人，及支援人士共約3000人參加。這是原住民族歷年來參加抗爭活動人數最多的一次，也是正名運動抗爭10年後，終於順利達成將「山胞」正名為「原住民」的一次重要集會遊行。

1994年8月1日，國民大會表決通過將憲法「山胞」稱呼正名為「原住民」。

1997年6月16日原權會、北區大專院校原住民學生會、台灣原住民族部落聯盟及台灣原住民族勞工聯盟等共同主辦，發動「民族、土地、自治權」入憲大遊行，號召原住民千餘人，和五年前一樣在綿綿細雨中從文化大學正門步行上陽明山中山樓，但不一樣的是這次由於原住民體制內外大團結，原住民不分黨派所有國大代表全力配合，遊行群眾直達陽明山中山樓大門口，再次將憲法的「原住民」正名為「原住民族」，而土地權也終於入憲。

夷將·拔路兒與馬耀·谷木二人因原住民正名抗爭運動，而成為入監服刑的原住民政治犯。

夷將·拔路兒是花蓮的阿美族人，原權會創會會員，因擔任正名運動總指揮，被法院宣判違反集會遊行法，於1995年11月7日入監服刑一年。馬耀·谷木是花蓮的阿美族人，因擔任「廢除蒙藏委員會成立原住民族委員會」抗爭遊行副總指揮及1993年「反侵占、爭生存、還我土地」遊行總指揮，被法院以違反集會遊行法，於1995年5月19日入監服刑一年。

歷經十多年的台灣原住民正名抗爭運動，從1984年原住民權益促進會成立，到1994年8月1日，國民大會表決通過將憲法「山胞」稱呼正名為「原住民」，到1997年再次將「原住民」提昇為「原住民族」，原住民族的正名終於修成正果。

■1987年9月9日，胡德夫在嘉義火車站前之吳鳳銅像下抗議，要求「拆除吳鳳銅像」。
攝影/蔡明德

■1991年，原住民發動「廢除蒙藏委員會、成立原住民族委員會」抗爭遊行，在台北火車站前與警方發生激烈衝突。 攝影/邱萬興

504、518・為台灣而走

1997年4月28日，全台矚目的社會焦點「白曉燕綁架案」，知名藝人白冰冰失蹤15天的獨生女兒白曉燕，在台北縣五股工業區中港大排溝附近，被人發現遇害身亡。在這之前幾天，白曉燕就讀醒吾中學的同學們，為她祈禱所掛的紙鶴與黃絲帶，尚在風中飄揚。就在屍體被尋獲後，「白曉燕案」就像一把火，快速點燃了全國民眾長期以來對治安敗壞的憤怒。

自1996年11月21日發生桃園縣長劉邦友官邸八人身亡命案，與11月30日民進黨婦女部主任彭婉如在高雄民進黨臨全會前夕遇害身亡後，台灣社會還有許多默默無聞的市井小民，也陸陸續續遭受治安敗壞的切膚之痛。

1997年5月4日，由人本教育基金會、彭婉如基金會號召，與130多個民間社團共同發起「504悼曉燕，為台灣而走」大遊行。民進黨、新黨都動員參與這次遊行。人本教育基金會董事長史英擔任遊行總指揮，共有5萬人自發自動走上街頭為台灣治安問題而遊行抗議。民進黨社運部則分送5000朵黃菊花讓民眾拿在手上，人民以和平的方式表達對政府的「憤怒」，要求政府撤換內閣，給人民一個住得下去的台灣。

「當台灣走到這個地步的時候，總統還不願聽專家和民間的聲音，卻一意敷衍縱容他的政客和官僚：竟有一種教育，放棄了全國百分之七十的學生，而部長還在做秀；竟有一脈相承的政策，壓制了佔一半人口的婦女，而成立一個婦女權益促進委員會的時候，連一個曾經維護婦女權益者都沒有；司法從來就不曾清明，而法界的官僚仍穩坐如山；警察連一個大案都破不了，但警政系統連一點改革的影子都沒有；彭婉如命案發生至今，女性與兒童受害事件層出不窮，連女性警察都人人自危，而在保護婦女與兒童安全上，行政院的預算和政策，竟是一個大大的零！所有這一切，直接威脅著我們每一個人的基本生存：我們已經不敢企求幸福的人生，因為我們竟然保不住自己和小孩的性命！」

「做為這個國家的主人，我們都受夠了！台灣是我們的家，我們不想出走，讓我們5月4日一起走上街頭，向最高權力喊出：給我們一個住得下去的台灣！」

「一起要求：總統道歉，撤換內閣。

1.撤換內閣，因為這個內閣顯然無法解決任何問題。

2.總統必須鄭重向全國認錯道歉，並拿出真正的辦法來！」

上述主辦單位文宣上的這段文字，最能表達台灣人民對政府高層不滿的心聲。

包括總統李登輝在內的國

■十萬人上街頭所匯集的民氣，終於撼動了國民黨黨政高層。攝影/邱萬興

■5月18日，為白曉燕案再度發起「518用腳愛台灣」大遊行。數萬人走向總統府前廣場，抗議治安惡化、婦幼不安全。主辦單位並以創意鐳射光的「腳印」、「認錯」，射向總統府大樓上，要求「總統認錯，撤換內閣」。攝影/黃子明

民黨執政當局，對5月4日的遊行訴求完全不予回應，因此，「504為台灣而走遊行連線」決定於5月18日，為白曉燕案再度發起「518用腳愛台灣」大遊行。

這是台灣街頭運動史上第一次連續在兩週內，以完全相同的訴求，再度號召民眾走上街頭的特例。人本教育基金會董事長史英仍是這次行動的總指揮。數萬人走向總統府前廣場，抗議治安惡化、婦幼不安全。

「518」在活動結束前，主辦單位首度以創意的鐳射光打出「大腳印」、「認錯」、「撤換」等字眼，交錯地射向總統府大樓上；同時主辦單位也建議抗議的群眾，集體用跺腳來「震動大地」，以撼動國民黨權力高層。這兩場要求「總統認錯，撤換內閣」的大遊行合計人數共超過十萬人次以上。

因為過去的街頭遊行，往往走到終點「總統府」之後，就被層層拒馬擋住，群眾集體抗議的壓力總是施展不開來。這次，遊行總指揮史英、台大資訊系教授兼人本基金會董事的郭鴻志，以及工作小組的成員，在集思廣益、充分討論後，決定結合高科技，使用鐳射光投射。

這個做法是一種創舉，除了可以突破以往的形式達到反抗威權的效果之外，也代表台灣人民的意志力，已在政治最高權力象徵的總統府上展現無遺！

■台灣街頭運動首次採用鐳射「認錯」射在總統府塔樓上，突破鎮暴部隊阻擋，掀起整個活動的高潮。攝影/周嘉華

■悼曉燕，為台灣而走大遊行，130多個團體參與走上街頭，殘障作家劉俠走在隊伍最前頭，以和平的方式表達人民的憤怒，要求政府撤換內閣，給人民一個住得下去的台灣。攝影/邱萬興

SAY NO TO CHINA
反中國併吞大會

1997年7月1日，香港主權由英國政府移交給中國政府。中國政府則同時大力宣傳「一國兩制」。

1997年6月28日，為了向全世界表達台灣人「不願被中國併吞與統治」的心聲，公民投票促進會、台灣基督長老教會，聯合許多社會運動團體，在台北市政府旁、世貿中心停車場，舉辦了一場持續3天2夜的「反中國併吞大會」。當天參與的民眾將近三萬人之多，大家齊聲向中國說「不」。

這場活動的場面壯觀，吸引了許多將赴香港採訪的國際媒體記者先來台採訪報導。

■「反對中國併吞」台灣海報，以反諷手法暗喻總統府上飄揚著五星旗。
傳單提供/公民投票促進會

■在台北市政府旁廣場舉辦的「反中國併吞大會」盛況。攝影／邱萬興

■紀政與蔡同榮共同舉著聖火進場。
攝影／邱萬興

■前美國眾議員索拉茲、呂秀蓮、
陳水扁、高俊明。攝影／邱萬興

在3天2夜的祈禱、靜坐、演講、唱歌、遊行抗議活動當中，由台灣基督長老教會動員全台牧長、信徒踴躍參加，並且組成千人合唱團，在現場唱出台灣人的心聲，向國際發聲。除千人合唱之外，大會還邀請政治人物、學者、社運界領袖……等名人演講，並有著名歌星的演唱、現代音樂演奏及各個族群歌謠等表演。

活動期間，美國參議員托里西尼委託其代理人向台灣人民表達支持之意；前眾議員索拉茲則親自來台參加盛會，表示他把自己當做「台北人」，來支持台灣的「反中國併吞大會」。前國民黨立委「飛躍羚羊」紀政則與蔡同榮一同參與聖火大遊行，引起國際媒體矚目。

現場群眾不時高喊「台灣要獨立」、「中國滾回去」、「SAY NO TO CHINA」。現場同時發起換發「台灣國護照」，設計「台灣國民身分證」，繪出「台灣國地圖」，發行「台灣國教科書」，徵選「台灣國旗、國徽」等活動；並強調台灣絕不是香港，台灣是一個主權獨立的民主國家，台灣人民絕不接受「一國兩制」、「一個中國」的安排。

■反中國併吞，現場民眾一致高喊「台灣要獨立」、「中國滾回去」。攝影／邱萬興

國民黨輸掉台灣江山
民進黨縣市長選舉大勝

1997年11月29日縣市長大選的結果揭曉後，長期執政的國民黨，失去了許多縣市長席位，也可說是失去了台灣的大半江山。在二十一個縣市中，國民黨僅獲八席，扣除金、馬、澎湖縣，國民黨在台灣本島只佔五席。

南投縣雖非直接由民進黨候選人贏得縣長選舉，但亦由退出民進黨的彭百顯得勝。民進黨由原來七席增至十二席，分別是：台北縣蘇貞昌、基隆市李進勇、桃園縣呂秀蓮、新竹縣林光華、新竹市蔡仁堅、台中縣廖永來、台中市張溫鷹、台南縣陳唐山、台南市張燦鍙、高雄縣余政憲、屏東縣蘇嘉全、宜蘭縣劉守成。

這場大選後，由民進黨所執政的人口數，若再加上原本於1994年開始由陳水扁執政的台北市，則所執政縣市的人口超過一千五百萬，佔全台灣總人口數的70%以上。這一年，民進黨的得票率，也由四年前的41%增加到43.32%。

台灣半世紀以來的所有選舉中，在野的民進黨得票率首度超過執政的國民黨，不但打破了國民黨萬年執政黨神話，同時也讓「李登輝的神話」

■1997年的縣市長選舉民進黨開始讓台灣進入「變天的年代」。傳單提供/邱萬興

■蘇貞昌競選台北縣長名片。傳單提供/民進黨中央黨部文宣部

■蘇嘉全競選屏東縣長傳單。
傳單提供/民進黨中央黨部文宣部

■呂秀蓮競選連任桃園縣長傳單。
傳單提供/民進黨中央黨部文宣部

■林光華競選新竹縣長傳單。傳單提供/邱萬興

■蔡仁堅競選新竹市長傳單。傳單提供/民進黨中央黨部文宣部

瓦解。民進黨在這場選戰，已經徹徹底底改寫了台灣的地方政治史。

選舉期間，民進黨主席許信良組中央助選團，別出心裁地率領民進黨中央黨部黨工，組成「酷哥辣妹助選團」；謝長廷組南方綠色聯盟，率領「南方小太陽青年助選團」，李鴻禧、陳水扁、羅文嘉老中青三代組成「寶島希望助選團」。民進黨在這場選戰中能獲得大勝，這些助選團功不可沒，甚至成為這次選戰的主要焦點。

台北縣長的選前之夜，11月28日，民進黨立委「白鷺鷥」盧修一不顧自身癌症病痛，親至蘇貞昌在板橋市的大型演講會場助選，向台北縣選民下跪拜票。原本想參選台北縣長的盧修一，因病無法實現其政治夢想。他的「深情一跪」，不僅感動現場數萬群眾，更因電視不斷的轉播而扭轉了北縣選情。

陳水扁市長在這次選舉中賣力助選，掀起了全台的「陳水扁旋風」。國民黨因而下令：「重砲夾擊」全台「打扁」總動員，發行「打扁」錄影帶，沒想到反而讓陳水扁成為民進黨內「超人氣」的政治明星。只要是陳水扁重點輔選的縣市幾乎全數當選。

四年前（1993年）的縣市長選舉，民進黨主席許信良為敗選負責，黯然下台。四年後（1997年），民進黨組成「夢幻隊伍」，終於讓民進黨主席許信良反敗為勝，開香檳慶功。民進黨主席許信良、秘書長邱義仁、中評會主委謝長廷、文宣部主任陳文茜在中央黨部共同召開記者會，認為「綠色執政、品質保證」的執政成績及口碑深入人心，是大獲全勝的主要原因。

取得地方執政權之後，民進黨的各縣市長對縣政或市政的未來發展，也提出了具體的施政重點，以期繼續維持「綠色執政、品質保證」的政績。未來的台灣政壇，民進黨的角色已不再是在野的反對黨而已了，而是要為「邁向執政之路」預作準備。

■11月28日，台北縣長大選前之
夜，盧修一不顧自身癌症痛苦，親
至板橋市蘇貞昌的演講會場助選，
向台北縣鄉親下跪拜票。盧修一的
「深情一跪」，不僅感動現場數萬群
眾，更因電視全程轉播而大大地扭
轉了北縣選情。攝影／黃子明

■劉守成競選宜蘭縣長文宣。
傳單提供/民進黨中央黨部文宣部

■張燦鍙競選台南市長傳單。
傳單提供/民進黨中央黨部文宣部

■陳唐山競選連任台南縣長傳單。
傳單提供/民進黨中央黨部文宣部

■廖永來競選台中縣長傳單。傳單提供/民進黨中央黨部文宣部

■張溫鷹競選台中市長傳單。傳單提供/民進黨中央黨部文宣部

■翁金珠競選彰化縣長傳單。傳單提供/民進黨中央黨部文宣部

■余政憲競選連任高雄縣長傳單。
傳單提供/民進黨中央黨部文宣部

1998 ②

北高市長 世紀對決

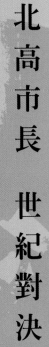

■浪漫的政治家盧修一。攝影/邱萬興

　　1997年，縣市長大選前一晚，因病而放棄「參選台北縣長」夢想的「白鷺鷥」盧修一立委，看到台北縣長的選情繃緊，不顧醫生的勸阻，堅持前往民進黨台北縣長候選人蘇貞昌在板橋市的最後一場演講會場助選。寒風中，他挺著瘦弱的身軀，激動地向民進黨的支持者拜票，甚至不惜一跪，深深感動在場的民眾。

　　由於電視媒體先以「SNG──現場連線報導」全程轉播，接著又不斷地重播這個感人的畫面，許多選民看了電視，大為感動，因而扭轉了第二天的投票結果。1998年3月1日，民進黨中央黨部在台北市大安森林公園，為盧修一立委舉辦「祈福晚會」，希望以眾人的祈禱和祝福，幫助盧修一渡過生命的難關。

　　1998年8月6日，奮力抗癌長達三年多的盧修一立委，病逝於台北關渡和信醫院。盧修一立委為台灣民主運動所作的努力與貢獻，以及他致力保存台灣文化的精神與作為，留給台灣人民無限的追思與懷念。

■1998年林義雄當選民進黨首次舉辦黨員直選的黨主席。攝影/邱萬興

1998年3月23日，林義雄宣布參選民進黨第8屆黨主席，並發表「執政──民進黨的責任」參選聲明。另一位參選黨主席的是張俊宏。這是民進黨創黨以來，首次採用黨員投票直選來選出黨主席。可惜的是，在這次改革性的投票過程中，有一些小瑕疵。5月24日投票當天，投票時間尚未結束之前，高雄市就發生黨員毀損投票所的滋擾事件，致使投票的最終結果再延遲兩週，6月7日，投票的最終結果出爐，林義雄獲得3萬1千多票的黨員票，擊敗對手張俊宏。8月1日，林義雄就任民進黨第8屆黨主席，成為第一位由黨員直選的黨主席。

1998年底，北高市長、立委、市議員三合一選舉揭曉，國民黨提名的馬英九當選台北市長，陳水扁連任台北市長失敗，謝長廷擊敗原任高雄市長吳敦義而當選高雄市長，為民進黨首度拿下港都的執政權。在這場激烈的選戰中，北高兩市的原任市長都易主換人。政黨輪替的現象，已在北高兩市的市長選戰中，開始顯露端倪。

■謝長廷競選高雄市長競選總部。
攝影/邱萬興

■左起民進黨歷屆黨主席林義雄、許信良、黃信介、姚嘉文、施明德一起出席民進黨在台北市大安森林公園音樂台舉辦的1998年928黨慶大會。攝影/邱萬興

1941～1998

告別白鷺鷥盧修一

■白鷺鷥盧修一。攝影／郭智勇

盧修一一生最感人的地方，是他的愛心與正義感。他參政的目的，是「以知識份子的良知拿回台灣歷史之詮釋權」、「以實際行動用心愛台灣」，進而建立「新而獨立的國家」。他參政的態度是，「正直、專業、清廉」。他終其一生，貫徹了「台灣第一、人民做主、弱勢優先」的政治理念。

在學術上，盧修一是一個擇善固執的政治學教授。在推動民主運動的過程中，盧修一是一個熱情浪漫的政治家。在國會殿堂中，盧修一是一個不折不扣的政治頑童。在個人的生命歷程中，盧修一用心熱愛家人、熱愛鄉土、熱愛台灣。盧修一抱著「為了照顧弱勢人民、申張社會正義」的理念而從政。他喜歡自喻為一隻「白鷺鷥」，在立委任內也提攜了不少後進，更成立「白鷺鷥連線」，後又成立「白鷺鷥文教基金會」，致力推廣台灣本土文化與音樂。

盧修一，1941年生於台北縣三芝鄉北新庄。六歲喪父，家境困窘。政治大學畢業、文化大學政治研究所碩士。1969年，獲得法國巴黎大學政治學博士學位。1975年返台，受聘於文化大學政治系專任副教授，並兼任行政管理系主任暨推廣教育中心主任。

1983年1月，盧修一在文化大學政治系主任任內，因與台獨前輩史明通信，而被懷疑涉嫌台獨案件，遭警備總部羅織罪名，由調查局逮捕後，被判三年感化教育，於1983年3月起拘禁在土城的台灣仁愛教育實驗所。1986年3月期滿出獄後，獲聘為清華大學副教授。1988年，應民進黨主席姚嘉文的邀請，出任民進黨外交部主任。

1989年立法委員選舉，盧修一決定在自己的故鄉台北縣參選立委。他加入「新國家連線」，與連線成員共同提出「建立東方瑞士」的台獨政見，以新國家建築師自許，並以第一高票當選。至1995年為止，盧修一連選連任三屆立委，先後獲社運團體、國會記者及媒體民調評鑑為表現優異的立委。

任內尤以擔任法治、內政委員會召集委員，折衝議壇，推動法制民主等法案，促進議會民主政治之發展，績效昭彰，時論譽美。

■ 飛吧！白鷺鷥！帶著我們的祝福與追思，飛到另一片清淨與愛的天地中吧！
攝影／邱萬興

■ 蘆葦與劍的紀念碑象徵著盧修一的溫柔與堅持。攝影／邱萬興

　　由於台北縣的民進黨支持者很多，盧修一又樂於提攜後進，因此他和新潮流系的子弟兵共組「白鷺鷥連線」，以「正直、專業、清廉」作為聯線成員參選公職的基本需求，不斷協助民進黨累積地方上的資源。賴勁麟、李文忠、林錫耀、陳景峻、陳世榮、陳文治、沈發惠等人都是他帶出來的「小白鷺鷥」。

　　1993年，盧修一與他的妻子──音樂家陳郁秀女士，成立「白鷺鷥文教基金會」，致力推動本土文化，整理台灣音樂史料、出版及發表等等工作。1995年，「白鷺鷥文教基金會」舉辦「台灣音樂一百年」系列活動，成果豐碩。

　　1995年，盧修一發現罹患肺腺癌之後，進入和信治癌中心醫院接受治療。在三年艱辛的抗癌路上，盧修一始終不改其達觀開朗的個性，憑著堅毅的意志，勇敢面對癌症。1997年7月24日，熱愛台灣的盧修一，不顧身體的病痛，堅毅地完成其生前攀登台灣第一高峰「玉山」的願望。

　　1997年11月28日，台北縣長選前之夜，因為接受癌症化學治療影響視力、聽力、平衡感的盧修一，不顧醫師的勸阻，親自出席台北縣長候選人蘇貞昌在板橋市的最後一場造勢晚會。

　　由於一來感慨自己無法再為選民服務，因病不得不放棄參選台北縣長的夢想，二來擔心國民黨在台北縣的選情看好，將剝奪民進黨繼續在北縣執政的機會，在競選演講台上因病而顯得弱不禁風的盧修一，突然向在場的數萬群眾，演出「深情一跪」，拜託選民為蘇貞昌拉票。盧修一的「驚天一跪」，透過當晚的電視新聞不斷地重播，深深地感動了台北縣的選民，也扭轉了當年台北縣的縣長選情。

　　1997年底病危時，盧修一仍不忘關懷器官移植患者，因而囑咐他的夫人陳郁秀積極舉辦「關懷生命、關懷社會」的慈善音樂會，以推動國人捐贈器官之觀念，更呼籲政府將此醫療行為納入健保。1998年7月1日，此案終於正式納入健保。

　　1998年8月6日，努力與癌症搏鬥數年的盧修一，安詳地走出人生的舞台，步入台灣歷史之中，留給敬愛他的台灣人民無限的追思與懷念。

■ 盧修一與夫人陳郁秀。攝影/邱萬興

南長北扁・北馬南吳
北高市長世紀大對決

1998年底，台灣舉辦了北高市長、立委、市議員三合一選舉。這也可說是2000年總統大選的前哨戰。

陳水扁與馬英九在台北市的世紀對決，以及謝長廷南下高雄港都挑戰吳敦義，分別開啟了「南長北扁」與「北馬南吳」的決戰。這是一場兩黨新生代政治人物大對決，也是一場融合激情、歡笑與悲傷的選舉，有趣的是，在選民有著「換人做做看」的心態下，結果原任市長都敗陣下來，北高兩市都換黨執政。國民黨的馬英九擊敗了陳水扁市長，民進黨的謝長廷則險勝了吳敦義市長。陳水扁雖敗下陣來，卻在選戰中創造了風行全台的選舉商品「扁帽」風潮。

11月15日，民進黨在台北市龍山寺前舉辦「扛扁擔、走長路」大遊行，為台北市長陳水扁與高雄市長候選人謝長廷，聯合舉辦一場拉抬競選聲勢的造勢活動，把「南長北扁」的聲勢拉到最高點，台北市與高雄市因此成為全台的超級戰區。

國民黨高層在考慮台北市長候選人的提名時，原本屬意馬英九能出來參選，與陳水扁一決勝負。一來，兩人年齡相近；二來，馬英九的魅力也可吸納不少中間選民，大可和陳水扁分庭抗禮。

然而，馬英九在1997年的年中，因「白曉燕案」而辭去行政院政務委員的職務時，表明對政治失望，以「不知為誰而戰，為何而戰」的說法，及「政治不沾鍋」的清廉形象，一

■民進黨主席林義雄在黨慶之夜，全力拉抬南長北扁聲勢。攝影/邱萬興

■1998年全島總動員，搶救陳水扁之夜。攝影/邱萬興

再拒絕參選，因而一度讓國民黨找不到適合的人選來挑戰陳水扁。章孝嚴與胡志強，均曾在此時被國民黨高層點名參選。

推卻了將近百多次之後，就在最後一刻，馬英九終於接受國民黨徵召而參選，而且民意調查與支持率都和陳水扁不相上下。台北市長的選情因此形成民進黨的陳水扁、國民黨的馬英九與新黨的王建煊三強廝殺。

以「有夢最美、希望相隨」作為訴求的台北市長陳水扁，與宣稱「台灣第一、台北第一」的馬英九，這兩大政治明星終究對壘上陣了。雙方實力可說不分軒輊。選前，兩黨全力較勁，包括從揭發弊案，到各種「變身花招」出籠；從大型造勢

活動，到電視競選廣告的文宣戰；從陳水扁攻擊馬英九的「馬馬虎虎」，到馬英九反擊陳水扁的「隨隨便便」，雙方唇槍舌劍、你來我往。

李登輝總統在選戰最後一天，親自為外省背景的馬英九背書，在中正紀念堂站台時，大聲疾呼台北市的選民要支持「新台灣人馬英九」，因而穩住了國民黨在台北市長選情。

陳水扁最後也在市政廣場前舉辦「全島總動員，搶救陳水扁」的造勢活動。陳水扁的競選陣營喊出「不要讓陳水扁四年的苦做，輸給馬英九四個月的廣告」。

這場選戰最主要關鍵，在於陳水扁無法吸收外省票源，尤其是外省族群的省籍情結很重，不管陳水扁市長做得多

好，會投給陳水扁的只有10%而已。選戰結果雖然陳水扁的得票數比上屆（1994年）增加了七萬多票，但由於國民黨和新黨合流的「尊王保馬」效應奏效，陳水扁最後還是在全國支持者的驚呼聲中宣告敗選，台北市的執政權則由「綠地」翻轉成「藍天」。

至於高雄市長選舉方面，共有4位參選人，分別是國民黨提名的吳敦義，民進黨提名的謝長廷、新黨提名的吳建國，與無黨籍的鄭德耀。1994年高雄市長選舉時，國民黨的吳敦義以十餘萬票擊敗民進黨的張俊雄，而這次吳敦義的選前民調，也大幅領先競爭對手謝長廷十幾個百分點，因此國民黨與吳敦義的陣營，對於勝選的結果十分篤定。

■南長北扁，搶攻雙都的計畫，陳水扁在台北市連任失利，謝長廷在高雄市搶灘成功，擊敗吳敦義。攝影/邱萬興

然而在選前，對政經界頗有影響力的《遠見雜誌》，做了一項有關地方首長的施政滿意度調查，吳敦義的成績最差，敬陪末座。這項調查使謝長廷有了最佳的攻擊動力。根據吳敦義在市長任內多項高雄市政的「退票經驗」，謝長廷全力抨擊吳敦義：「做了八年市政也做不好，高雄的水還是一樣不能喝，捷運喊了這麼久連個影子也沒有，一天到晚只會說『白賊話』。」

高雄市選戰的最後一刻，國民黨和民進黨雙方幾乎可說是進入一場「聲光影音大戰」。雙方支持者互相指控對方為「白賊義」和「宋七力」。民進黨高雄市議員候選人陳春生，也於選前指控吳敦義疑似有緋聞風波，高雄市的市政之戰因

傳單提供/民進黨中央黨部文宣部

傳單提供/民進黨中央黨部文宣部

而進入「好人與壞人」的戰爭。

吳敦義陣營則以白冰冰、陳進興和宋七力三人為事件主角，做成三支電視廣告片，密集上檔打擊謝長廷。白曉燕的母親——藝人白冰冰，因不滿謝長廷為殺害白曉燕的兇手陳進興辯護，因此對著鏡頭指控說：「謝長廷不是一個好人，也不是一個壞人，實際上他不是人」。吳敦義陣營甚至買下報紙的全版廣告，刊出白冰冰錄影帶所說的全文，並配合將八

■彭明敏（左後）、李鴻禧教授（左一）與民進黨縣市長張溫鷹（右三）、蘇貞昌（右二）、余政憲（右一）為陳水扁全力助選。攝影/邱萬興

萬支控訴錄影帶大量散發給高雄市民。吳敦義的陣營因此認為，這場選戰謝長廷必敗無疑。

除此之外，吳敦義的陣營也另外用電腦合成畫面，讓兇手陳進興如此說：「如果還有機會，我想到南部發展，我是壞人，我喜歡」。

配合白曉燕案的歹徒陳進興、林春生、高天民等三人畫像的平面廣告，再剪接陳進興的聲音：「我的兩個死黨都死了，只有我一息尚存，如果再有一次機會，我想去高雄發展，因為，那裡有我的朋友（指謝長廷）高喊，壞人做做看！（故意將民進黨的「換人做做看」的訴求惡意扭曲）」然而吳敦義陣營沒有料到，這種鄙陋惡質的文宣手法，反而造成整個社會的強力震撼，終於引起廣大高雄市民的極大反感。

謝長廷的競選團隊在選戰最後幾天，於競選總部的造勢晚會中，以感性的訴求讓高雄市民回憶起謝長廷曾努力過的貢獻。「謝長廷曾在白曉燕事件的案外案（陳進興挾持駐台的外交使節——南非武官的家人為人質）中，憑著他的冷靜與智慧，奮勇與歹徒陳進興一再地溝通、協調，安全地拯救人質，讓人質事件和平落幕。」

藝人沈時華則在晚會中透過麥克風向白冰冰與高雄市民訴求：「我們都在電視機前陪妳流過淚，請不要以仇恨影響環境，請你不要讓孩子在仇恨影響環境中長大」。釋昭慧法師更呼籲白冰冰：「不要以仇恨

■馬英九在中正紀念堂廣場舉行「萬馬狂飆之夜」，國民黨主席李登輝以「新台灣人」為馬英九的外省背景背書。攝影／黃子明

傷害大家的慈悲心」。這樣的深深呼喚，感動許多高雄市民的心。

吳敦義陣營這種負面的選舉方式，營造出最戲劇化的反效果，這也是高雄市長選情大翻轉最主要的原因。港都一夕變天，謝長廷最後以4565票險勝吳敦義。

12月5日晚上，北高市長、立委、市議員三合一選舉結果揭曉。國、新合流後，新黨王建煊「競而不選」獲得4萬4452票，國民黨馬英九獲得76萬6377票，得票率51.1%，民進黨陳水扁獲得68萬8072票，得票率45.9%，陳水扁連任台北市長失敗。陳水扁的落選之夜，龐大的支持群眾揮舞著仙女棒，為了要給阿扁一個公道，要「阿扁選總統」的呼聲響徹了台北市的夜空。

而民進黨謝長廷以38萬7797票，擊敗原任高雄市長的吳敦義，當選高雄市長，得票

率49%，吳敦義獲得38萬3232票，得票率48%。謝長廷為民進黨首度拿下港都高雄市的執政權，也讓整個南台灣完全綠化了。

在第4屆立法委員的選情方面，因這屆立委席次增多，且「精省」後，許多省議員轉換跑道參選立委，在總席次225席當中，國民黨立委當選123席，得票率46.4%，民進黨立委當選70席，得票率29.56%，新黨立委當選11席，得票率7%。國民黨席次領先過半而大獲全勝。新黨席次則大幅萎縮，從「關鍵的少數」，變成「邊緣少數」，逐漸走向「泡沫化的政黨」。在這次立委選舉中，政治明星如林正杰、朱高正、陳癸淼、郁慕明、姚嘉文、尤清、蔡式淵等紛紛落馬。

北高市議員選情方面，民進黨台北市議員當選19席，高雄市議員當選9席。

1999

美麗島事件 二十週年紀念

■1999年4月10日，高俊明與蔡同榮發起，在立法院舉辦「四一○絕食抗議，要求通過公民投票法」活動。攝影/邱萬興

■美麗島二十週年系列活動「她們見證美麗島歷史」，左起林文珍、田秋堇、周清玉、翁金珠、呂秀蓮、許榮淑、陳菊、艾琳達。
攝影/邱萬興

　　時序進入20世紀的最後一年，1999年，台灣的民主運動進展到一個轉變的高峰期。許多原本的政治遊戲規則，經過數十年來台灣人民的民意與國民黨黨意的衝撞與協調，逐漸改變了原來國民黨一黨專政的壟斷現象。自1997年的縣市長大選、地方政治的「綠化」後，讓反對國民黨的台灣人民覺得：台灣的政權有改變的可能性。

　　1999年初，競選連任台北市長敗選的陳水扁，在支持者的擁護與鼓勵之下，開始為2000年的總統大選，預做鋪路的準備工作。同時，有志一圓總統夢的前民進黨主席許信良，也開始展開佈局。

　　此外，國民黨內因李登輝已連任兩屆總統，按照憲法規定，他無法再度參選，因此，國民黨內也有多組人馬，對總統、副總統的職務躍躍欲試。接受國民黨提名的連戰，與得不到國民黨提名的宋楚瑜，在這場世紀選戰中，由過去的同袍、戰友，變成互相攻擊的對手。

　　1999年，令台灣人民深感惋惜的是，先後有四位為台灣的民主運動畢生奉獻的民主鬥士，因病去世。認同「台灣獨立」主張的台大教授張忠棟於6月11日病逝；自詡為「台灣國民」的廖中山教授，於10月7日病逝。美麗島政團的龍頭老大、前民進黨主席黃信介先生，於11月30日病逝。「完美的人格者」魏廷朝先生則是毫無預警的情況下，於12月28日在晨跑中因心肌梗塞而去世。他們的去世，讓民進黨人士深深感慨歲月不饒人。

　　12月初，「美麗島事件20週年紀念系列活動」陸陸續續展開各項紀念活動。12月8日，姚嘉文、張俊宏、呂秀蓮、王拓、張富忠、范巽綠、林文珍、周慧瑛與李勝雄、張政雄律師等人，重回審判監禁現場「景美看守所」與「新店明德監獄」參觀。12月10日，民進黨在高雄市體育場舉辦美麗島20週年大型紀念晚會。

　　另外，由施明德發起、號召成立的「新台灣研究文教基金會」，則以三年時間、近兩千萬元的經費，完成「美麗島事件」的口述歷史研究，並由時報文化公司出版發行一套四大冊共五十五萬字的《珍藏美麗島，台灣民主歷程真記錄》。舉辦「美麗島事件20週年紀念系列活動」的同時，也為這套系列書籍舉辦一場新書發表會，讓這個歷史事件留下一個完整的圖文見證。

　　12月10日，台灣第一座人權紀念碑在綠島揭幕，李登輝總統親臨致詞。綠島，這個大部份的政治犯共同擁有慘痛記憶的台灣離

島，曾經讓多少政治犯生命停格的大牢籠，在歷經數十年的演變之後，國民黨政府終於被迫以正面的態度，在島上立下一座人權紀念碑。

2000年，21世紀初的第一年，台灣島內舉辦了一場真正燃起全民激情的總統大選。各個候選人的陣營，卯足了勁，拼命的衝刺。3月18日，台灣人民用選票實現了台灣歷史上第一次的政權和平移轉。陳水扁、呂秀蓮以497萬7737票數贏得勝選，獲得39.3%得票率，當選中華民國第10屆正副總統。

■1999年7月24日，由澄社社長瞿海源、立委蘇煥智發起「724廢國大、反黑金」大遊行。攝影/邱萬興

■2000年3月24日，泛藍群眾包圍國民黨中央黨部，要求李登輝總統辭去國民黨主席，由連戰代理黨主席。攝影/黃子明

許信良告別同志
民進黨提名陳水扁參選總統

1998年年底的北高市長選戰中，民進黨與台北市長陳水扁的競選團隊，在台北市長施政滿意度甚高的民調下，沒有料到竟會連任失敗。敗選後，陳水扁在他的卸任演說中，表示他將持續關心台灣前途，也要設法突破民進黨發展的瓶頸，同時他一再表示自己將沈潛一段時間，安排一場全台的學習之旅，到全台各地和當地人士交換意見，瞭解台灣各地亟需改善的問題。這場學習之旅，被公認為是陳水扁想參選總統的事前佈局。

其實，陳水扁敗選之後，身邊的幹部對陳水扁「是否要參選總統」一事，也有不同的看法。有人想說服陳水扁短期內不要再參選，免得政治資源一再耗盡；但也有人鼓勵陳水扁應「為民進黨而戰」，以陳水扁的旺盛人氣和企圖心，帶動黨內的選戰氣氛，即使2000年總統敗選，也還可以為2001年的縣市長大選，維繫住民進黨綠色執政的優勢。就在這兩種不同意見的交相衝擊之下，陳水扁傾向選擇後者。

在1998年年底的北高市長選戰開票當晚，許多台北市民到競選總部前為陳水扁加油打氣，同情、惋惜之聲，夾雜在鼓勵陳水扁參選總統的聲浪中。不久，各縣市陳水扁的支持者（即扁迷）要求陳水扁參

■民眾舉旗支持民進黨提名陳水扁參選總統。攝影/邱萬興

選總統的聲音越來越大，因此陳水扁於市長落選後，分別在北、中、南、高各舉辦了四場謝票晚會，各地的支持者也在此時，紛紛自行成立了挺扁的組織，亦即「扁友會」。「扁友會」從陳水扁的家鄉台南開始運作起，聲勢接連不斷，逐漸地整個南台灣都感受到「擁扁」的熱情與期待。

然而，民進黨內除了陳水扁之外，還有另一同志，很早

就有心想參選總統，那就是許信良。許信良在1998年卸下黨主席職務之後，即擔任「新興民族文教基金會」董事長，並在各縣市成立「新興民族分會」，做為布署總統大選的前哨部隊。誰也無法料到陳水扁敗選後，勸進陳水扁參選總統的聲浪甚囂塵上，讓許信良措手不及。

溝通失敗的許陳會

1999年，2月28日和3月14日，民進黨大老黃信介為此特地安排兩次協調會，希望許信良和陳水扁之間，可以用較圓滿的方式來解決總統候選人的問題。許信良希望用「總統候選人以協商或用黨徵召的方式」，且人選部份不必太早公布，以免給國民黨反制的機會；而陳水扁則不做此想，他認為應該「用黨的機制、民主的制度來解決人選問題」。陳水扁堅持要修改民進黨內的「四年條款」，並儘早確定人選。由於陳水扁和許信良的想法南轅北轍，所謂「許陳會」的溝通模式很快就失敗了。

　　許信良對民進黨中央處理2000年總統候選人的態度，產生了極度不滿，常用「理念不合」的字眼，暗示他已萌生退黨之意。陳水扁也因承受著許信良的退黨壓力，於1999年4月28日向民進黨中常會提出「宣布退選，支持許信良參選」的方案。

■在黃信介（中）的家中，許信良（左）與陳水扁（右）進行兩次協調，結果失敗。攝影/周嘉華

凍結「四年條款」

在同時面臨「許信良可能要退黨」及「陳水扁表示要退選」的狀況下，5月8日、9日民進黨在高雄召開「第8屆第2次全國代表大會」。

　　召開代表會之前民進黨中央於5月1日正式邀請黨內派系領袖，召開擴大會議，針對民進黨眼前的黨內危機充分討論。立委張俊雄在會中提出一項「臨時條款」，打算以「凍結四年條款」的方式，產生總統候選人的提名人選。若「四年條款」不凍結或修改，陳水扁無法代表民進黨參選總統。

　　這項提議當下就獲得派系共識，大家協定「臨時條款」暫時「凍結四年條款」，僅適用於2000年的總統大選。

　　5月4日，民進黨各派系大老聯合舉行記者會，正式提出完成連署的「臨時提名條例」，決定以幹部「推薦」取代「登記」制，若經五分之三的黨代表同意後，即產生總統候選

人。這個「臨時條款」很清楚地為陳水扁去除「四年條款」的限制，因此被認定是民進黨為陳水扁「量身訂做」的「特別法」。這樣一來，陳水扁才有其參選的正當性。

許信良退出民進黨

在得知陳水扁將獲得黨內許多同志的支持，掙脫束縛纏身的「四年條款」，且又有全台眾多「扁友會」會員的贊助聲勢，許信良自忖若繼續留在民進黨內，將沒有被提名參選總統的空間，因此，他決心退出民進黨。

　　5月7日，許信良在台北市中泰賓館發表《同志們，我們在此分手》的告別演說，宣布從此退出民進黨，並表示他將投入2000年總統大選。

　　5月8日，民進黨舉行第8屆第2次全國黨代表大會，在高雄市勞工行政中心召開，通過「台灣前途決議文」與「2000年總統、副總統候選人提名條

例」。針對黨內的總統候選人要參選「中華民國」總統，民進黨不得不修正原本「台獨黨綱」內的一些文字。最後在大會中通過：「台灣『固然』依憲法稱為中華民國，但和中華人民共和國互不統屬。」的「台灣前途決議文」。

李登輝提出特殊兩國論

7月9日，李登輝總統在接受德國之聲訪問時，提出台灣與海峽對岸的中國是「特殊國與國的關係」之論點。他並指示國大議長蘇南成將此「兩國論」精神作為修憲方向。

李登輝的這項政治聲明，很快就在國際間造成軒然大波，中共立刻跳腳，美國也來施壓，台灣股市隨之震盪，最後「兩國論」入憲的計畫不了了之。

民進黨提名陳水扁

7月10日，民進黨第8屆第1次臨時全會，現場391位黨代表一致通過提名陳水扁為總統候選人，推舉陳水扁參選2000年總統。早在被提名確定前，陳水扁的福爾摩沙基金會就一直低調運作著總統大選的事務，半年多以來，包括政治議題（確定所謂的新中間路線）、人事佈局等的安排，都陸陸續續進行著。

等到提名確定後，陳水扁的競選班底也開始正式運作。而民進黨中常會也於7月21日通過首波選戰指揮中心人事，由民進黨主席林義雄擔任選戰指

■許信良在台北中泰賓館舉行記者會，發表「同志們，我們在此分手」的脫黨聲明，宣布投入總統大選。攝影/周嘉華

揮中心總指揮，黨秘書長游錫堃擔任總發言人，張俊雄擔任總幹事，邱義仁擔任執行總幹事，張俊宏擔任策略會議召集人。

這些選戰團隊的核心領導人物，都是由陳水扁決定安排的。此外，李逸洋、林文淵、游盈隆、羅文嘉、簡錫堦、王拓等六人皆為副總幹事，分別擔任選戰事務中的不同任務。陳水扁的老師李鴻禧擔任助選團團長；陳定南擔任副團長。在這些主要的幹部架構之外，則另設國家藍圖委員會，由林嘉誠擔任執行長。

國民黨內部分裂
黨中央提名連戰
宋楚瑜堅持參選到底

民進黨的選戰機器早已開始運轉了一陣子之後，8月27日，國民黨15全大會才正式通過提名連戰、蕭萬長為總統、副總統候選人。然而國民黨內部也有相當大的候選人紛爭。

曾擔任國民黨秘書長的宋楚瑜，於1992年開始擔任台灣省主席，1994年當選為第一任民選省長。1988年蔣經國過世

之後，宋楚瑜算是國民黨內最支持李登輝的重大功臣，李登輝也因此重用宋楚瑜。本來擔任台灣省長多年的宋楚瑜，在省長任內以勤走基層、勤政愛民的形象，走遍全台309個鄉鎮，讓台灣人民感受到他執政的意圖，因而奠定很好的民意基礎。這也讓宋楚瑜信心滿滿地往參選總統的方向去規畫。

然而，1997年在朝野共識下做出「凍省」決定後，省政府就被「虛級化」。在省政府被「虛級化」的過程中，宋楚瑜曾因此與以黨主席李登輝為首的國民黨中央發生嚴重的衝突。宋楚瑜在1998年底省長任期結束後，離台赴美與其子相聚，他和國民黨中央也漸行漸遠。

1999年初，宋楚瑜返台後，企圖與國民黨中央溝通協調，卻是屢遭挫折。原本黨內幹部也曾表示支持「連宋配」，然而李登輝不表支持。宋楚瑜因此在1999年的5月，開始釋放他要參選總統的政治意願。

世紀末的超級大地震

1999年9月21日，台灣發生非常嚴重的7.3級「九二一集集大地震」，這也是台灣有史以來最嚴重的一次地震，逾2400人死亡。政府與民間全力投入救災工作。而執政黨則在此時因緣際會地讓副總統連戰強勢在電子媒體上曝光。不過由於國民黨在遭遇重大事件時的應變能力並不理想，九二一大地震後，災民反而對執政黨慢半拍的救災舉動怨聲連連，連戰並未因此而獲得台灣人民

的支持。

一心要參選總統的宋楚瑜，在確定國民黨內提名無望後，積極尋找競選搭檔，最後，物色到本省籍的長庚大學院長張昭雄作為其副手。宋楚瑜希望以張昭雄的身份背景，吸引更多本省籍的選民支持，而宋楚瑜和張昭雄的民調也果然居高不下。不過，到了1999年12月9日，宋楚瑜涉及的「興票案」被揭發後，總統大選的

情勢大為逆轉。

1999年12月9日，國民黨楊吉雄立委在立法院召開記者會，揭發宋楚瑜的兒子宋鎮遠在中興票券公司的帳戶裡有不明的上億資金，要求宋楚瑜說明資金來源，引爆「興票案」風波。由於宋楚瑜的回應與解釋完全無法讓台灣人民信服，使得他的民調與聲勢迅速往下滑落。

■民進黨縣市長全力支持陳水扁參選總統，左起張燦鍙、廖永來、謝長廷、陳水扁、蘇貞昌、余政憲、蔡仁堅。攝影/周嘉華

■5月8日，民進黨舉行第8屆第2次全國黨代表大會，在高雄市勞工行政中心召開，通過「台灣前途決議文」與「2000年總統、副總統候選人提名條例」。攝影/邱萬興

1933～1999

自由主義學者──張忠棟教授

在台灣崎嶇坎坷的民主運動道路上，張忠棟教授曾以明知不可為而為之的率性，展現一個正直知識份子的風骨，投身民主改革運動。對於時政，他不斷提出真摯的呼喚、痛切的針砭。在台灣民主運動的過程中，從一個所謂的「外省籍」教授，轉變成一個徹底支持台灣獨立的「新台灣人」，張忠棟教授的言行思想一直是隨著時代改變而自我調整。不論是早年處身在國民黨，或是後來加入民進黨，甚至到最後因理念不合而脫離民進黨，張忠棟教授始終是言行一致的自由主義學者。

張忠棟，1933年出生於漢口市。1949年來到台灣，唸完台南二中，考上台大歷史系。大學畢業、服役後，曾任教於新竹中學。1959年考上台大歷史系研究所，獲碩士學位後，在系裡任教。隨後又前往美國，取得密西根州立大學歷史學碩士、博士學位。1973年返台，在母校、母系講授美國史、美國外交史、中美關係史等課程，並兼任中研院美國文化研究所研究員。

1975年10月，在楊國樞、胡佛等台大教授的邀請下，張忠棟加入《中國論壇》的編輯委員會，開始以溫和理性的方式臧否國是。美麗島事件發生之前，台灣政治的戒嚴氛圍肅殺，張忠棟經常挺身而出，宣揚自由主義的理念，力主台灣應該民主化。

1979年12月，美麗島事件發生後，張忠棟、楊國樞、胡佛、李鴻禧等四位「自由主義」學者的台大教授，企圖發表一份聲明，呼籲國民黨政府「明辨事實真相，不要趕盡殺絕」，來營救黨外人士。這份聲明後來因聯合報與國民黨當局的封殺而無法刊出。這四位台大教授因此被國民黨軍方以及保守份子視為眼中釘，甚至被封為自由主義的「四大寇」、「四大毒草」。自此之後，這幾個教授在戒嚴時期參加民主運動的過程中，備受國民黨情治機關的騷擾和打擊。

八○年代之後，台灣黨外運動風起雲湧，張忠棟則試圖站在「自由主義」的立場，協助黨外，制衡國民黨，並要求國民黨貫徹民主憲政。「黨外公政會」得以順利成立，張忠棟、楊國樞、胡佛、李鴻禧等四人居中協調，出力不少。1986年，民進黨突破黨禁之後，張忠棟教授更是毫不保留地為民進黨人士助選站台。

在台灣的民主浪潮裡，張忠棟教授的身影幾乎是不曾缺席的。

■1989年張忠棟教授攝於「修改大學法」活動。攝影/邱萬興

1989年，要求修改「大學法」；1990年，要求「反軍人干政」的示威抗議活動中，都可以看到張忠棟教授積極投入與參與。

隨著台灣政治民主化的進展，民進黨的政治理念也從要求「民主」，漸漸轉變為要求「台灣獨立」。過去幾位曾在戒嚴時代極力主張自由主義的外省籍學者，卻在台灣獨立的聲浪高漲時退縮卻步，只有張忠棟教授例外。張忠棟教授堅持「自由主義」的理念不變，卻在台灣的統獨論戰之爭中，更有其「大是大非」的明確抉擇。

1990年12月，第一個認同台灣獨立理念的學術團體「台灣教授協會」在籌備創會期間，討論創會宗旨。張忠棟教授曾發言明講：「『認同』這兩個字，用字太不積極，應該改成『促進』台灣主權獨立才夠積極。」接著，張忠棟教授毫不遲疑地加入「台灣教授協會」。

1991年4月，張忠棟教授因看不慣國民黨「踐踏民主憲政」的作法，憤而退出中國國民黨。1991年8月，張忠棟教授加入民進黨，並積極參與在8月召開的「人民制憲會議」，參與「台灣憲法草案」的研議。1991年年底，張忠棟教授獲民進黨提名並當選為不分區國代。1991年9月，張忠棟教授抱病參加廢除惡法刑法一○○條的「一○○行動聯盟」靜坐行動。在靜坐示威中，身體虛弱的他被警察強行抬走，但其堅毅不拔而抵抗強權的神情，卻是令人動容。

1992年4月21日，在民進黨推動的「總統直選運動」大遊行中，張忠棟教授帶領群眾高呼「總統直接民選」、「台灣獨立建國」的口號。1992年8月23日，他加入「『外省人』台灣獨立協進會」。

張忠棟教授後來因罹患肝癌，身體違和。患病期間，他仍熱心參與各種有關「民主」、「憲政改革」及「台灣獨立」的群眾運動。有一次在中山足球場的一場大型的演講會上，張忠棟抱病上台，第一句話就用慢條斯理的口氣對民眾說：「各位父老兄弟姊妹，非常抱歉，我因為剛從醫院出來，打過的麻醉針還沒有完全退，現在嘴唇還是麻麻的，不能完全控制，如果說話不清楚，請大家多多原諒。」話一說完，全場報以如雷的掌聲。張忠棟教授為台灣民主、獨立運動的這份心力，讓台灣人民深深感動不已。

有一次聚會中，張忠棟教授和同樣罹患肝癌、熱衷台灣獨立運動的林永生碰面。因為兩人初次見面，李筱峰教授便從旁介紹他們兩人互相認識。張忠棟教授和林永生寒暄後，得知林永生也患了相同的病症，就握起林永生的手，笑著說：「我們倆真是雙重同志。」

1997年，國民黨、民進黨兩黨聯合修憲期間，張忠棟教授因理念不合而選擇離開民進黨，但他的理念仍深受民進黨人士的敬重。

1999年6月11日，張忠棟教授病逝於台大醫院，遺體捐給台大醫院。張忠棟教授過世後，親友依其生前意志，不發訃文、不舉行公祭，僅於6月19日在台北市和平東路的靈糧堂舉行簡單而隆重的告別儀式。

■張忠棟擔任民進黨不分區國代，參與推動總統直選活動。
攝影/周嘉華

1928～1999

永遠令人懷念的信介仙

◎張俊宏

圖片提供/黃天福

黃信介先生，1928年8月20日誕生於台北大龍峒，1999年11月30日病逝，享年72歲。

先生為台灣的民主化運動，在一波一波苦難時代的衝擊下，投注一生的生命，經歷三十年艱辛的奔波奮鬥，終為台灣完成和平的民主革命。其所完成的功業，實乃空前，在當代台灣民主運動史上堪稱第一領導者。

信介先生是黃火炎先生和連好夫人的二公子。大概是他自幼生性豁達又好冒險，12歲便獨自一人到日本去半工半讀，渡過他少年冒險的求知生涯。21歲考取北京大學，本想到中國進一步進修，奈何中國突然變色，才又回頭就讀於台北行政專校，專校改制為法商學院後，他又修完大學課程。26歲與張月卿女士結婚，育有二男三女，夫妻倆攜手共同走過42個年頭不平凡的人生。

時代歷史背景

先生經歷日本殖民統治及國民黨專政之戒嚴統治兩個時代。自1920年代以來，受到台灣議會請願運動的影響，加上文化協會的啟蒙深耕，歷經「治警事件」、「二林事件」、「台灣鐵工所事件」的衝擊，日治時代下的台灣「先覺者」，終於逐步推展到提出「台灣人的要求」及展現台灣人尊嚴的近代民族運動，以期追求台灣人在政治、經濟、社會的真正解放。

由於歷史的偶然，這個運動的本身在強化對中山先生革命認同的同時，也強化對漢民族的認同，這也是為什麼二次世界大戰後，台灣人民會熱烈歡迎所謂「祖國」國軍到來的主因。

但是，當中國對台灣的「接收」變成二二八「劫收」的慘劇，台灣菁英幾乎被掃除屠殺殆盡，其所造成的歷史斷層，使台灣人從此視中國如猛獸，視政治如蛇蠍，影響所及，台灣人民在數十年的寒冬中噤若寒蟬。

此時期國民黨以戒嚴加上「動員戡亂時期臨時條款」的雙重枷鎖，使得台灣人民在日治時代得以享有的基本人權及組黨權利，被

■黃信介與張月卿伉儷於婚禮中的儷影。信介仙說，信介嫂經常「督促」信介仙參與黨外活動，不容怠惰。圖片提供/黃天福

徹底的剝奪，也就在這台灣現代民族及民主運動史上最寒冷的冬夜，台灣乃出現以「黨外人士」為名的「民主運動」。

黨外，代表國民黨高壓統治下的異議人士，他們延續著歷史的追求；在恐怖時代中，最凸顯的歷史追求便是民主，黨外人士以無比的膽識和決心，無畏國民黨的威脅恐嚇，在不同的時間、不同的地點或發出擲地有聲的批判，或採取果敢反抗的行動，雖然不足以對國民黨政權構成全面性或根本性的挑戰，但卻昂然克盡延續歷史追求、承擔民主香火的重責大任。

這便是信介先生所處的歷史環境。

雷震後的少壯派

信介先生從熱心助選開始，即與黨外人士接軌，33歲初次當選台北市議員時，即熱心參與雷震、高玉樹、李萬居、郭雨新等人的組黨運動。但雷震被抓之後，黃信介、李秋遠、李福春等被稱為少壯派的人士仍然繼續零星維繫串聯組黨活動，直到蘇東啟、許一君、陳益勝、黃華相繼被捕後，反對運動才幾乎完全停寂。

最年輕的終身立委

1969年，信介先生41歲，當選當時最年輕的第一屆補選立委，實質上就是終身不必改選的立委。當別人以這種身份終身享用不盡時，他卻不顧險阻以此推動整合黨外人士和知識界，展現變相組黨的雄心。

以此為起點，他發掘康寧祥，結合郭雨新，從台北開始串聯黨外，並推出人選參與公職選舉，1972年助康寧祥當選增額立委，1973年和康寧祥共同推出張俊宏、王昆和等四位競選台北市議員，

■自日返台後，曾短暫於台灣銀行工作，這是信介仙在台灣此生僅有的上班族生涯。此照中信介仙手持俗稱「盒子砲」的毛瑟手槍，是他向警衛（坐者）借來作為拍照道具。
圖片提供/黃天福

■1959年信介仙競選首任市議員時，在延平北路一帶遊行拜票，信介仙一生政治史從此開啟。
圖片提供/黃天福

一度將黨外選舉運動推到新高潮,此時期,他如同冬夜裡焚香育苗的園丁,在全國各個角落播種。

第一本雜誌─台灣政論

圖片提供/張富忠

從1975年到1979年,更是信介先生在群雄並起的黨外人士中,逐步奠定成為黨外領導者,及美麗島大家長的關鍵年代。

1975年8月,《台灣政論》創刊,信介先生任發行人,康寧祥為社長,張俊宏任總編輯,張金策和剛出獄的黃華則出任副總編輯。這是繼《自由中國》和《大學雜誌》之後,純粹由台灣知識青年與傳統黨外民主運動者首度攜手聯合創辦的第一本最具影響力的雜誌,亦可說是美麗島雜誌的前身。發行之後迅速成長,兩個月後,發行量已由一萬本升至五萬本,而且每期皆須加印前數期,很快地,雜誌社儼然有如黨外總部。這種形式當然不為當時蔣經國所能忍受,是年12月底增額立委改選後,《台灣政論》立刻遭到停刊。

黨外助選團─黨外黨的雛型

1977年,台灣同時舉行五項選舉,信介先生與康寧祥等全台助選,黨外獲得空前的大勝利。受到勝選的鼓舞,在1978年增額立委與國代的改選中,信介先生更進一步籌組「黨外助選團」,提出共同政見,成立競選總部,並負擔一切費用。這是創舉,也是組織黨外黨的雛型。然而就在此時,蔣經國藉著台美斷交宣布停止選舉,傳統反對運動主軸與功能乃是選舉,一旦中斷,四方崛起的人才可能四散,此時信介先生則登高一呼,於同年指定許信良、張俊宏、林義雄、姚嘉文、施明德等五人小組,籌劃下階段走向,是往後組織化抗爭創造燦爛的民主火花極重要的決定。

美麗島事件─台灣民主化的重要分水嶺

1979年余登發事件爆發後,余氏父子被捕,黨外人士發起戒嚴令下第一次的橋頭遊行。同年8月,信介先生創辦《美麗島雜誌》並任發行人,許信良任社長,呂秀蓮、黃天福任副社長,張俊宏任總編輯,施明德任總經理,姚嘉文、林義雄任美麗島發行管理委員。

雜誌社在各地設分社,成立服務處,儼然有如政黨組織。發行數量迅速成長到十四萬本,並相繼在各地舉辦各種活動,直到同年12月10日在高雄舉辦國際人權紀念活動,遭國民黨誘捕大計劃的陷阱,爆發了舉世轟動的美麗島高雄事件。

這是台灣民主化的分水嶺。四、五十人被判刑,總共被判二百五十年,林義雄先生甚至遭到滅門的慘劇。但是美麗島事件換來了世界對台灣極權政治的注目,而且在法庭上論辯的觀點,啟發了很

■黃信介一生為台灣民主運動奮鬥。
攝影/邱萬興

多下一代年輕人對政治的關心與投入，並為日後台灣的政治發展確定了主軸方向。

　　經過20年之後，從黨外時代所提出的各項訴求，包括解除戒嚴、開放黨禁、報禁、國會全面改選、省、市長民選、總統民選、確保言論結社自由等，皆已一一實現。信介先生在這樣的美麗時刻，於美麗島事件20週年前夕離開，就好像英國首相邱吉爾於悼念美國羅斯福總統逝世時所形容的：「他聽到了勝利的聲音，也看到了勝利的翅膀。」辛苦一生，信介先生終於看到了他奮鬥的成果！

民進黨—美麗島政團的延續

美麗島政團主角在獄中受難時，以受難家屬及辯護律師為主的黨外人士繼續黨外活動，1986年9月28日終於冒險創立民主進步黨。這自然是與美麗島政團血肉相連，所以當1987年信介先生出獄後，很快便成為民進黨黨主席。

擔任黨主席—領導實現台灣民主

擔任民進黨黨主席的職位，代表信介先生整合黨外運動的終點站。從黨外發展的歷史來看，他實在比任何一位民進黨黨主

■人氣最佳的歐吉桑。攝影/邱萬興

■黃信介與夫人一起上街參
加台中公投大遊行。
攝影/邱萬興

席有更深厚的感情、體認與貢獻。在任內,他致力解決黨的財務危機,努力建立黨的典章制度,採取黨內初選制,融合議會路線與街頭路線。在國會全面改選和總統直選的吶喊中,他走到第一線帶頭靜坐;同時卻又排除萬難,力主參加國是會議,並以民進黨所提出的「民主大憲章」為基本架構,廣邀海內外在野人士,組成在野改革聯盟,終使國是會議接受「總統由公民選舉產生」的共識,而為總統直選制度奠立最堅定的基礎。

復職·辭職·「元帥東征」又就職

信介先生本來因為美麗島事件被判叛亂罪,已失去終身立委資格,卻因李登輝總統的特赦使其復職,但僅復職40分鐘,他在立法院向老立委演說「請與我一同告別舊時代」後,又宣布辭去立委。

　　1992年底,因為從黨外到民進黨,向來沒有人可能在花蓮當選立委,那是民進黨第一高難度選區,因此中執會敦請最高知名度的黃信介先生去開拓,亦即「元帥東征」。他不但不負眾望,而且還在那裡抓到國民黨作票證據,那是五十年來第一次,而他也因此再度當選了新立委。

台灣人民及台灣歷史的共同資產
—我們永遠懷念的信介仙

信介先生是一位宅心仁厚的「歐吉桑」,讓任何人覺得他是他們的鄰居,濃厚草莽性格,不時流露出率直樸真的性格,口無遮攔卻出口即為頭版條。尤值稱道者,黃夫人的細膩與對大是大非的堅持,以及子女的孝順,不僅使他無後顧之憂,更給他極大的助力。他擅長發掘人才,肯出錢出力培養並提拔菁英;他是最能領導菁英的領導人,是最能帥將之帥;無所不包成就他的大度,知人善任成就他的大智。這就是信介先生從黨外人士群雄並起脫穎而成黨外領導者,美麗島大家長,再進而為民進黨的永遠黨主席,今天更從民進黨的黃信介變成台灣的黃信介。

　　戰後半世紀的漫長歷史旅程上,信介先生以一介布衣,歷經三十年的艱辛奮鬥,領導台灣走向和平民主立國,堪稱台灣民主運動史上的第一領導人。黃信介先生是台灣人民及台灣歷史的共同資產。我們永遠懷念他。

政治家一定要很仁慈,
比醫生還要仁慈看到別人痛苦,
就像看到自己親人的痛苦,
有這種心才能當政治家
—黃信介—

服務處:花蓮縣吉安鄉自強路292號
電話:(038)532601
FAX:(038)532602

■1992年黃信介競選花蓮縣
立委名片。傳單提供/邱萬興

美麗島事件
20週年紀念系列活動

美麗島事件（1979年12月10日）20週年紀念活動前夕，民進黨前主席、總統府資政黃信介先生，於1999年11月30日因突發的心肌梗塞，病逝於台大醫院。民進黨決定在各地縣市黨部，為黃信介降下半旗，以懷念這位民進黨「永遠的精神領袖」。

走過歷史傷痕

在20週年紀念系列活動中，因美麗島事件入獄服刑的姚嘉文、張俊宏、呂秀蓮、王拓、張富忠、范巽綠、林文珍、周平德與辯護律師李勝雄、張政雄等人，於1999年12月8日重回審判監禁現場，並參觀當年曾羈押他們的「景美看守所」、「新店明德監獄」，重新走一遍當初踏入牢房的路，審視自己被關過的牢房。

此外，美麗島事件主角之一的施明德，則是在立委任內成立了一個「新台灣研究文教基會」，以三年時間，12名研究員，訪問了95位相關人士，除了訪問當年參與的黨外人士之外，也訪問國民黨人士與情治系統的人，共紀錄600萬字。這份口述歷史研究，以呈現事件

■民進黨宣布舉辦「美麗島事件20週年紀念系列活動」，追思民進黨前主席黃信介先生。攝影/邱萬興

■由施明德發起的新台灣研究文教基金會出版《珍藏美麗島──台灣民主歷程真記錄》新書發表會。攝影/邱萬興

■12月10日，歷史終究是美麗的，我們還是會歡喜的走下去，民進黨在高雄市體育場舉辦美麗島20週年大型紀念晚會。攝影/邱萬興

■左起林文郎、施明德、張俊宏、姚嘉文、黃信介、許信良、黃天福、呂秀蓮等人，於11月初重回台北市仁愛路美麗島雜誌社前拍照。攝影/邱萬興

■12月8日，（左起）張政雄、張富忠、范巽綠、張俊宏、王拓、姚嘉文、林文珍、周平德與李勝雄等人，重回審判監禁現場「景美看守所」與「新店明德監獄」參觀。攝影/邱萬興

■呂秀蓮（中）手拿當年美麗島大審判報導，與左起姚嘉文、王拓、周平德、林文珍回到景美軍事法庭。攝影/邱萬興

原貌為其主要目的。這一套經過整理後的《珍藏美麗島，台灣民主歷程真記錄》，共分為四大冊，五十五萬字，在美麗島事件20週年前夕集結成書並舉行一場新書發表會，同時由「時報文化公司」出版發行。

我們會歡喜的走下去

12月10日世界人權日，高雄市長謝長廷與美麗島成員陳菊、周平德、楊青矗、邱垂貞、黃昭輝等人，身披紅黃綠三色彩帶，重回高雄中正路、中山路美麗島（高雄）事件的事發現場，以鮮花、音樂、藝術交織，將二十年前為台灣民主人權付出血淚代價的民主鬥士之精神，重現在二十年後的高雄圓環。

希望台灣不再有恐懼、有暴力、有對立

當年美麗島事件當事人與辯護律師都聚集於高雄，參加民進黨在高雄市立體育場所舉辦「美麗島20週年大型紀念暨紀念黃信介晚會」。

美麗島事件辯護律師陳水扁和美麗島事件當事人呂秀蓮，攜手投入2000年總統大選，當年的辯護律師謝長廷、蘇貞昌是民進黨競選總統委員會主任委員，張俊雄是陳水扁的競選總幹事。

2000

政黨輪替 政權和平移轉

世紀之戰
台灣首次政權和平轉移

2000年年初，有心參選總統的各組人馬不管是在各黨派中經過激烈廝殺後脫穎而出，或是乾脆堅持脫黨自行參選，大致都已敲定，共有五組正副人選。分別為民進黨提名陳水扁、呂秀蓮；國民黨提名連戰、蕭萬長；退出國民黨的宋楚瑜、張昭雄；新黨徵召的李敖、馮滬祥；退出民進黨的許信良和退出新黨的朱惠良。

2月20日，台灣的電視媒體首次舉辦總統大選「世紀之戰」的電視政見發表會，上述五組人馬一一在電視上侃侃而談各自的政治理念與治國之道。發表會當天，全台的人民都專注地守在電視機前，觀看這場世紀政見發表會。

連戰因在1999年「九二一大地震」的救災過程中表現不佳，即使下鄉視察仍是無法體恤民情，因此他的民調與支持度一直無法往上提升。而宋楚瑜自「興票案」爆發後，個人信用遭到質疑，民調與支持度也不斷流失。民進黨的氣勢因而逐漸上揚，尤其在3月10日，陳水扁公布第一波國政顧問團名單後，聲勢更是高漲，而與宋楚瑜不相上下，有的媒體甚至評論這場總統大選為「兩強相爭」。

陳水扁公布的第一波國政顧問團名單包括中央研究院院長李遠哲、奇美企業董事長許文龍、宏碁電腦董事長施振榮、長榮航運董事長張榮發、大陸工程董事長殷琪等人。原本和民進黨保持距離的學術文化界、工商企業界，對民進黨的支持度也愈來愈明顯。

■2000年總統大選，使全台灣沸騰起來，阿扁選前造勢之夜動員數十萬群眾，撼動了整個中山足球場。
攝影/邱萬興

■陳水扁的《台灣之子》新書，榮登全國各大書局暢銷書排行榜第一名。
攝影/周嘉華

■陳水扁以「年輕台灣、活力政府」為競選主軸,推出「和平新世紀、安定大賺錢」主張。攝影/邱萬興

■民進黨推舉陳水扁參選2000年總統。攝影/邱萬興

■總統候選人宋楚瑜與張昭雄最後因「興票案」的影響，終致以三十萬票差距落敗。攝影/黃子明

■國民黨正副總統候選人連戰、蕭萬長在中正紀念堂造勢晚會中，連袂爭取選民支持。攝影/黃子明

■2000年2月20日，總統大選「世紀之戰」首次電視政見發表會，五位總統候選人左起宋楚瑜、連戰、李敖、許信良、陳水扁，先禮後兵進行電視發表會。攝影/黃子明

　　3月15日，中國總理朱鎔基在人民大會堂舉行中外記者會，發表恫嚇台獨的強硬警告：「誰要進行台灣獨立，就沒有好下場！」要台灣選民做出「明智的歷史抉擇」。這樣的惡意恐嚇，更讓台灣人民決心團結以選票來對抗中共的囂張。

　　3月18日，陳水扁、呂秀蓮以497萬7737票贏得勝選，獲得39.3％得票率，當選中華民國第10屆正副總統。相較之下，宋楚瑜、張昭雄獲466萬多票，連戰、蕭萬長只獲292萬票。陳水扁、呂秀蓮雖然只贏了宋楚瑜、張昭雄三十多萬票，然而，台灣人民還是用「選票」實現了台灣歷史上第一次的政權和平移轉。

　　選後，部份國民黨的黨員及其支持的群眾，因不滿選舉結果，包圍國民黨中央黨部。而後台北市長馬英九出面安撫群眾，親自前往李登輝的總統官邸求見，希望李登輝處理群眾的情緒。李登輝以要休息為由，拒絕了馬英九的要求。馬英九返回群眾抗議現場，但隨即遭群眾「丟雞蛋」伺候。直到3月24日，李登輝總統辭去國民黨主席，由連戰代理黨主席，包圍國民黨中央黨部的群眾才逐漸散去。

　　5月20日，陳水扁、呂秀蓮就職第10任總統、副總統。陳水扁總統發表「台灣站起來──迎接向上提升的新時代」就職演說。陳水扁總統同時發表其「四不一沒有」主張，表示「只要中共無意對台動武，保證在任期之內，不會宣布獨立，不會更改國號，不會推動兩國論入憲，不會推動改變現狀的統獨公投，也沒有廢除國統綱領與國統會的問題」。

■民進黨總統勝選之夜，在台北市民生東路競選總部前，陳水扁、呂秀蓮在五彩繽紛的彩帶飄落下向支持群眾揮手致意，現場許多支持者當場喜極而泣。 攝影/黃子明

285

台灣站起來
迎接向上提升的新時代
中華民國第十任總統陳水扁就職演說

各位友邦元首、各位貴賓、各位親愛的海內外同胞：

這是一個光榮的時刻，也是一個莊嚴而充滿希望的時刻。

感謝遠道而來的各位嘉賓，以及全世界熱愛民主、關心台灣的朋友，與我們一起分享此刻的榮耀。

我們今天在這裡，不只是為了慶祝一個就職典禮，而是為了見證得來不易的民主價值，見證一個新時代的開始。

在二十一世紀來臨的前夕，台灣人民用民主的選票完成了歷史性的政黨輪替。這不僅是中華民國歷史上的第一次，更是全球華人社會劃時代的里程碑。台灣不只為亞洲的民主經驗樹立了新典範，也為全世界第三波的民主潮流增添了一個感人的例證。

中華民國第十任總統選舉的過程讓全世界清楚的看到，自由民主的果實如此得來不易。兩千三百萬人民以無比堅定的意志，用愛弭平敵意、以希望克服威脅、用信心戰勝了恐懼。

我們用神聖的選票向全世界證明，自由民主是顛撲不滅的普世價值，追求和平更是人類理性的最高目標。

公元2000年台灣總統大選的結果，不是個人的勝利或政黨的勝利，而是人民的勝利、民主的勝利。因為，我們在舉世注目的焦點中，一起超越了恐懼、威脅和壓迫，勇敢的站起來！

台灣站起來，展現著理性的堅持和民主的信仰。
台灣站起來，代表著人民的自信和國家的尊嚴。
台灣站起來，象徵著希望的追求和夢想的實現。

親愛的同胞，讓我們永遠記得這一刻，永遠記得珍惜和感恩，因為民主的成果並非憑空而來，而是走過艱難險阻、歷經千辛萬苦才得以實現。如果沒有民主前輩們前仆後繼的無畏犧牲、沒有千萬人民對於自由民主的堅定信仰，我們今天就不可能站在自己親愛的土地上，慶祝這一個屬於全民的光榮盛典。

今天，我們彷彿站在一座嶄新的歷史門前。台灣人民透過民主錘鍊的過程，為我們共同的命運打造了一把全新的鑰匙。新世紀的希望之門即將開啟。我們如此謙卑，但絕不退縮。我們充滿自信，但沒有絲毫自滿。

從三月十八日選舉結果揭曉的那一刻開始，阿扁以最嚴肅而謙卑的心情接受全民的付託，誓言必將竭盡個人的心力、智慧和勇氣，來承擔國家未來的重責大任。

■2000年台灣人民用選票實現了台灣歷史上第一次的政權和平移轉，5月20日，陳水扁、呂秀蓮就職中華民國第10屆正副總統。攝影/黃子明

　　個人深切的瞭解，政黨輪替、政權和平轉移的意義絕對不只是「換人換黨」的人事更替，更不是「改朝換代」的權力轉移，而是透過民主的程序，把國家和政府的權力交還給人民。人民才是國家真正的主人，不是任何個人或政黨所能佔有；政府是為人民而存在的，從國家元首到基層公務員都是全民的公僕。

　　政黨輪替並不代表對於過去的全盤否定。歷來的執政者為國家人民的付出，我們都應該給予公正的評價。李登輝先生過去十二年主政期間所推動的民主改革與卓越政績，也應該獲得國人最高的推崇與衷心的感念。

　　在選舉的過程中，台灣社會高度動員、積極參與，儘管有不同的主張和立場，但是每一個人為了政治理念和國家前途挺身而出的初衷是一樣的。我們相信，選舉的結束是和解的開始，激情落幕之後應該是理性的抬頭。在國家利益與人民福祉的最高原則之下，未來不論是執政者或在野者，都應該能不負人民的付託、善盡本身的職責，實現政黨政治公平競爭、民主政治監督制衡的理想。

　　一個公平競爭、包容信任的民主社會，是國家進步的最大動能。在國家利益高於政黨利益的基礎之上，我們應該凝聚全民的意志與朝野的共識，著手推動國家的進步改革。

　　「全民政府、清流共治」是阿扁在選舉期間對人民的承諾，也是台灣社會未來要跨越斷層、向上提升的重要關鍵。

　　「全民政府」的精神在於「政府是為人民而存在的」，人民是國家的主人和股東，政府的施政必須以多數的民意為依歸。人民的利益絕對高於政黨的利益和個人的利益。

　　阿扁永遠以身為民主進步黨的黨員為榮，但是從宣誓就職的這一刻開始，個人將以全部的心力做好「全民總統」的角色。正如同全民新政府的組成，我們用

人唯才、不分族群、不分性別、不分黨派，未來的各項施政也都必須以全民的福祉為目標。

「清流共治」的首要目標是要掃除黑金、杜絕賄選。長期以來，台灣社會黑白不分、黑道金權介入政治的情況已經遭致台灣人民的深惡痛絕。基層選舉買票賄選的文化，不僅剝奪了人民「選賢與能、當家作主」的權利，更讓台灣的民主發展蒙上污名。

今天，阿扁願意在此承諾，新政府將以最大的決心來消除賄選、打擊黑金，讓台灣社會徹底擺脫向下沈淪的力量，讓清流共治向上提升，還給人民一個清明的政治環境。

在活力政府的改造方面，面對日益激烈的全球化競爭，為了確保台灣的競爭力，我們必須建立一個廉潔、效能、有遠見、有活力、有高度彈性和應變力的新政府。「大有為」政府的時代已經過去，取而代之的應該是與民間建立夥伴關係的「小而能」政府。我們應該加速精簡政府的職能與組織，積極擴大民間扮演的角色。如此不僅可以讓民間的活力盡情發揮，也能大幅減輕政府的負擔。

同樣的夥伴關係也應該建立在中央與地方政府之間。我們要打破過去中央集權又集錢的威權心態，落實「地方能做、中央不做」的地方自治精神，讓地方與中央政府一起共享資源、一起承擔責任。無論東西南北、不分本島離島，都能夠獲得均衡多元的發展，拉近城鄉之間的距離。

當然，我們也應該瞭解，政府不是一切問題的答案，人民才是經濟發展與社會進步的原動力。過去半個世紀以來，台灣人民靠著胼手胝足的努力創造了舉世稱羨的經濟奇蹟，也奠定了中華民國生存發展的命脈。如今，面對資訊科技日新月異以及貿易自由化的衝擊，台灣的產業發展必然要走向知識經濟的時代，高科技的產業必須不斷創新，傳統的產業也必然要轉型升級。

未來的政府並不一定要繼續扮演過去「領導者」和「管理者」的角色，反而應該像民間企業所期待的，政府是「支援者」和「服務者」。現代政府的責任在於提高行政的效能、改善國內的投資環境、維持金融秩序與股市的穩定，讓經濟的發展透過公平的競爭走向完全的自由化和國際化。循此原則，民間的活力自然能夠蓬勃興盛，再創下一個階段的經濟奇蹟。

除了鞏固民主的成果、推動政府的改造、提昇經濟的競爭力之外，新政府的首要施政目標應該是順應民意、屬行改革，讓這一塊土地上的人民生活得更有尊嚴、更有自信、更有品質。讓我們的社會不僅安全、和諧、富裕，也要符合公平正義。讓我們的下一代在充滿希望與快樂的教育環境中學習，培養國民不斷成長的競爭力。

二十一世紀將是強調「生活者權利」、「精緻化生活」的時代。舉凡與人民生活息息相關的治安改善、社會福利、環保生態、國土規劃、垃圾處理、河川整治、交通整頓、社區營造等問題，政府都必須提出一套解決方案，並透過公權力徹底加以落實。

當前我們必須立即提昇的是治安改善與環境保護這兩大生活品質的重要指標。建立社會新秩序，讓所有的老百姓都能安居樂業，生活沒有恐懼。在生態保育與經濟發展之間取得相容的平衡點，讓台灣成為永續發展的綠色矽島。

司法的尊嚴是民主政治與社會正義的堅強防線。一個公正、獨立的司法體系不僅是社會秩序的維護者，也是人民權益的捍衛者。目前司法的改革還有一段很

長的路要走，國人必須繼續給予司法界嚴格的督促與殷切的期盼，在此同時，我們也應該節制行政權力，還給司法獨立運作、不受干擾的空間。

　　台灣最重要的資源是人力的資源，人才是國家競爭力的根本，教育是「藏富於民」的百年大計。我們將儘速凝聚朝野、學界與民間的共識，持續推動教改的希望工程，建立健康、積極、活潑、創新的教育體制，使台灣在激烈的國際競爭力之下，源源不斷地培育一流、優秀的人才。讓台灣社會逐漸走向「學習型組織」和「知識型社會」，鼓舞人民終身學習、求新求變，充分發揮個人的潛力與創造力。

　　目前在全國各地普遍發展的草根性社區組織，包括對地方歷史、人文、地理、生態的探索和維護，展現了人文台灣由下而上的民間活力。不管是地方文化、庶民文化或者精緻文化，都是台灣文化整體的一部份。台灣因為特殊的歷史與地理緣故，蘊含了最豐美多樣的文化元素，但是文化建設無法一蹴可幾，而是要靠一點一滴的累積。我們必須敞開心胸、包容尊重，讓多元族群與不同地域的文化相互感通，讓立足台灣的本土文化與華人文化、世界文化自然接軌，創造「文化台灣、世紀維新」的新格局。

　　去年發生的九二一大地震，讓我們心愛的土地和同胞歷經前所未有的浩劫，傷痛之深至今未能癒合。新政府對於災區的重建工作刻不容緩，包括產業的復甦和心靈的重建，必須做到最後一人的照顧、最後一處的重建完成為止。在此，我們也要對於災後救援與重建過程中，充滿大愛、無私奉獻的所有個人與民間團

■陳水扁總統陪同李前總統步出總統府大門，接受群眾的歡呼，李前總統則感謝全國同胞的支持與愛護。攝影/黃子明

傳單提供/民進黨中央黨部文宣部

體，再次表達最高的敬意。在大自然的惡力中，我們看到了台灣最美的慈悲、最強的信念、最大的信任！九二一震災讓同胞受傷跌倒，但是在「志工台灣」的精神中，台灣新家庭一定會重新堅強的站起來！

親愛的同胞，四百年前，台灣因為璀麗的山川風貌被世人稱為「福爾摩沙——美麗之島」。今天，因為這一塊土地上的人民所締造的歷史新頁，台灣重新展現了「民主之島」的風采，再次吸引了全世界的目光。

我們相信，以今日的民主成就加上科技經貿的實力，中華民國一定可以繼續在國際社會中扮演不可或缺的角色。除了持續加強與友邦的實質外交關係之外，我們更要積極參與各種非政府的國際組織。透過人道關懷、經貿合作與文化交流等各種方式，積極參與國際事務，擴大台灣在國際的生存空間，並且回饋國際社會。

除此之外，我們也願意承諾對於國際人權的維護做出更積極的貢獻。中華民國不能也不會自外於世界人權的潮流，我們將遵守包括「世界人權宣言」、「公民與政治權利國際公約」以及維也納世界人權會議的宣言和行動綱領，將中華民國重新納入國際人權體系。

新政府將敦請立法院通過批准「國際人權法典」，使其國內法化，成為正式的「台灣人權法典」。我們希望實現聯合國長期所推動的主張，在台灣設立獨立運作的國家人權委員會，並且邀請國際法律人委員會和國際特赦組織這兩個卓越的非政府人權組織，協助我們落實各項人權保護的措施，讓中華民國成為二十一世紀人權的新指標。

我們堅信，不管在任何一個時代、在地球的任何一個角落，自由、民主、人權的意義和價值都不能被漠視或改變。

二十世紀的歷史留給人類一個最大的教訓，那就是——戰爭是人類的失敗。不論目的何在、理由多麼冠冕堂皇，戰爭都是對自由、民主、人權最大的傷害。

過去一百多年來，中國曾經遭受帝國主義的侵略，留下難以抹滅的歷史傷痕。台灣的命運更加坎坷，曾經先後受到強權的欺凌和殖民政權的統治。如此相同的歷史遭遇，理應為兩岸人民之間的相互諒解，為共同追求自由、民主、人權

的決心，奠下厚實的基礎。然而，因為長期的隔離，使得雙方發展出截然不同的政治制度和生活方式，從此阻斷了兩岸人民以同理心互相對待的情誼，甚至因為隔離而造成了對立的圍牆。

如今，冷戰已經結束，該是兩岸拋棄舊時代所遺留下來的敵意與對立的時候了。我們無須再等待，因為此刻就是兩岸共創和解時代的新契機。

海峽兩岸人民源自於相同的血緣、文化和歷史背景，我們相信雙方的領導人一定有足夠的智慧與創意，秉持民主對等的原則，在既有的基礎之上，以善意營造合作的條件，共同來處理未來「一個中國」的問題。

本人深切瞭解，身為民選的中華民國第十任總統，自當恪遵憲法，維護國家的主權、尊嚴與安全，確保全體國民的福祉。因此，只要中共無意對台動武，本人保證在任期之內，不會宣布獨立，不會更改國號，不會推動兩國論入憲，不會推動改變現狀的統獨公投，也沒有廢除國統綱領與國統會的問題。

歷史證明，戰爭只會引來更多的仇恨與敵意，絲毫無助於彼此關係的發展。中國人強調王霸之分，相信行仁政必能使「近者悅、遠者來」、「遠人不服，則修文德以來之」的道理。這些中國人的智慧，即使到了下一個世紀，仍然是放諸四海皆準的至理名言。

大陸在鄧小平先生與江澤民先生的領導下，創造了經濟開放的奇蹟；而台灣在半個世紀以來，不僅創造了經濟奇蹟，也締造了民主的政治奇蹟。在此基礎上，兩岸的政府與人民若能多多交流，秉持「善意和解、積極合作、永久和平」的原則，尊重人民自由意志的選擇，排除不必要的種種障礙，海峽兩岸必能為亞太地區的繁榮與穩定做出重大的貢獻，也必將為全體人類創造更輝煌的東方文明。

親愛的同胞，我們多麼希望海內外的華人都能親身體驗、共同分享這一刻的動人情景。眼前開闊的凱達格蘭大道，數年之前仍然戒備森嚴；在我身後的這棟建築，曾經是殖民時代的總督府。今天，我們齊聚在這裡，用土地的樂章和人民的聲音來歌頌民主的光榮喜悅。如果用心體會，海內外同胞應該都能領悟這一刻所代表的深遠意義——

威權和武力只能讓人一時屈服，民主自由才是永垂不朽的價值。

唯有服膺人民的意志，才能開拓歷史的道路、打造不朽的建築。

今天，阿扁以一個佃農之子、貧寒的出身，能夠在這一塊土地上奮鬥成長，歷經挫折與考驗，終於贏得人民的信賴，承擔起領導國家的重責大任。個人的成就如此卑微，但其中隱含的寓意卻彌足可貴。因為，每一位福爾摩沙的子民都和阿扁一樣，都是「台灣之子」。不論在多麼艱困的環境中，台灣都像至愛無私的母親，從不間斷的賜予我們機會，帶領我們實現美好的夢想。

台灣之子的精神啟示著我們：儘管台澎金馬只是太平洋邊的蕞爾小島，只要兩千三百萬同胞不畏艱難、攜手向前，我們夢想的地圖將會無限遠大，一直延伸到地平線的盡頭。

親愛的同胞，這一刻的光榮屬於全體人民，所有的恩典都要歸於台灣——我們永遠的母親。讓我們一起對土地感恩、向人民致敬。

自由民主萬歲！　台灣人民萬歲！

敬祝中華民國國運昌隆！全國同胞和各位嘉賓健康愉快！

2000年5月20日

圖片提供/江彭豐美

1940～2000

翼堅之刻・鵬飛之時

鐵肩俠骨的江鵬堅

在最令人顫慄的灰暗時代，他鐵肩挑重擔，俠骨爭人權；
在首次政黨輪替後的2000年，他用櫻花妝點墓誌銘，
為台灣的20世紀劃下一個哀傷但美麗的句點。

2000年歲末之際，監察委員江鵬堅親自選了一幅畢卡索所繪象徵人間和平的白鴿之畫作，製成賀年卡。卡片印好後尚未來得及寄給親友，民進黨創黨主席江鵬堅卻因病於12月15日離開人世，享年61歲。

江鵬堅1940年出生於台北市大稻埕，現今的延平北路二段。小學一年級似懂非懂的年紀，就遇上「二二八事件」，當時出事地點就離他的家不到100公尺遠。自此他就被家人告戒要遠離政治。

1958年，江鵬堅考取國立台灣大學法律系法學組，1962年法律系畢業，1963年就讀台灣大學法律研究所。1965年，江鵬堅以24歲之齡通過高考，開始執行律師業務。

江鵬堅曾在台北律師公會《律師通訊》上，撰文推崇「日本辯護士連合會」所制定的「辯護士倫理」，並列舉數項律師應有的信念：「律師應崇尚正義，愛好自由；律師應追求真理，尊重倫理；律師應敬奉秩序，莫忘服務與勇氣；律師毋貪慕錢財，切不要奉承權勢；律師應砥礪品格，養護良知，致力學術。」他本人則是身體力行這些信念。

1970年，江鵬堅和一群志同道合的律師以及法界人士創立「比較法學會」。1973年，江鵬堅加入姚嘉文、林義雄律師為貧民提供法律服務的「平民法律扶助中心」，隨後又與呂秀蓮共同對離鄉、被棄、被強暴的女性發起「保護妳電話服務專線」。

後來江鵬堅親眼目睹姚嘉文、林義雄、呂秀蓮在「美麗島事件」中受難。1980年，江鵬堅40歲，在國民黨全面肅殺的氣氛下，勇敢地挺身而出，於軍法大審中擔任林義雄律師、工人作家楊青矗等人的辯護律師。江鵬堅在為林義雄辯護時，還親自寫了一篇「傻瓜」為「笨鳥」的辯護詞。

江鵬堅是美麗島事件軍法大審中最後的結辯律師。當時他在法庭上疾呼「今日法庭審判這八名被告，明日歷史將審判法庭」。江鵬堅甚至在開庭結辯時，撰述感人肺腑的辯論言詞，而於法庭中聲淚俱下，泣不成聲。這就是江鵬堅率真的本性，「鐵肩俠骨」的美名也因此不脛而走。

在執業律師的十多年生涯中，江鵬堅不但擔任台北律師公會理事兼文書組主任，全國律師公會理事、常務理事，中國比較法學會秘書長，以及「亞洲法學會」人權委員會連絡人。此外，他亦加入扶輪社同時從事社會公益工作。1983年，江鵬堅以美麗島辯護律師的名義投入選戰，以「不信公義喚不回」的意志精神，當選第一屆立法委員。當時他發下豪語，誓言戒嚴令不除，絕不競選連任。此後「一屆立委，終身黨外」就成了他從政的最佳寫照。

江鵬堅對人權的關懷和執著，使他勇於在1984年仍處於戒嚴令

下的台灣社會，創辦了第一個自主性的本土人權團體「台灣人權促進會」，並獲選為創會會長。

1986年5月19日，鄭南榕公開提出、發起「反戒嚴」的「519綠色行動」，這場群眾示威活動由當時的立委江鵬堅擔任總指揮，黨外人士齊聚在台北市龍山寺，要求解除長達38年的戒嚴令。由於江鵬堅的勇於擔當，使他日後更積極投入群眾運動，並加入「黨外編聯會」的組黨工作小組，和「組黨10人小組」。1986年9月28日「民主進步黨」成立後一個多月，江鵬堅憑著他的膽識和正直無私的言行，被推為民主進步黨第一任黨主席。

1986年11月底，在「桃園中正機場事件」中，身為民進黨主席的江鵬堅，站在宣傳車上背對著軍警，向前來聲援的群眾發表演說。後方的噴水車蓄勢待發，狂風滿天飛舞，在瀰天的狂囂與肅殺之間，他迎風挺立，無所畏懼指揮若定的氣勢，令在場同志們動容，他也自豪地表示：「最危險的地方，我從不做逃兵。」

江鵬堅的人格特質除了堅忍勇毅之外，他為人無私、待人親切客氣，身為一個反對黨主席，卻能與基層黨工打成一片。他受人愛戴，更顯示出他的氣度寬宏。無論與他相識或不相識的民眾，都樂於與他為友，黨內同志與好友都喜歡暱稱他為「椪柑」。

江鵬堅致力奉獻於民主改革，卻深信「政治是良心事業」，從不營造個人政治班底，也不加入黨內任何派系勢力。1986年卸任立委後，為了信守「一屆立委，終身黨外」的諾言，他的從政之路並不順遂，但他卻不因此而受到派系私利與個人利益所左右扭曲，而能正直的實踐其信念。

1992年，曾任民進黨創黨主席的江鵬堅，無視於政治表面的權限，不計個人利害的得失，使他在卸任黨主席後，可以毫無身段的在民進黨需要他的時候，回鍋出任民主進步黨的秘書長，繼續無私地為民進黨的理想奉獻。

1995年，江鵬堅終獲遞補為不分區立法委員。1996年，江鵬堅獲李登輝總統提名出任監察委員。在監委任內更致力於美麗島事件、林宅血案、蘇炳坤等重大案件的翻案。

1999年11月，江鵬堅被診斷罹患胰臟癌，除住院進行手術外，也陸續進行化學治療。在治病期間，他仍不放心未完成的公務，執意以公務為重，在在印證他對民主人權不變的追求與堅持。

■具有俠情義氣的江鵬堅，宛如客氣而紳士的雄獅，朋友與黨內同志都暱稱他「椪柑」。這是「鵬堅」採「椪柑」難得的鏡頭。
圖片提供/江彭豐美

■2000年12月30日，在台北市浸信會懷恩堂舉行追思禮拜後，江鵬堅安葬於台北縣金山基督教平安園。攝影/邱萬興

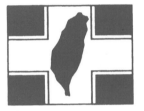

台灣民主運動大事記 1988～2000

1988

1/1 凌晨零點三十五分，報禁解除後第一份報紙出爐，六大張，比過去四十年整整重了一倍。

來自台中地區的山城農民權益促進會，載著各式蔬果在台灣大學對面麥當勞、台北頂好公園與建國花市，舉辦「賤賣農民在台北」3天活動。

1/9 解嚴後第一件叛亂案「蔡有全、許曹德台獨案」開庭，家屬與法警在庭內發生嚴重衝突，庭外聲援群眾與憲警發生棍棒齊飛的激烈衝突。

五十幾個民間團體發起「援救雛妓再出擊」大遊行，在台北市西門町與萬華的華西街遊行。

1/11 民進黨中央黨部發起「抗議司法迫害」大遊行，由朱高正立委擔任督導，分別在立法院、司法院前舉行抗議活動。

1/13 蔣經國總統下午3點50分病逝，享年79歲，副總統李登輝依憲法規定，於晚上8點於總統府宣誓繼任為第7任中華民國總統。

1/16 「蔡有全、許曹德主張台

獨案」，台灣高等法院上午11點15分宣判，蔡有全有期徒刑11年，許曹德有期徒刑10年。

1/17 退伍老兵與政治犯組成「外省人返鄉探親團」，何文德擔任團長、楊祖珺擔任發言人，率領團員朱文貴、王燦金、王家法、魏慈英、蘇兆元、黃廣海、陳水清等人，穿著「想家」夾克，從香港進入中國第一站廣州，成為海峽兩岸禁斷40年來第一個回鄉探親的團體。

2/8 「街頭小霸王」林正杰從桃園龜山監獄假釋出獄。

2/11 前桃園縣長許信良持菲律賓假名護照，試圖從馬尼拉機場再度闖關返台，被菲律賓政府識破，當場遭到菲國政府拘留。

2/14 桃園客運司機在曾茂興的帶領下，為爭取發放年終獎金，加班費和確立休假制度，發動台灣客運界第一次罷工行動，數十名警方人員帶著卡賓槍強令司機開車，司機因此展開春節「怠工」，在「客運車上休息」、「罷駛」，癱瘓桃園客運。

2/20 雅美（達悟）青年聯誼會在蘭嶼舉辦「驅逐蘭嶼惡靈——反核廢料場」首次示威抗議，當天參加的長老們穿著全副雅美族的盔甲以示嚴重抗議。

2/28 「紀念二二八事件41週年」，台灣基督長老教會和民進黨加入「二二八公義和平運動」，由周清玉國代擔任督導，在台南市民生綠園共同舉辦二二八受難英魂追悼儀式，往後的二二八紀念活動日益擴大。

2/29 許信良被拘留18天，經過菲國移民局兩次公聽會後，由菲律賓政府下令遣送許信良回美。

3/3 民進黨在士林廢河道舉辦演講會，發起公布老賊電話的文宣，鼓勵民眾向老立委、老國代請益國是，全力推動「國會全面改選運動」第二波聖火慢跑活動。

3/6 「貢寮反核自救會」成立，一千多位當地民眾參加。

3/12 台北縣貢寮居民在大廟前集合，出示台電贈送家家戶戶的賄賂物「日曆」。在核四廠預定地，他們舉行拜拜儀式，祈求核四廠不要在此興建，並集體焚燒日曆，表達他們對台電的不滿。

3/13 民進黨嘉義市黨部成立，陳英華當選第一任主委。

3/16 由山城、南投、新竹農民權益促進會主辦的「憤怒吧！全台灣的農民！」抗議活動，發動五千多位農民北上，大規模反對美國農產品進口，由胡壽鐘擔任總領隊，林豐喜擔任總指揮，在台北市信義路的美國在台協會及國民黨中央黨部前抗議遊行，民進黨、工黨、學生團體及南方、夏潮雜誌皆加入聲援活動。

3/20 黃信介、張俊宏下午2點在台北市國父紀念館，參加由民進黨舉辦的「貫徹國會全面改選」的群眾大會上，宣布加入民進黨。
民進黨新竹市黨部成立，施性融當選第一任主委。

3/21 中華民國養雞協會發動二千位全台雞農，到經濟部國貿局抗議美國火雞肉進口事件。雞農蛋洗國貿局。被丟滿身蛋汁的國貿局局長蕭萬長，在此抗爭事件中，以不變應萬變的姿態和笑容，被媒體封上「微笑老蕭」的稱號。
江蓋世自21日起，重披「甘地精神」綠背心，以人車混和行軍方式，展開為期一個月的環島台獨行軍。

3/26 民進黨台中縣黨部成立，田再庭當選第一任主委。

3/29 民進黨舉行「329國會改選聖火慢跑活動」，於台北市

中山堂結束後，由朱高正立委接著組成「怪老子參觀團」行程，欲登門拜訪向老國代請益國是，在台北市內湖區的大湖山莊大門前，群眾與警方爆發激烈衝突，民進黨中央黨部組織部主任黃華遭警方用電擊棒擊傷住院。

4/4 陳映真、王曉波等人力倡兩岸統一，成立「中國統一聯盟」。

4/5 為抗議台視新聞報導329大湖山莊事件不公，雲嘉南地區民眾北上聲援被移送法辦的朱高正與尚潔梅，警方出動鎮暴部隊阻隔衝突，民眾在台灣電視公司大門前怒砸電視機表示憤怒。

4/7 立法院「總預算案」交付審查，國民黨立委趙少康衝到台上，將阻止主席劉闊才強行表決的朱高正立委拉下台，趙少康與朱高正在主席台前扭打，爆發立委打群架事件。

4/11 林正杰、張俊宏、周清玉、李勝雄為政治犯復權請願，林正杰帶頭在立法院議場前衝關，尤清穿著一件寫有「所有被壓迫的人得以解放」的背心衝向議場內，造成議程中斷，主席不得不宣布休息。

4/14 民進黨全台舉辦20場「民主護法大會師」演講會，

民眾熱情捐款支持民進黨。

4/17 民進黨第2屆全國黨代表大會於高雄市國賓大飯店召開。民進黨黨主席姚嘉文提案，將台獨主張納入黨綱，台灣國際主權獨立，不屬於以北京為首都之中華人民共和國。會中通過中常委陳水扁修正案「四個如果」決議文：「如果國共片面和談、如果國民黨出賣台灣人民利益、如果中共統一台灣、如果國民黨不實施真正的民主憲政，則民進黨主張台灣獨立」。

4/22 反核人士以和平、禁食、靜坐方式，在台電大樓門口進行連續3天「反核救台灣」的抗議活動。

4/24 台灣環保聯盟發起「反核四、救人類」，「包圍台電大樓」大遊行，由張國龍教授擔任總領隊，林錫耀擔任總指揮，西德綠黨國會議員賽伯爾抵台支持反核。

農民權益促進會

4/26 台美貿易談判前夕，「山城、南投農民權益促進會」主辦一場名為「老農不死，也絕不凋零！」的遊行示威活動，由總領隊胡

壽鐘、總指揮林豐喜率領農民，將80餘輛「農耕機」、「鐵牛車」開往台北街頭遊行，警告國民黨政府在台美談判時不可出賣農民權益。農民抗議「菜賤傷農」，將整車小白菜及白蘿蔔倒在總統府前博愛特區馬路上。

民進黨晚上7點在台北市中華體育館舉行「329、407事件真相說明暨護憲群眾大會」。

5/1　五一勞動節「台鐵駕駛罷工一天」，抗議員工權益長期遭漠視，1400多名火車駕駛員與勞工集體停駛，造成百年來台鐵運輸第一次全線癱瘓，最後台灣鐵路局與員工妥協。

5/2　台灣人權促進會與台灣關懷中心舉辦「關懷台灣人權之夜」，歡迎4月22日剛從綠島回來的政治犯白雅燦、張化民、黃世梗、達飛等人出獄。

5/6　台灣人權促進會、台灣關懷中心與社運團體發起「施明德救援會」，前往立法院陳情抗議，聲援在絕食中的施明德。

5/11　上千老兵至國民黨中央黨部前陳情抗議，要求政府收回並兌現「戰士授田證」，結果與警方發生激烈衝突，9名老兵當場被捕。

台灣大學社團學生用氣球和黃絲帶譜成歡樂節慶，舉辦「511紀念日」活動，由段宜康扮成李文忠在傳鐘下絕食抗議模樣。

5/14　由北、中、南九校的民進黨籍在學學生所組成的「民主進步學生聯誼會」成立，首任會長由台大社會系學生陳啟昱擔任。

5/17　台權會與台灣關懷中心發起「救援施明德」大遊行，李勝雄擔任總指揮，由政治受難者抬銅棺上街頭，在監察院與立法院前要求執政當局無條件釋放施明德，讓他活著走出政治黑牢。

5/20　「雲林農權會」發動全台各地數千名農民北上抗議，於台北市國父紀念館集合後遊行至立法院、行政院請願，向政府提出「降低肥料價格、設立農業部、要求農眷保」等七項農業問題訴求。遊行遭鎮壓驅離，請願民眾與鎮暴部隊爆發大規模流血衝突，總領隊李江海、總指揮林國華、副總指揮蕭裕珍、民進報總主筆林濁水及上百位農民、十幾名台大學生被逮捕，此即「五二○農民事件」。

5/27　台灣大學學生會會長首次開放普選，羅文嘉當選會長。

6/12　民進黨南投縣黨部成立，林宗男當選第一任主委。

6/19　民進黨苗栗縣黨部成立，劉建勳當選第一任主委。

6/22　民進黨省議會黨團發動一千多名群眾赴省議會請願，要求開放省長民選，省主席邱創煥出面接受抗議書。

6/26　台灣人公共事務會FAPA台灣分會成立，許榮淑任分會會長。

6/28　「台灣農民權益促進會」成立，林豐喜擔任首任會長。

桃園縣觀音鄉民到環保署與立法院抗議，舉著「我愛觀音、我愛桃園」標語，反對杜邦到觀音設廠，鄉民齊聲高喊：「杜邦設廠日、生死決戰時」。

7/4　「台灣農權總會」成立，身繫囹圄的林國華被選為總會長。

7/5　台大學生發起「520小時接力靜坐」的抗議活動，要求國民黨「放人」（釋放在「五二○事件」中被捕的人），在立法院前遭到台北市城中分局執行七次的強

制驅離。

7/6 民進黨國大黨團在台北市城中分局前舉辦聲援「五二○事件」、抗議憲警暴行的靜坐活動，並在全台各地北、中、南進行聲援活動。

7/7 民進黨中央黨部在台北市立體育場，舉辦「反革命群眾大會」，要求執政的國民黨放棄「革命政黨」屬性，並抨擊國民黨的「革命神話」。

7/8 國民黨13全大會選舉李登輝為國民黨主席。

7/15 台灣首次國營事業抗爭與工運遊行，石油工會幹部康義益等人發起中油員工走上街頭，爭取合法權益。

7/22 中研院許木柱教授和黃美英研究員組成「民間學者調查團」，南下雲林縣了解「五二○事件石頭案」。

7/24 黑名單陳婉真隨洪奇昌國代返台，在桃園中正機場企圖闖關被識破，當場遭航警局出動女警強制驅逐出境。

7/30 民進黨台東縣黨部成立，龔博育當選第一任主委。

8/1 苗栗客運244名勞工展開合法罷工，要求改善薪資與福利方案，造成苗栗縣民無公車可搭乘，歷經23天勞資爭議，終於達成協議，為台灣有史以來最長的一次罷工。

8/9 傅正、林正杰赴監察院抗議軍方焚毀《雷震回憶錄》手稿，帶著上百支蒼蠅拍，高喊「謝崑山下台」，嘲諷監察院「只敢打蒼蠅、不敢打老虎」。

8/10 宜蘭縣縣長陳定南率先撤廢人二室及中小學之安維秘書。

8/18 世界台灣同鄉會第十五屆年會在台北縣新店市燕子湖畔的「楓橋酒店」舉行，黑名單張丁蘭、羅清芬、葉明霞、吳信志、莊秋雄等人闖關回台參加，開始掀起一波波海外黑名單闖關回國浪潮。

8/20 突破黑名單闖關回台的陳翠玉，病逝於台大醫院。

8/21 民進黨為了抗議國民黨「黑名單」政策，在台北市中正紀念堂舉辦「海內外大團結，聲援海外台灣人返鄉運動」大遊行。

8/25 來自全台各地2000多名身穿傳統服飾的原住民，為爭取土地權，於台北街頭，發起原住民第一次

「還我土地大遊行」。

8/26 為紀念病逝的「婦女台灣民主運動」創始人陳翠玉，民進黨人士在台北市中山南路濟南教會追思禮拜後，由林宗正牧師帶領出殯隊伍步行到總統府，抗議黑名單的不公不義。博愛特區的軍警大為緊張，引發小衝突。

8/27 高等法院「蔡、許台獨案」第一次更審宣判，蔡有全原徒刑11年，減刑為7年4個月，許曹德原徒刑10年，減刑為4年8個月。

8/29 國民黨動用台北市中山分局霹靂小組，強行拘提「六一二事件案」的洪奇昌國代，發生警民激烈衝突，洪奇昌被強制拘提到法院後交保。

9/17 高雄市「市政大樓弊案聲討委員會」到監察院請願，陳光復與朱勝號等四人遭警方逮捕。

9/14 宜蘭縣長陳定南取消片頭唱國歌，看電影不必再起立。

9/16 「五二○農民事件」，台北地方法院宣判，共有79人被判刑。

9/28 民進黨於台北士林廢河道舉辦園遊會，慶祝建黨兩週年紀念。

10/30 黃信介當選民進黨第3屆黨主席。

10/25 要求平反「五二○事件」，台灣農民再度上街頭大遊行，由戴振耀擔任總指揮，抗議國民黨不當的農業政策與司法審判不公，在國父紀念館火燒司法院模型。

11/12 「二法一案大遊行」，上萬名全台勞工及工會幹部，抗議勞委會秘密修改勞基法、工會法，並聲援苗客勞工一案，二法一案行動委員會以「自主、團結、尊嚴、公義」為主題，在台北市國父紀念館集合遊行到中正紀念堂。

11/16 黃華、鄭南榕、楊金海發起「新台灣國家」和平改造運動，進行40天環島大遊行，聲援蔡有全與許曹德，並推動台灣獨立運動，從台北市松山火車站前出發。

12/10 慶祝世界人權宣言40週年，人權團體舉辦「今天就要人權」大遊行。《自由時代》週刊第254期，刊登許世楷「台灣共和國新憲法草案」。

12/19 民進黨創黨元老費希平發表「退黨不退職」，宣布退出民進黨。

12/25 國民大會行憲大會，朝野爆發激烈衝突，民進黨國大黨團要求清場，將安全人員撤離主席台位置，與老國代陣前叫罵，國大秘書長何宜武動用警察權，以粗暴方式把民進黨10名國代強行拖出會場。民進黨國代因此被分別帶往中山堂二樓，由憲兵強制持槍「監禁看管」。

民進黨上午在台北新公園音樂台，舉辦「國會全面改選、百萬人簽名」誓師大會，由林正杰擔任行動總督導。下午在台北市舉辦「新國家運動」大遊行。

12/28 上萬名客家人扶老攜幼第一次走上街頭，戴著口罩並高舉國父孫中山遺照，以「和平、奮鬥、救客家」的標語，訴求「還我客家話」運動，抗議廣電法對方言節目處處限制，要求重建多元開放的新語言政策。在這次遊行活動中，主辦單位很諷刺地讓國父孫中山擔任名譽總領隊，因為孫中山是客家人。

12/31 原住民團體抗議教科書仍編入「吳鳳神話」故事，要求「還我原住民尊嚴」。基督教「城鄉宣教工作組」（U.R.M.）第9期組訓的學員成立「吳鳳銅像拆除大隊」，由林宗正、黃昭凱、戴振耀、劉峯松、黃修榮等人領軍，三十多位學員以電鋸、鐵鍊等工具，合力將嘉義火車站前「吳鳳銅像」拉倒摧毀。

1989

1/5 法務部調查局針對鄭南榕所辦的《自由時代》週刊，刊登旅日學者許世楷所寫〈台灣新憲法草案〉，涉嫌叛亂罪，完成蒐證，進行約談及移送。

1/13 民進黨中央黨部舉辦「國會全面改選、百萬人簽名運動」，黨主席黃信介與秘書長張俊宏冒雨親自帶隊，與中央黨部幹部蔡式淵、盧修一、林正杰和台北市議員謝長廷、顏錦福、藍美津等人，在台北火車站前散發「國會全面改選」遊行傳單。

1/17 民進黨發動民眾包圍立法院，抗議立法院老賊強行通過退職條例初審，進行「國會全面改選」抗議活動，民眾以冥紙灑向立法院牆內，表示「立法院死了」。

1/21 鄭南榕接到高檢處第一張涉嫌叛亂的法院傳票，鄭南榕誓言「國民黨只能抓到我的屍體，不能抓到我的人」。

1/26 國民黨動用老賊部隊，在法院駐警的衛護下，由立法院劉闊才院長強行敲下議事槌，通過「第1屆中央民意代表自願退職條例」。民進黨立委站在議場主席台上，舉著「不改選，不

給錢！」、「國會全面改選」布條抗爭，並與駐警激烈拉扯。

1/27 鄭南榕為了堅持百分之百言論自由的理念，開始自囚於雜誌社內。

1/29 民進黨製作數個大型「老賊布偶」，由洪奇昌國代督導，分別由龍山寺、孔廟、國父紀念館，兵分三路萬人大會師，在台北市中正紀念堂舉辦「國會全面改選、萬年老賊下台」活動。

2/11 嘉義地檢處開庭審理「拆毀吳鳳銅像事件」，庭訊後林宗正牧師、曾俊仁、潘建二等3人，被檢察官以「防止串供」下令收押。

2/28 「鮮血不能白流、沉冤必須昭雪」，民進黨中央黨部在基隆市舉行「平反二二八」事件大遊行，由文宣部主任李逸洋擔任督導。

3/1 萬年國會老代表開始辦理自願退職，告別「老賊」歲月，每人最高可領546萬元退職金。

3/4 傅正教授在台北耕莘文教院主持「雷震逝世十週年紀念」演講會，康寧祥、陶百川、楊國樞、胡佛、張忠棟都發言肯定雷震對台灣民主憲政的貢獻。

3/17 愛爾蘭籍馬赫俊神父因長期參與關懷勞資爭議與勞工運動，遭國民黨強制驅逐出境，為台灣史上第一位遭政府驅逐出境的外籍工運人士。

3/24 民進黨中央黨部文宣部，在桃園縣石門水庫湖濱大飯店，主辦「民進黨第1屆文宣研習營」，由黃信介主席主持開幕典禮。
「大學法行動聯盟」到教育部請願，以「焚燒教育部大學法草案」的激烈方式，與警方人員發生激烈衝突。

3/29 勞動黨在台北市耕莘文教院舉行成立大會，創黨主席為羅美文。

4/3 國民黨依懲治叛亂條例，將出版〈李登輝短命政權完結篇——10月10日郝家軍攻佔總統府〉的陳維都判處有期徒刑八年，陳忠義四年。

4/7 《自由時代》雜誌負責人鄭南榕，在民權東路雜誌社辦公室壯烈引火自焚，抗議國民黨對他的非法拘捕。

4/14 台灣大學學生羅文嘉、陳啟昱、陳文治在台大校門口發起紀念「台灣建國烈士鄭南榕」禁食、靜坐活動，鄭南榕的女兒鄭竹梅

也加入靜坐行列。

4/23 台灣環保聯盟舉行「萬人反核示威遊行」，至經濟部前抗議，部分代表並至總統府陳情，遞交給李登輝總統一封公開信。

4/25 王幸男因為不得奔父喪，在綠島獄中絕食11天，台灣人權促進會到監察院陳情，要求釋放王幸男，讓他活著走出黑牢。

4/28 北區政治受難者基金會（北基會）在立法院前，舉辦「搶救綠島最後一位政治犯王幸男」、「釋放王幸男」的抗議活動。

4/29 民進黨中央黨部副秘書長蔡式淵，至內政部辦理民進黨備案登記為合法政黨之手續。

5/4 台灣大學改革派學生的反幽靈劇團演出【圖騰與禁忌】，羅文嘉、許世杰等學生在學校活動中心為蔣公銅像戴帽子披白布條，向威權體制挑戰，並發表「五四學生宣言」。

5/12 代表民進黨的中央黨部秘書處主任鄭寶清，在蔡式淵、謝長廷、陳水扁、林正杰等人的陪同下，一同前往內政部，從內政部長許水德手中領取「民進黨政黨證書」，使民進黨成為合法政黨。

5/14 新竹縣新埔鎮遠東化纖總廠罷工事件，因資方片面制定工作規則，將工會幹部調職，引發工會不滿，在1900名工會會員中，以

1278票贊成罷工，羅美文發動「遠化」工會展開長期罷工。

5/15 遠東化纖總廠資方調動國家機器鎮暴部隊進駐工廠，全面壓制工會罷工，引發勞工不滿，羅美文與曾茂興要進場執行罷工權，慘遭警察圍毆，曾茂興被警棍打的頭破血流。

5/19 為了紀念「台灣建國烈士鄭南榕」出殯，「翻牆」返台成功的陳婉真現身在會場。當天數萬民眾為鄭南榕舉行「國葬」，從士林廢河道走向總統府，護送鄭南榕走完人生最後一程。草根運動者詹益樺在總統府前，用他自己的身體撲向阻擋民主前進的蛇籠，張開雙手以十字架的姿勢，在總統府前引火自焚。

5/20 台灣農權總會在國父紀念館舉辦「五二○農民運動週年遊行」，到行政院抗議。

6/1 首都早報創刊，創辦人康寧祥。

6/4 中國大陸因胡耀邦去世而引發學潮，中共當局為鎮壓學生、學潮而發生「天安門廣場事件」。軍隊在裝甲坦克車開道之下，衝進天安門廣場，對天安門前爭取自由民主的大學生與民眾，展開血腥鎮壓，引起國際社會震驚。

6/6 民進黨在國父紀念館發起聲援「天安門事件」的「接力絕食360小時靜坐」

活動，由謝長廷擔任督導，向國民黨喊話，要求釋放政治犯、取消海外黑名單，以及軍隊國家化，不得再以軍警鎮壓台灣的民主運動和社會運動。

6/29 呂秀蓮、林玉体、蕭新煌、洪貴參、李元貞等人發起的「淨化選舉聯盟」成立，由呂秀蓮、洪貴參分任正副理事長，推動淨化選風運動。

7/29 民進黨第3屆全國黨員代表大會第2次臨時會，首度在國民黨的禁區陽明山中山樓舉辦。

8/10 民進黨國大黨團在台北市中山堂發起「逼退老法統，老賊智力測驗」活動。

8/11 「世台會」在高雄市舉行年會，海外黑名單中，世台會會長李憲榮、副會長蔡銘祿與台獨聯盟中央委員蔡正隆闖關回台，出現在會場。

8/19 全台第一座「二二八紀念碑」落成典禮，由嘉義市長張博雅代表市民獻花，由黃信介、陳永興及受難家屬代表共同剪綵。

8/26 抗議房價狂飆，「無住屋者團結組織」舉辦「無殼蝸牛夜宿忠孝東路街頭」運動，上千人夜宿台北市頂好商圈忠孝東路上，以凸顯不合理的房價政策，27日凌晨5點結束。

9/13 前高雄縣老縣長余登發被發現陳屍八卦寮自家臥室，死因迄今不明。

9/15 民進黨為聲援陳婉真母子無法設籍而舉辦的示威遊行。遊行中演出行動劇，由民眾扮演反共義士，凸顯「反共義士入境可領黃金，台灣人入境無法落籍」的對比諷刺。陳婉真表示將以「不定時、不定點」方式到內政部展開長期抗爭。

9/26 34個以「台灣」為名而無法立案的社運團體，以戴口罩、捆綁雙手方式，到台北市羅斯福路上內政部發起「反人團惡法」大遊行。

9/27 前桃園縣長許信良搭「金滿財號」漁船偷渡返台，被高雄港緝私艦在外海查獲，押返土城看守所。

9/28 台灣各大學學生與教授發起「新大學行動聯盟」，由范雲擔任學生總指揮，千餘人共同為大學法走上街頭，到行政院、立法院與國民黨中央黨部呈遞抗議書，為搶救大學民主化及建設新大學而努力。

10/10 突破黑名單禁忌、闖關成功回台的陳婉真，帶著獨子張宏久發起「有路無厝」設籍抗爭活動。在國慶日當天，遊行於總統府前，並和鎮暴警察在台北市中華路上追逐對峙，讓國民黨渡過一個在台40年以來最特別的「雙十國慶」。

民主進步黨發起萬人「迎接許信良回家」土城探監活動，由林正杰擔任督導，11日凌晨3點遭警方強制驅離，林正杰、楊祖珺、張俊宏、蔡式淵、范巽綠等人遭警方暴力毆打受傷。

10/29 黃信介連任民進黨第4屆黨主席。

11/5 林義雄律師自美返國，帶回〈台灣共和國基本法草案〉，獻給台灣人民。同時返回宜蘭，參加游錫堃競選縣長募款餐會。

11/6 民進黨15位立委參選人與17位省市議員參選人共32位成立「新國家連線」，發表宣言，主張「台灣主權獨立」，並提出共同政見「建立東方瑞士台灣國」，為年底選舉活動造勢。

11/8 民進黨雲林縣黨部召開評委會，開除違紀參選立委的朱高正。

11/22 台獨聯盟美國本部主席郭倍宏博士，成功偷渡返台，成為國民黨全面通緝的「欽命要犯」，並由高檢署懸賞220萬元全力捉拿。郭倍宏於年底大選前為「新國家連線」候選人造勢，在盧修一、周慧瑛台北縣中和體育場演講會上公開露面，召開中外記者會。隨後，郭倍宏在「黑面具」的戲劇效果及群眾的掩護下，金蟬脫殼地甩掉上千名軍警的重重包圍，再度闖關赴美。

11/30 世界同鄉會秘書長羅益世偷渡入境，被警方以違反國安法逮捕並收押。

12/2 縣市長、立委、省市議員三項公職選舉，民進黨獲得6席縣市長，得票率38.3％；當選21席立法委員，得票率28.2％；以及16席台灣省議員；14席台北市議員，8席高雄市議員。選舉後，民進黨6位縣市長與無黨籍的嘉義市長張文英，共同組成「民主縣市長聯盟」。

12/10 民進黨在高雄市舉辦「美麗島事件十週年紀念」晚會，黃信介、張俊宏蒞臨參加。

12/23 台灣高等法院以預備叛亂罪嫌，將前桃園縣長許信良判處有期徒刑10年。
民進黨國大黨團組成「老國代現形話劇團」，化妝成提尿袋、拄枴杖、坐輪椅的老國代，高唱「反攻大陸歌」，演出一場諷刺的老賊逼退秀。

12/25 民進黨中央黨部與國大黨團舉辦「總統民選」及「聲援許信良」大遊行，民進黨國大黨團在中山堂內爆發激烈肢體衝突，抗議民眾被鎮暴警察阻擋在台北市中山堂外。

12/30 世界同鄉會秘書長羅益世被控非法入境案，台北地方法院士林分院宣判，處有期徒刑10個月。

1990

1/3 高檢處以叛亂罪，將新國家運動總本部總幹事黃華提起公訴。

2/13 民進黨中常會通過，提名黃華、吳哲朗為中華民國正副總統候選人。

2/19 國民大會第8次會議，李登輝總統設宴款待全體國大代表，民進黨國大代表黃昭輝在陽明山中山樓掀桌抗議。

2/24 國民大會第8次會議主席團選舉，老國代在85個主席團席次中取得61席，在此後的國大會議中因而佔盡主導優勢。

2/27 立法院選出梁肅戎、劉松藩為正副院長。

3/5 老國代要求追加出席費。國民大會主席團預算審查小組決定出席費由5萬2仟元調整為22萬元。資深國代崔震權提議表示：「出席費不能低於上次數目，否則將會影響總統的選舉」。
民進黨10位國代將「中華民國」刪改為「台灣」誓詞補宣誓，被大法官張承韜認為無效。

3/6 民進黨立委集體聲討老國代要求增加出席費、擴張職權的行徑。民進黨立委林正杰正式提案，要求院會決議，制止國民大會代表藉著正副總統選舉進行「憲政勒索」。

3/13 國民大會秘書處下令憲警部隊，阻止民進黨籍國代進入會場行使職權，爆發激烈肢體衝突。

3/14 民進黨主席黃信介領軍，發動上千位群眾「護送」11位民進黨國代到陽明山中山樓開會，遭上千軍警

封鎖在仰德大道上，群眾與鎮暴部隊發生激烈衝突。

3/16 民進黨主席黃信介、張俊宏、陳永興與國大代表等14人，至總統府請願並要求面見李登輝總統，遞交「解散國大」抗議書，請願未果遭憲警強行驅離。

數十名各大專院校學生於台北市中正紀念堂外「大中至正」的牌樓下，靜坐絕食抗議，拉開「同胞們！我們怎能再容忍七百個皇帝的壓榨！」布條，要求「解散國民大會、總統民選」，掀起「三月學運」的序幕。

3/17 靜坐學生開始在中正紀念堂廣場前過夜，發起全民逼退老賊運動。當天傍晚，參加靜坐的學生已逾兩百人，部份教授也加入靜坐行列。到場關心的民眾增加到數千人。而參與靜坐的學校則包括台大、中央、中興法商、高醫、東吳、文化、政大、陽明、台北工專、建中等校。

3/18 在中正紀念堂大門外參與第3天靜坐的學運團體，在首次合作的校際會議上，確定了三月學運的四大訴求：「解散國民大會」、「廢除臨時條款」、「召開國是會議」、「訂定政經改革時間表」。同時，學運團體也由台大范雲、周克任、北醫呂明洲、東海郭紀舟、中興法商陳尚志、輔大廖素貞、文化林德訓等六校代表組成「七人決策小組」。

民進黨中央黨部在中正紀念堂內，同時舉辦「除老賊、解國難」群眾大會，

吸引數萬群眾參與。

進步婦女聯盟20多位盟員前往總統官邸請願，要求「解散國會、還政於民」，遭憲兵阻攔，多人遭憲兵打傷。

3/19 學運團體冒雨將指揮中心移往中正紀念堂國家歌劇院的走道上，深夜11點，學運團體的校際會議通過以「野百合」為三月學運的精神象徵。

3/20 野百合學運的決策小組，決定於下午以邀請函的方式，要求李登輝公開回應廣場的四大訴求，結果總統府不予回應，廣場上的學生因此情緒反彈。傍晚7點左右，學生人數增加到將近五千人左右，這是廣場上學生人數最多的時候。

3/21 靜坐學生的精神堡壘「台灣野百合」，上午製作完成，並移置在中正紀念堂廣場中央。國民大會以641票選出李登輝、李元簇擔任中華民國第8任總統、副總統。李登輝於總統府接見50餘位靜坐學生代表與賀德芬、瞿海源兩位教授，應允召開國是會議。

3/22 凌晨1點30分，靜坐的學運團體做出撤離中正紀念堂廣場的建議案，指揮中心正式宣布撤退聲明＜追求民主，永不懈怠＞，告別野百合與人民。下午4點，靜坐的絕食團完全撤離廣場，並組成「全國學生聯盟」，為期6天的三月學運抗爭，終於結束。

3/23 象徵「三月學運」精神的「台灣野百合」，遭到不明人士焚燬。

4/2 朝野領袖進行歷史性會談，李登輝總統接見民進黨主席黃信介、秘書長張俊宏，以及國大代表陳重光。

5/2 李登輝總統提名軍人出身的國防部長郝柏村組閣，舉國譁然，其後引發全民「反軍人干政」風潮。

5/5 綠島最後一個政治犯，「郵包炸彈事件」的王幸男，坐牢13年5個月後獲准假釋出獄。

5/6 為了抗議媒體封殺新聞，全學聯組織宣傳隊，到華視、台視、聯合報大樓噴上「反對軍人干政」口號。全國學生運動聯盟及反軍人干政聯盟，共同發起第一波反對軍人組閣示威遊行。

高雄後勁居民公民票決，以4499票比2900票，反對興建五輕。

5/18 近百位大學教授成立「知識界反軍人組閣行動」，在台北新公園省立博物館前靜坐抗議。

5/19 「全國學生運動聯盟」向藝術家楊英風訂製不銹鋼高8公尺、重達4公噸的「野百合」塑像完成，移置在中正紀念堂廣場中央。

5/20 「全學聯」、「全民反軍人干政聯盟」與「知識界反軍人組閣行動」等團體，號召了近兩萬名群眾，在中正紀念堂大會師，並展開「全民反軍人組閣」會師大遊行，由李勝雄擔任總領隊，洪奇昌任總指揮，抗議李登輝總統提名軍人出身的郝柏村組閣。李登輝、李元簇宣誓就任第8任總統、副總統。李登輝總統對「美麗島事件」受刑人頒布「特赦令」，赦免黃信介、施明德、許信良、姚嘉文、張俊宏、林義雄、呂秀蓮、陳菊、林弘宣等9人。施明德離開三軍總醫院戒護病房，撕毀特赦令，堅持無條件釋放。隨後，施明德、許信良出獄。因為此項特赦，視同未犯罪，以後可參加公職選舉。

5/29 「郝柏村組閣」案由立法院交付立委行使同意權，「反軍人干政聯盟」包圍立法院，抗議民眾在台北市來來大飯店前丟汽油彈，新聞局被汽油彈擊中起火燃燒，抗議民眾並與鎮暴部隊發生激烈衝突。

6/9 民進黨公布「民主大憲章草案」，做為參加國是會議的藍本。

6/24 海外黑名單陳昭南，因參加「台灣革命黨」，返國後被收押。

6/28 李登輝總統召開的「國是會議」正式在台北圓山大飯店揭幕。

6/29 30年未曾返台的前台獨聯盟主席蔡同榮返抵台灣。

7/4 為期7天的國是會議閉幕，國民黨與民進黨協商成功，達成總統直接民選、

省市長開放民選、資深民代儘速退職等共識。

7/25 中央選舉委員會開會審查嘉義市立法委員補選候選人資格，民進黨徵召候選人顏錦福因缺少2份戶籍謄本，「表件不全」，被取消參選資格。

10/3 中秋節，台灣環保聯盟於台北縣貢寮海濱公園舉辦「反核月光晚會」。

10/7 李登輝總統在總統府之下，成立「國家統一委員會」。

10/12 民進黨立委田再庭阻止老立委胡秋原上台質詢，主席梁肅戎動用警察權，用警察人牆保護老立委質詢。

10/17 民進黨立委劉文雄因心肌梗塞過世。

11/3 黃華到台中市參加民進黨立委劉文雄的公祭後，第四度被捕入獄。

11/17 蔡同榮、高俊明發起的「公民投票促進會」在台大校友會館成立，大會由呂秀蓮擔任司儀，選出蔡同榮擔任會長，推動「台灣前途由公民投票決定」運動。

12/8 黃華第四度被以叛亂罪的罪名判刑10年。黃華於庭訊時拒絕答辯、拒絕上訴，在得知判刑確定後仍高呼「台灣共和國萬歲！」

12/9 「台灣教授協會」成立。

12/10 台灣人權促進會在台灣大學校門口，舉辦「為人權而唱」晚會活動。

12/25 為救援第四度入獄的「末代政治犯黃華」，民進黨發動上萬民眾「手拿黃色與白色菊花」，在台北市大遊行。

1991

1/12 台灣獨立建國聯盟在美國洛杉磯希爾頓大飯店舉辦遷台募款餐會，郭倍宏宣布將主戰場遷回台灣，展開一連串盟員返鄉與現身行動。

2/7 為救援「台灣最後的政治犯黃華」，作家林雙不發起文化學術界「行出新台灣、建立新國家」的環島行軍活動。

2/22 民進黨中央黨部與立院黨團聯合主辦「全國民間經濟會議」，於台大法學院舉行。

2/28 《十年生死》林游阿妹女士（林義雄的母親）暨亮均、亭均（林義雄的學生女兒）受難10週年紀念集出版。

3/1 朱高正籌組「中華社會民主黨」，舉行建黨成立大會。

3/16 民進黨中常會決議啟動「人民制憲」的憲政改造列車，由黨主席黃信介親自率領國大黨團、立院黨團及中央黨部幹部，全台23縣市，下鄉宣揚制憲理念。

3/30 海內外主張台獨建國的台灣政治領袖江鵬堅、姚嘉文、施明德、謝長廷、邱連輝、葉菊蘭、邱義仁、吳乃仁、盧修一、黃爾璇、李勝雄、顏錦福、陳婉真、林永生、林宗正與海外的張燦鍙、黃昭堂、

陳唐山在菲律賓馬尼拉市舉行「海內外懇談會」。此會實為「台獨會議」，會中確定「制憲建國」目標。

3/31 林義雄創辦的「慈林文教基金會」成立。

4/7 由台灣教授協會結合學生社團，於台美文化交流中心成立「台灣學生教授制憲聯盟」。

4/8 第一屆國民大會第二次臨時會揭幕。為抗議老賊修憲，民進黨國代在陽明山中山樓國大會場內，和國民黨國代的肢體衝突持續不斷。

4/9 原權會發動會員十餘人，前往陽明山中山樓，抗議國民黨草擬的憲法增修條文將原住民族劃分為「山地山胞」，要求修憲應採用「原住民族」統稱台灣原住民族各民族。

4/12 民進黨立委因為抗議國民黨濫用表決權，爆發激烈的肢體抗爭，盧修一立委被主席梁肅戎動用立法院駐衛警圍毆，四度被強行抬出立法院議場，頭部因撞到議事桌桌角而昏厥，送台大醫院急救。

4/13 二百多位全學聯學生，上午赴陽明山中山樓抗議國民黨二階段修憲，要求「老表下台、人民制憲」，學生並成立「小蜜蜂特攻隊」，希望突破國民黨的媒體封鎖，因此沿路噴漆抗議，以宣傳車及麥克風在街頭廣播，先後與警方爆發四次肢體衝突，國民黨開始以軍警封鎖中正紀念堂。

4/16 「北基會」在台北市士林廢河道，舉辦「歡迎海外台灣人返鄉餐會」。

4/17 民進黨上陽明山中山樓發動「四一七反對老賊修憲」大遊行，近3萬群眾從台灣大學門口出發，出發後一路遭軍警、鎮暴警察封鎖遊行路線，故在台北市區內折折返返，甚至不得不夜遊中山北路，遊行13小時後，被數千鎮暴警察阻擋在林森北路、長春路口。18日清晨五點由總指揮邱義仁宣布解散。黃信介、邱義仁被控觸犯集會遊行法提起公訴。

4/19 「台灣學生教授制憲聯盟」因反對國民黨一黨修憲，而提出「主權、制憲、社會權」等主張，表示要為「台灣新憲法」催生。上百名成員在台大校門口展開絕食抗議行動。

4/22 國民大會臨時會三讀通過憲法增修條文，台灣學生教授制憲聯盟發表「民主之死」聲明，宣布該日為「國喪日」。黃華在獄中絕食，林義雄、高俊明在台大校門口加入禁食行列。

4/23 台灣學生教授制憲聯盟在台大門口搭建靈堂，供奉「台灣民主英魂」，發表「灰燼中的希望」聲明，沈富雄、施明德加入絕食行列，許多學生絕食超過一百多小時。

4/24 「老賊有權能修憲，人民無力可回天」，由於得不到政府的回應，台灣學生教授制憲聯盟「歷經六天只喝水」的絕食學生，在台大校門口舉辦「為中華民國憲法送終」，為台灣民主舉行告別式，並發表「告台灣人民書」。

包括台大、師大、中興、交大、海洋、淡江等大學，與中央研究院在內的28位教授、學者，在台大校門口宣布集體退出國民黨。台大教授陳師孟並當場焚燒自己的國民黨黨證，表示對國民黨的強烈不滿。

4/25 陳水扁接受台大學生會邀請，與馬英九在台大校園內進行「修憲與制憲」大辯論。

5/1 李登輝總統公開宣告終止歷時43年之久的「動員戡亂時期臨時條款」。

5/4 台大學生為反核運動夜宿台電大樓。

5/5 台灣環保聯盟發動歷年來人數最多的「1991全國反核大遊行」，學生團體製作「反核幽靈」走上台北街頭。

5/9 「動員戡亂時期」終止的第九天，凌晨五點多，調查局幹員進入清大校園，從學生宿舍強行押走了歷史研究所碩士班一年級的廖偉程。此外並分別逮捕「獨立台灣會(簡稱獨台會)」成員陳正然、王秀惠、林銀福等人，此即為「獨台會案」。獨台會案爆發後，引起知識份子強烈反彈，學生、教授紛紛加入聲援行列。

5/10　民進黨創黨元老傅正教授，因胃癌病逝於孫逸仙治癌中心，享年64歲。

5/11　安正光張貼主張台獨海報，被高雄市調處逮捕。此案與「獨台會案」併案處理。

5/12　聲援獨台會案，清華大學學生代表宣布「清大今日起將全面罷課，以示抗議」。台大教授與學生一百多人到中正紀念堂展開靜坐，遭到警方強制拖離，陳師孟與數位教授拭淚控訴警方拳打腳踢的惡行。

5/13　調查局副局長高明輝因偵辦「獨台會案」引起反彈，宣布辭職。

5/14　由全國各大學與教授組成的「反政治迫害運動聯盟」，開始在台大法學院發起罷教、罷課活動，做長期抗爭。

5/15　「全國學生運動聯盟」、「清大廖偉程救援會」與社運團體，下午兩點起以化整為零的方式進入台北火車站，向往來旅客表達「廢除叛亂惡法、要求釋放無辜、反對政治迫害、尊重學術自由」等四大主張，學生、教授近兩千人夜宿台北火車站內。

5/16　陳婉真、林永生等人在台中市成立「台灣建國運動組織」(簡稱台建組織)，有自衛隊、建國戰車，並辦組訓活動。

5/17　立法院三讀通過廢除訂有

唯一死刑的「懲治叛亂條例」。

「獨台會案」被告陳正然、王秀惠、林銀福、廖偉程等4人交保釋放。

5/20　知識界「反政治迫害運動聯盟」，發起全民「反白色恐怖及政治迫害」大遊行，兩萬民眾走上街頭，要求郝柏村下台及廢除刑法一百條、情治單位退出校園等訴求，學生夜宿監察院前、中山南路慢車道上。

5/28　林正杰因「土城事件」擔任總指揮被判刑1年10個月。

6/1　林正杰立委退出民進黨。

6/8　民進黨創黨元老傅正教授舉行告別式。當天，送葬隊伍特別行經民進黨中央黨部。民進黨並通令全台各地方縣市黨部降半旗致哀，全體黨工在辦公室默哀一分鐘，以表達對傅正為台灣民主運動奉獻的感念與最高的敬意。

6/22　「刺蔣案」主角鄭自財現身，參加台建組織舉辦的「黃華坐監滿22週年」叛亂餐會，結束其長達29年的流亡生涯。

6/23　民進黨全代會通過「公民投票方式建立台灣共和國」黨綱修正案。

7/2　陳文成博士逝世10週年紀念會，由「台美文化交流基金會」主辦。

8/12　台灣建國運動組織陳婉真、林永生，成立自衛隊「誓死行使抵抗權」，展開21天的抗爭活動。

8/25　「人民制憲會議」在台大法學院召開3天會議圓滿結束，由民進黨主導並通過以「台灣共和國」為國名的「台灣憲法草案」。

8/30　台獨聯盟美國本部主席郭倍宏博士為回台聲援陳婉真，搭乘美國西北航空班機抵達桃園中正機場時，闖關失敗被捕。

8/30　國民黨強制拘提陳婉真的最後期限，陳婉真準備以汽油彈抵抗國民黨的拘提。由於情勢非常緊張，台灣教授協會聯合學生與社運團體成立「結社自由行動聯盟」，由廖宜恩教授擔任總指揮，在台中「台灣建國運動組織」旁，舉行「三十小時禁食靜坐，捍衛台獨結社自由」，終於勸阻陳婉真放棄武裝對抗，和平化解衝突。

9/2　「翻牆」回台一年多的台獨聯盟美國本部副主席李應元，晚上7點在台北市松江路御書園遭調查人員逮捕。

9/4　台灣獨立聯盟台灣本部，在台中市天星飯店舉行第1次盟員現身大會，共有鄒武鑑、林永生、劉金獅、許龍俊、江蓋世、蔡文旭、陳明仁等63位盟員簽訂公開聲明書現身，警方派出300名員警在會場附近部署監控。

9/8　公民投票促進會在台北市舉辦「公投大遊行」，向國民黨當局提出：「舉行公

民投票進入聯合國，廢除刑法一百條與釋放台獨政治犯郭倍宏、李應元與黃華」等三項訴求。舉著「打破世界紀錄」的500公尺大布旗，遊行隊伍被鎮暴部隊用拒馬阻擋於中山北路與南京東路附近，警方並以強力水柱驅散遊行民眾，雙方一直對峙到深夜才結束。

9/14 「台灣加入聯合國宣達團」飛抵美國紐約，呼籲聯合國勿忘台灣二千萬人的權益。

9/18 「一百行動聯盟」由台大經濟系教授陳師孟擔任召集人，有李鎮源院士、林山田、瞿海源、張忠棟、廖宜恩、蔡同榮、鍾肇政、楊啟壽、陳永興、陳傳岳等十人，在新國會辦公室召開發起人會議。

9/19 台獨聯盟美國本部中央委員陳榮芳闖關回台，遭原機遣返。

9/21 「一百行動聯盟」在台大校友會館成立，以「反閱兵、廢惡法」為訴求，抗議國民黨以惡法「刑法一○○條」逮捕「黑名單」人士如台獨聯盟主席郭倍宏、副主席李應元等政治犯。「一百行動聯盟」並宣布抗議活動將分為兩階段進行：第一階段是「和平施壓」；第二階段是「主動出擊」。

9/27 民進黨黨主席黃信介以「終身立委」的資格回立法

院復職，旋即宣布辭職，在立法院開議當天發表「請與我一同告別舊時代」，指出「復職不是我的目的，辭職才是我的目標」，並宣布拒領退職金。

10/3 台北縣貢寮居民於核四廠預定地搭建「核電告別式棚架」，遭警方強力拆除，引發警民激烈衝突，數十人受傷。混亂中，駕駛藍色箱型車的司機林順源在緊張慌亂中，不慎將一名保警楊朝景撞死。隨後，貢寮居民17人被起訴。

10/5 「一○○行動聯盟」於台北市金華國中，舉辦「反閱兵、廢惡法」演講會，吸引2萬民眾參加。

10/8 高檢署下達指示，將參加「反閱兵行動聯盟」人士，以現行犯羈押。「一○○行動聯盟」盟員七十多人演練「愛與非暴力」抗爭，於總統府前閱兵台前遭博愛特區憲兵搶奪布條與毆打，並遭鎮暴車用強力水柱驅散。

10/9 「一○○行動聯盟」聯盟精神領袖李鎮源院士坐鎮，世界級小提琴家胡乃元（其父胡鑫麟也是國民黨「白色恐怖」下的受害者），在台大基礎醫學大樓為靜坐群眾演奏。

10/10 雙十節凌晨1點20分，城中分局局長張琪一聲令下，憲警單位強行進入台大基礎醫學大樓內，將靜坐的「一○○行動聯盟」學生、教授、醫師抬走，並以鎮暴車載離現場。林宗正牧師與羅文嘉被便衣人員架走，送往城中分局，最後僅剩三百人留守。下午4點，林山田教授在台大校

門口宣布反閱兵行動結束，但廢惡法行動仍未停止。

10/13 在國民黨與中共恐嚇之下，民進黨第5屆全國黨代表超過三分之二通過「台獨黨綱」，正式將「台灣共和國」列入民進黨黨綱。全國黨代表票選黨主席，許信良以180票對施明德的163票，以17票的差距領先施明德，當選民主進步黨第5屆黨主席。

10/17 台灣建國運動組織幹部林永生、林雀薇，以妨害公務罪名被捕。

10/18 法務部調查局展開全台大搜捕，將台灣獨立聯盟台灣本部現身的主要幹部鄒武鑑、許龍俊、江蓋世逮捕，並收押禁見。

10/20 力主「非暴力抗爭」的台灣獨立聯盟世界總本部秘書長王康陸闖關回台，在台獨聯盟台灣本部盟員第二次現身大會上演講。下午4點40分，武裝鎮暴警察與霹靂小組，衝入台北市中山北路北區海霸王餐廳，逮捕王康陸，盟員郭正光被驅逐出境。

10/25 台灣環保聯盟舉辦鹽寮反省追思活動，表達「不要悲劇、不要核四」的立場。

10/31 陳水扁提出「以公民投票方式建立台灣共和國」之台獨黨綱修正案。

11/12 民進黨第5屆黨主席、中執委、中評委就職典禮，暨1991年國大代表候選人誓師大會，假台北凱悅大飯店隆重舉行。

12/5 「二二八和平促進會」於
台大校友會館舉行成立大
會。

12/7 台灣獨立聯盟世界總本部
主席張燦鍙自日本東京搭
機闖關,在桃園中正機場
被捕。張燦鍙表示返鄉是
為了早日建立「台灣共和
國」。

12/21 第2屆國大代表選舉揭曉,
民進黨得票率22.78%,當
選66席。

12/31 延任40年的第1屆資深中央
民代終止行使職權,「萬
年國會」結束。

1992

1/10 陳水扁與邱連輝、彭百
顯、鄭寶清、許陽明、張
晉城等人,宣布成立「正
義連線」,由邱連輝擔任創
會會長,彭百顯任秘書
長。

2/8 台灣建國運動組織創辦人
陳婉真在台中被捕入獄。

2/9 台灣獨立運動先驅者蘇東
啟,病逝於北港崇德街自
宅,享年71歲。

3/2 「1003貢寮事件」宣判,
駕車的林順源被判無期徒
刑,環保聯盟東北角分會
執行長高清南10年、江春
和9個月,其餘被告被判3
到10個月不等。

2/23 公民投票促進會在台中市
舉辦「公民投票,台灣加
入聯合國」大遊行與「上
海公報20週年暨二二八事
件45週年紀念晚會」。

3/8 正義連線與環保聯盟發起
「彩繪華視行動」,由陳水
扁擔任總領隊,到華視大
樓噴漆抗議活動,以凸顯
台灣電子媒體被長期壟斷
之現象。

3/13 環保聯盟舉辦「全民反核
立院請願大會」。

3/14 台北縣三重市第8屆市長補
選,民進黨提名候選人陳
景峻,獲得3萬9157票,
以174票險勝國民黨的葉
鐘,為民進黨奪下三重市
執政權。

4/19 民進黨主辦「419總統直接
民選」活動,在台北市體

育場舉辦雷射夜光晚會,
夜宿於台北體育場。

4/20 「總統直接民選」大遊
行,由黃信介擔任總領
隊、林義雄律師任總指
揮,從台北市體育場遊行
到台北火車站前,遭鎮暴
警察阻擋。決策小組與指
揮小組,決定夜宿忠孝西
路台北心臟地帶,展開長
期抗爭。

4/22 在烈日大雨中屹立3天的指
揮小組召集人林義雄,將
指揮權交給施明德後,赴
美訪問。民進黨前主席黃
信介鎮守街頭,發下豪語
表示:「打死不退」。

4/24 民進黨與群眾靜坐為「總
統直接民選」、「救憲政上
街頭」活動,在台北火車
站前6天5夜抗爭後,於該
日清晨4點30分,遭警方施
暴、用噴水車強制拖離。
總領隊黃信介與先後擔任
總指揮的許信良、施明
德、林義雄等4人,被以違
反集會遊行法妨害公務的
罪名,遭台北地方法院起
訴。

4/26 台灣環保聯盟與反核團體
舉辦「悼念車諾堡核變6週
年」大遊行。

5/12 台灣環保聯盟在立法院發
起「反核四、飢餓24」學
者、教授接力靜坐、禁食
活動,至6月23日結束,共
有一百多位教授參加長達
23天活動。

5/15 立法院三讀通過「刑法一
〇〇條」修正案(意即

「廢除刑法一百條」），排除思想叛亂罪。

5/16 「一○○行動聯盟」假台北市金華國中舉辦「和平內亂罪告別式」演講會。

5/18 黃華、陳婉真、林永生、鄒武鑑、許龍俊、江蓋世等人，因刑法一○○條修正公布生效後重獲自由。黃華第四次走出黑牢，在他52年的人生旅程中，有22年11個月在牢中度過。

5/21 原權會與長老教會共同主辦「爭取憲法原住民族條款」抗爭遊行活動，動員千餘名群眾，在寒風細雨中由文化大學步行上陽明山中山樓要求國民大會將憲法「山胞」正名為「原住民族」、保障土地權、設立中央部會級專責機關集原住民族自治等。

5/23 刑法一○○條修正公布生效後，郭倍宏、李應元、王康陸由土城看守所被釋。

5/24 台灣教授協會在國父紀念館發起「廢國大、反獨裁」大遊行，訴求廢國大、人民制新憲、反對獨裁、爭取社會權。

7/7 政府取消海外黑名單返台禁令。

8/1 裁撤警備總部，現址改為海岸巡防司令部。

8/23 廖中山、張忠棟、陳師孟、徐馨生、黃秀華、鍾佳濱等人，發起成立「外省人台灣獨立協進會」，廖

中山教授擔任創會會長。

8/24 廖中山教授赴內政部申請「外省人台灣獨立協進會」立案遭到拒絕。

9/2 民進黨黨主席許信良率團參加德國舉行的「國際自由政黨聯盟」大會。

10/4 「一台一中大遊行」，上萬民眾高呼「台灣、中國，一邊一國」，從台北國父紀念館出發。

10/24 台灣獨立聯盟主席張燦鍙交保後釋放。

11/1 離開台灣21年之久的前台大政治系主任彭明敏教授回國。

11/12 「三法一案」工人鬥陣大遊行，表達對修訂中的勞動三法及基客事件一案的關切，工人立法行動委員會為落實「工人鬥陣、車拼相挺」之精神，將定期於每年11月12日舉辦秋鬥遊行。

11/21 為抗議聯合報言論及報導不公，台灣教授協會與新台灣重建委員會發起全民「退報救台灣運動」。

11/25 黑名單解禁，離台34年的台獨聯盟總本部副主席黃昭堂博士返台。

12/1 台灣醫界聯盟推動反賄選

文宣，分送給全台民進黨候選人，要大家一起來消滅「金牛痘」。

12/10 地下電台「全民電台」開播。

12/19 第2屆立法委員選舉，黃信介以「咱大家的歐吉桑」為訴求，到花蓮縣參選立法委員，為民進黨開拓後山票源。當晚開票後，黃信介以62票落選。黃信介接獲國民黨「作票」線索，競選總幹事王兆釧認為這場選舉「一定有問題」，率眾至花蓮縣選委會要求驗票，群眾包圍縣府一夜。

民進黨得票率33.05% 當選50席立委，姚嘉文、張俊宏、施明德、呂秀蓮、陳水扁、謝長廷、盧修一等人均高票當選立法委員。

12/20 民進黨主席許信良、秘書長江鵬堅與新科立委張俊宏、施明德到花蓮，要求花蓮縣全面驗票，還給黃信介一個公道。花蓮地檢署查封花蓮全市54個投開票所選票。

12/23 驗票結果，查出國民黨籍候選人前花蓮市長魏木村「選舉做票」證據，查出花蓮市有736張幽靈選票。

12/28 為聲援前主席黃信介，民進黨在花蓮市區舉辦「抗議國民黨作票大遊行」。

1993

1/18 代表「中國法統」的第1屆立委全部退職。

2/1 第2屆立法委員就職，選出國民黨提名的劉松藩、王金平為正副院長。

2/27 澎湖縣長補選，民進黨提名的高植澎醫師，以2萬3430票，拿下近六成選票，擊敗國民黨候選人鄭永發。讓澎湖一夕變天的高植澎醫師，是澎湖縣有史以來第一位民進黨籍縣長。

2/28 「228疼台灣、重建、再生大遊行」，由二二八受難家屬林明德擔任總召集人、李應元任總指揮，在台北市南京西路二二八事件發生地遊行。

3/8 花蓮選舉作票案偵結完畢，國民黨花蓮市長魏木村夫婦、魏東和、市公所員工共27人被提起公訴，其中6名投開票所的主任供稱作票給魏木村，最後選舉法庭宣判花蓮市8處投開票所選舉無效。

3/14 新國民黨連線趙少康、李勝峰等成員跨越濁水溪，在高雄中學舉辦問政說明會，遭到支持民進黨的群眾到場抗議、抵制，在會場外爆發肢體衝突，導致說明會流會。

3/18 中央選舉委員會公告黃信介當選花蓮縣立法委員，更正黃信介得票數26605

票，花蓮縣縣長吳國棟請辭。

4/21 前台大哲學系副教授、北大哲學系教授陳鼓應，結束14年流浪生涯，回到台灣。

4/27 海峽兩岸首度在新加坡舉行會談，台灣方面由海基會董事長辜振甫率領海基會代表團，與中國海協會會長汪道涵高層會談，雙方進行3天會商，稱為「辜汪會談」。

5/20 「五二○公地放領」，全台2萬農民到行政院、總統府要求「還我土地」大遊行。

5/30 全國七十餘個反核團體，動員6千人上台北街頭遊行，蘭嶼原住民加入反核大遊行行列。

6/23 反核團體上千人到立法院靜坐抗議，呼籲「立法院全院聯席會審查核四預算凍結案」。

臺灣 我永遠的故鄉 郭榮桔

7/30 前世界同鄉會會長郭榮桔博士，流放海外43年首度回台。

8/10 「新國民黨連線」立委趙少康、郁慕明、王建煊、陳癸淼、李慶華、李勝峰、周荃等七人召開記者會，以「國民黨完全變

質，唯有組黨才能拯救國家」，召開記者會宣布成立「新黨」。

10/12 力主非暴力抗爭的台獨聯盟秘書長王康陸，深夜在陽明山仰德大道發生車禍去世。

10/23 由老人年金行動聯盟發起「重陽送暖敬老年金」大遊行，從台灣大學門口出發，遊行到立法院。

10/26 「獨立台灣會」史明偷渡回台，在台南新營收費站被捕，移送台北高檢署，以10萬元交保釋放。

11/23 「台灣之聲」開播。

11/27 縣市長大選，民進黨提出「反金權，清廉疼台灣；要福利，勤政跨世紀」等政見，當選6席縣市長，得票率41.20％，因席次未過半，民進黨黨主席許信良信守政治承諾，宣布辭去黨主席一職，所餘任期由中常委施明德遞補。

12/10 原住民團體在台北市發起「反侵占、爭生存、還我土地」大遊行。

1994

4/10 由台大數學系黃武雄教授及人本教育基金會等團體發起「四一○教育改造」大遊行、「萬人親子上街頭」活動，在台北市舉辦「為下一代而走」的抗議活動。

5/1 民進黨第6屆第1次全國黨代表大會，黨中央權力改組，施明德以206票比145票擊敗余陳月瑛，當選民進黨第6屆黨主席。

5/22 由貢寮鄉公所主辦「核四興建住民投票」，選票「同意」和「不同意」兩種選擇，有六成貢寮鄉民參與投票，96.13%當地居民投下不同意票。

5/23 民進黨中央黨部與立法院黨團連續5天，在立法院大門口主辦「敬老人、要津貼」活動。

6/23 原權會、民進黨中央黨部、原住民族委員會及長老教會共同主辦，並邀請37個原住民團體協辦，推動「正名權、土地權、自治權」入憲大遊行，目標總統府，約3000人參加，

是原住民族歷年來抗爭活動參加人數最多的一次。

6/24 「第二次台灣人民制憲會議」，共召開2天會議，公開向人民徵求、選拔「新的國旗、新的國歌」，25日晚上在台灣大學體育場舉辦「新國民、新國家」之夜，舉行升旗典禮。

6/26 民進黨主辦「發放敬老津貼、反對利益輸送」大遊行，宣示民進黨追求福利國家的信念。

6/30 核四預算立法院進入審查程序。立法院外，反核民眾與警方爆發激烈流血衝突。

7/1 民進黨執政的6縣市：台北縣、宜蘭縣、新竹縣、台南縣、高雄縣、澎湖縣開始發放老人年金。

7/12 立法院通過核四預算，民進黨立法院黨團強烈表達反對興建之立場，林義雄在立院為爭取核四公投展開禁食，六天內獲得十萬人連署支持。

7/17 年底省市長大選，民進黨進行第一階段的黨員和幹部投票，台灣省長黨內初選由陳定南與張俊宏競爭，台北市由陳水扁與謝長廷競爭，高雄市由張俊雄與朱星羽競爭。

8/1 新聞局取締14家地下電

台。「群眾之聲」地下電台負責人張金策，在新聞局前抗議，要討回被搶走的電台設備，與警察發生流血衝突。

8/4 「爭主權・反霸權」民進黨抗議國共會議，在外貿協會前焚燒中共國旗。

9/1 記者節，數百位媒體記者走上街頭，聲援自立報系記者與員工的抗爭，爭取新聞自主的編輯室公約。因而催生了新聞專業組織「記者工會」的成立。

9/21 林義雄律師發起「核四公投促進會」擔任召集人，以「非武力行動」為實踐手段，從台北龍山寺出發，展開環島「核四公投、千里苦行」，共35天，步行1005公里。

9/28 民進黨假高雄市中山體育場，慶祝建黨8週年紀念，省市長與北高市議員、台灣省議員舉行誓師大會。

10/26 民進黨主席施明德於記者會宣布中常會決議，「主張金馬非軍事化，金馬撤軍並非放棄金馬，而是認為1997中國收回香港後，金馬可扮演中繼站之重要角色。如置五、六萬重兵又無強大海空軍防衛，只會引誘中國來犯，挑起兩岸敵意」，金馬撤軍論引發軒然大波。

11/12 工人立法行動委員會發起抗議三不保，「高保費、低保障、劫貧濟富」的

「反賤保」大遊行，蛋洗衛生署。

12/3　台灣省長與北高市長首度開放民選，民進黨省長候選人陳定南參選訴求「四百年來第一戰」，選舉結果宋楚瑜以472萬6012票當選省長。

民進黨提名陳水扁與張俊雄參選北高市長，陳水扁改變過去悲情式的競選方式，打出「快樂、希望」訴求，陳水扁以61萬5090票當選台北市長，吳敦義以40萬0766票當選高雄市長。

民進黨台灣省議員當選23席、台北市議員當選18席、高雄市議員當選11席。

1995

2/28　李登輝總統參加台北新公園二二八紀念碑落成典禮，以國家元首身分，代表政府向二二八受難家屬表達歉意。

3/19　民進黨全國黨員代表大會通過廢除預備黨員制；表決通過公職人員提名條例繼續維持「幹部投票」及第二階段初選；通過修改公職人員提名條例將政黨比例代表之產生，分政治人物、學者專家及弱勢團體三組。

4/7　李登輝總統公布「二二八事件處理及補償條例」，行政院依據上述條例，成立『財團法人二二八事件紀念基金會』，處理受難者申請補償事宜。

4/16　為紀念「馬關條約（台灣割讓給日本）一百週年」，由台灣教授協會等社運團體，在台北市政府前，發起「告別中國」大遊行，訴求：廢除國統會、加入聯合國、制定新憲法、保衛咱台灣。

4/30　勞工陣線與社運團體在台北市中正紀念堂，舉辦「反金權、反賤保」大遊行，要求全面修改健保法。

5/20　「五二〇媒體改造聯盟」發動五千人，在台北市政府前，舉辦「黨政軍退出三台」大遊行，行經華視、台視、中廣、國民黨中央黨部總統府等處抗議。

6/11　民進黨總統第一階段初選黨員投票，由彭明敏、許信良、林義雄、尤清4位總統參選人競爭，許信良以9138張黨員票，59張幹部票的成績拿第一，彭明敏以1萬1006張黨員票，39張幹部票的成績拿到第二，兩人共同進入民進黨第二階段初選。

7/10　民進黨總統第二階段公民投票，彭明敏與許信良在台東市南京路民主廣場進行第一場辯論會。在這場總統初選投票中，民進黨首度採用以身分證換投幣方式的投票。

8/20　江鵬堅、李鎮源、李勝雄與社運團體發起「咱是台灣人」大遊行，抗議中共對台灣的文攻武嚇。

9/24　民進黨總統二階段公民投票，總共在全台23縣市舉辦了49場初選，初選結果揭曉，由彭明敏代表民進黨參選中華民國第1屆民選總統。

9/26　民進黨總統候選人彭明敏宣布謝長廷為競選搭檔。

民進黨籍澎湖縣長高植澎，因涉嫌偽造公文書，二審時與其他4名護士被撤

銷緩刑，台灣省政府民政廳立刻將高植澎縣長停職。高植澎縣長抗議國民黨政治迫害，用五千元的貪污官司來陷害他。

9/28 民進黨於台北市中正紀念堂，慶祝建黨9週年紀念，在台語名歌手伍佰的搖滾樂聲中，舉行立法委員誓師大會。

11/21 民進黨台北市南區4位立法委員候選人葉菊蘭、沈富雄、顏錦福、黃天福，首度宣布採取「四季紅」的配票模式。

12/2 第3屆立法委員選舉投票揭曉，民進黨得票率33.17％，民進黨當選54席、國民黨當選85席、新黨當選21席、無黨籍當選4席，國民黨成為國會席次勉強過半的「脆弱政黨」。

12/13 國民黨考紀會通過撤銷林洋港與郝柏村兩位副主席黨籍，擁李與反李群眾，近二千名群眾聚集在國民黨中央黨部外。國民黨從此進入了「藍旗打藍旗」、「國旗打國旗」的時代。

12/14 民進黨主席施明德、立委林濁水、周伯倫，與新黨全委會召集人陳癸淼、趙少康、立委周荃在立法院咖啡廳，進行「大和解」、「大聯合」的會晤，就「大聯合政府」議題，進行首度接觸。

12/21 彭明敏、謝長廷競選總部正式成立，葉菊蘭擔任競選總幹事。

1996

2/1 第3屆立法院正副長改選，民進黨主導「二月政改」，聯合原國民黨籍原住民立委蔡中涵，對抗國民黨推出的劉松藩與王金平。第一輪投票，民進黨籍張晉城跑票（簽名投廢票），遂使施與對手劉松藩各獲得80票平手。經二輪投票後，施明德以81票對82票敗給國民黨劉松藩。

2/24 總統競選活動起跑日，朝野共有四組人馬正式角逐台灣首屆民選總統。分別是國民黨提名的李登輝、連戰，民進黨提名的彭明敏、謝長廷，退出國民黨的林洋港、郝柏村，無黨籍的陳履安、王清峰。

2/28 林義雄、高俊明、張俊宏、廖中山、李勝雄等數十人，前往總統府前為二二八受難者默哀，與憲兵對峙，總統府祕書長吳伯雄走出總統府接見。

3/2 民進黨秘書長邱義仁在上班途中，於民進黨中央黨部大樓門口，遭四名不明歹徒襲擊成傷、血流滿面。

3/5 總統大選前夕，中國宣布一連串軍事演習，從3月8日到15日，將對基隆外海和高雄外海進行第一波導彈試射。

3/16 為了抗議中共文攻武嚇，用導彈恫嚇台灣，社運團體與民進黨在台北市政府大門口，舉辦一場「316反統一、反侵略」大遊行。

3/23 「五千年來第一次」的民選總統，在中國三波飛彈演習的威脅下，4組候選人角逐中，國民黨提名的李登輝、連戰以581萬3699票，54％得票率當選。彭明敏、謝長廷227萬4586票，21.13％，林郝配14.9％，陳王配9.98％。第三屆國大代表選舉，民進黨當選99席國代，得票率29.9％。

3/27 施明德辭去民進黨主席職位，為總統大選敗選負責。

3/28 民進黨中執會推選張俊宏立委代理黨主席。

5/6 最後一位返鄉的黑名單人士「刺蔣案」黃文雄闖關入境，黃文雄舉辦返台記者會。

5/18 民進黨立法委員彭紹瑾上午7點開車送小孩上學，遭兩名歹徒持開山刀揮砍，小腿關節神經斷裂。

5/20 李登輝、連戰宣誓就任中華民國第9任總統、副總統。

6/15 民進黨在陽明山中山樓召開黨代表大會，許信良以284票比172票擊敗福利國系的蔡同榮，當選民進黨第7屆黨主席。

9/28 民進黨在台北市圓山大飯店以「十年民主路感恩求進步」、「歡喜感謝，作伙再打拼」為主題，舉行10週年黨慶活動。

10/2 民進黨決議參與李登輝總統召開的「國家發展會議」，推派張俊宏立委為籌備會副召集人，邱義仁、尤清為籌備委員。

10/6 「建國黨」在士林舉行成立大會，第1屆黨主席為李鎮源院士、副主席林山田教授、秘書長李勝雄。

10/18 為反對國民黨在立法院強行通過核四覆議案，民進黨號召全民投入反核運動。

10/10 勞工團體舉行「反金權大遊行」，要求立法保障工作權。

11/21 桃園縣縣長劉邦友公館發生台灣治安史上最重大槍擊血案，共有縣長劉邦友、縣議員莊順興、機要秘書徐春國，與縣長保鑣等8人被槍殺死亡，縣議員鄧文昌頭部重傷。

12/1 民進黨第7屆第1次臨全會於高雄市尖美飯店召開。會中決議通過婦女（1/4）保障名額。以後各類公職選舉，民進黨各選區的提名，每4席名額中，女性至少應佔1席。會中同時通過民進黨黨主席由黨員直選。

12/3 民進黨婦女部主任彭婉如，於臨全會前夕11月30日不幸遇害，3日下午屍體於高雄縣鳥松鄉被人發現。民進黨化悲痛為改革社會的力量，成立「彭婉如婦女受害基金會籌備處」，並公布婦女人身安全政策。

12/20 聯福紡織爆發關廠勞資爭議，在曾茂興帶領下，用臥軌自殺的方式，來表達關廠失業勞工已走投無路，企圖引起社會關注。帶頭抗爭的自主工聯榮譽會長曾茂興與數十名聯福勞工，遭警方依公共危險罪名移送法辦，曾茂興被判處10個月的刑期。

12/21 彭婉如命案後，各婦女團體組成「婦女連線」，訴求婦女安全，在台北市發起「女權火照夜路」大遊行及守夜活動。

12/23 李登輝總統召開為期5天的跨黨派「國家發展會議」，朝野達成包括凍省、總統提名閣揆無須立法院同意等多項重要的政改共識。

1997

2/23 立法院三讀通過「二二八補償條例」，明定2月28日為「和平紀念日」。

2/28 台北市市長陳水扁，主持「二二八事件50週年紀念」暨台北二二八紀念館開館儀式。

3/15 桃園縣縣長與花蓮市市長補選。民進黨提名呂秀蓮，國民黨提名方力脩，新黨提名賴來焜，呂秀蓮以55.31％壓倒性票數贏得桃園縣長選舉，獲得32萬4074票，大勝國民黨候選人方力脩10萬餘票。花蓮市市長則由國民黨提名的葉耀輝當選。

4/28 全國矚目的綁架案，失蹤15天的白冰冰獨生女兒白曉燕，在台北縣五股工業區中港大排溝附近，被人發現遇害身亡。

5/4 人本教育基金會與彭婉如基金會發起「504悼曉燕，為台灣而走」大遊行。130多個團體參與，由人本教育基金會董事長史英擔任總指揮，共有5萬人走上街頭，以和平的方式表達人民的憤怒，要求政府撤換內閣，給人民一個住得下去的台灣。

5/5 新文化工作隊學生成立「菅芒花行動聯盟」，至行政院遞交抗議書，到中正紀念堂展開靜坐抗議。

5/18 人本教育基金會史英與各社團體，為白曉燕案再度發起「518用腳愛台灣」大遊行。數萬人走向總統府前廣場，抗議治安惡化、婦幼不安全。主辦單位並以創意鐳射光的「腳印」、「認錯」，射向總統府大樓上；抗議的群眾則集體用

跺腳來「震動大地」，震動權力高層，要求「總統認錯，撤換內閣」。

6/16 原權會發動「民族，土地，自治權」入憲大遊行，號召原住民千餘人，遊行群眾直達中山樓大門口，再次將憲法的「原住民」正名為「原住民族」，而土地權也終於入憲。

6/28 香港主權將於7月1日起由英國移交中國，公民投票促進會與獨派團體在台北市政府旁廣場舉辦「反中國併吞台灣大會」，大聲向中國說「不」。

7/16 國民大會三讀通過凍省條款，並確立為雙首長制的政府體制。

11/28 台北縣長大選選前之夜，盧修一不顧自身癌症痛苦，親至板橋市蘇貞昌的演講會場助選，向台北縣鄉親下跪拜票。原本想參選台北縣長的盧修一，因病無法實現其政治夢想。盧修一的「深情一跪」，不僅感動現場數萬群眾，更因電視全程轉播而扭轉了北縣選情。

11/29 縣市長大選日，民進黨獲得12席縣市長（台北縣、基隆市、桃園縣、新竹縣、新竹市、台中縣、台中市、台南縣、台南市、高雄縣、屏東縣、宜蘭縣）；得票率43.32%，超過國民黨的42.12%，民進黨執政人口數達全台總人口數的71.59%，北台灣與南台灣幾乎全部綠化，綠色執政首度於地方全面開展。

1998

3/1 民進黨中央黨部在台北市大安森林公園，為白鷺鷥盧修一立委舉辦「祈福晚會」。

3/23 林義雄宣布參選民進黨第8屆黨主席，並發表「執政－民進黨的責任」參選聲明。

6/7 林義雄以六成二比二成八的差距，擊敗張俊宏。林義雄獲得3萬1千多票的黨員票，當選民進黨第八屆主席。

6/24 獨派團體在台北市二二八公園音樂台，舉辦「反對柯林頓、江澤民會談」演講會。

6/27 社運團體在台北市中正紀念堂集合，舉辦「反對柯江會談」大遊行。

8/1 林義雄就任民進黨第8屆黨主席，成為第一位由黨員直選的黨主席。

8/6 「白鷺鷥」盧修一立委病逝於台北關渡和信醫院，享年57歲。

8/20 民進黨國大黨團為黃信介資政舉辦70大壽慶祝餐會，在台北市環亞大飯店舉行。

11/15 民進黨在台北市龍山寺前舉辦「扛扁擔、走長路」大遊行，為台北市長陳水扁與高雄市長候選人謝長廷舉辦聯合造勢。

12/5 北高市長、立委、市議員三合一選舉揭曉，新黨台北市長提名人王建煊「競而不選」，國民黨提名的馬英九以76萬6377票當選台北市長，陳水扁連任台北市長失敗。謝長廷擊敗現任高雄市長吳敦義，民進黨首度拿下港都的執政權，謝長廷以38萬7797票當選高雄市長。民進黨第4屆立法委員當選70席，得票率29.56%，民進黨台北市議員當選19席，高雄市議員當選9席。

12/18 台灣省議會召開最後一次會議，凍省之後，「台灣省議會」從此走入歷史。

1999

2/1 第4屆立法院正副長改選，國民黨提名的王金平、饒穎奇分別當選立法院正副院長。

3/14 民進黨大老黃信介特地安排2月28日和3月14日，許信良和陳水扁兩次協調會，希望可以用較圓滿的方式來解決總統候選人的問題。

3/18 行政院原子能委員會核發核四建照，民進黨發表「譴責原能會核發核四建照」聲明，並動員全黨參與反核大遊行。

4/10 「台灣公民投票行動委員會」由高俊明與蔡同榮發起，在立法院舉辦「四一○絕食抗議，要求通過公民投票法」活動。

5/7 民進黨前主席許信良在台北市中泰賓館發表「同志們，我們在此分手」的告別演說，宣布從此退出民進黨，投入2000年總統大選。

5/8 民進黨舉行第8屆第2次全國黨代表大會，在高雄市勞工行政中心召開，通過「台灣前途決議文」與「2000年總統、副總統候選人提名條例」。

6/11 台大教授張忠棟病逝於台大醫院，享年66歲，遺體捐給台大醫院。

6/21 民進黨國大黨團在陽明山中山樓前，抗議李登輝總統跳票。

7/9 李登輝總統提出台灣與中國的「特殊兩國論」。

7/10 民進黨第8屆第1次臨時全會，現場391位黨代表一致通過提名陳水扁為總統候選人，推舉陳水扁參選2000年總統。

7/24 由澄社社長瞿海源、立委蘇煥智發起「724廢國大、反黑金」大遊行。

8/27 國民黨15全大會通過提名連戰、蕭萬長，競選第10屆正副總統。

9/21 台灣發生非常嚴重的7.3級的「九二一集集大地震」，全台逾2400人死亡。

10/7 「台灣國民」廖中山教授病逝於台大醫院，享年66歲。

11/6 雲林縣長補選，民進黨提名候選人林中禮，以7千多票之差落敗，由無黨籍張榮味當選雲林縣長。

11/11 宋楚瑜宣布與長庚大學校長張昭雄搭檔，參選中華民國第10屆正副總統。

11/19 許信良宣布與新黨立委朱惠良搭檔，參選中華民國第10屆正副總統。

11/30 民進黨前主席、總統府資政黃信介先生病逝於台大醫院，享年72歲。

12/8 「美麗島事件20週年紀念系列活動」，姚嘉文、張俊宏、呂秀蓮、王拓、張富忠、范巽綠、林文珍、周慧瑛與李勝雄、張政雄律師等人，重回審判監禁現場「景美看守所」與「新店明德監獄」參觀。

「美麗島事件20週年紀念系列活動」，由施明德發起的「新台灣研究文教基金會」以三年時間完成的口述歷史研究，《珍藏美麗島，台灣民主歷程真記錄》新書發表會，分為四大冊共五十五萬字，由時報文化公司出版發行。

12/9 國民黨楊吉雄立委在立法院召開記者會，揭發宋楚瑜的兒子宋鎮遠在中興票券公司的帳戶裡有不明的上億資金，要求宋楚瑜說明資金來源，引爆「興票案」風波。

12/10 「美麗島事件20週年紀念系列活動」。民進黨在高雄市體育場舉辦美麗島20週年大型紀念晚會。
台灣第一座人權紀念碑在綠島揭幕，李登輝總統親臨致詞。

12/14 興票事件被國民黨與媒體渲染後，宋楚瑜召開記者會說明一億四千六百四十六萬餘元資金來源，表示是李登輝總統交付他照顧蔣家遺族任務，總統府秘書室主任蘇志誠反擊說：宋楚瑜A國民黨的錢!!

12/28 「完美的人格者」魏廷朝先生在晨跑中中風，邁向人生終點，享年65歲。

2000

1/20 新黨宣布由李敖、馮滬祥搭檔，參選中華民國第10屆正副總統。

2/20 總統大選「世紀之戰」首次電視政見發表會，共有五組人馬參選。分別為民進黨提名陳水扁、呂秀蓮；國民黨提名連戰、蕭萬長；退出國民黨宋楚瑜、張昭雄；新黨的李敖、馮滬祥；無黨籍的許信良、朱惠良。

3/10 陳水扁公布第一波國政顧問團名單；中央研究院院長李遠哲、奇美董事長許文龍、宏碁董事長施振榮、長榮董事長張榮發、大陸工程董事長殷琪。

3/15 中國總理朱鎔基在人民大會堂舉行中外記者會，發表恫嚇台獨的強硬警告：「誰要進行台灣獨立，就沒有好下場！」要台灣選民做出「明智的歷史抉擇」。

3/18 人民用選票實現了台灣歷史上第一次的政權和平移轉。陳水扁、呂秀蓮以497萬7737票數贏得勝選，獲得39.3％得票率，當選中華民國第10屆正副總統。宋楚瑜、張昭雄獲466萬

4922票，獲得36.8％得票率，連戰、蕭萬長獲292萬5513票，獲得23.1％得票率。

3/19 國民黨的黨員及其支持的群眾，因不滿選舉結果，包圍國民黨中央黨部，要求黨主席李登輝下台。

3/24 李登輝總統辭去國民黨主席，由連戰代理黨主席，包圍國民黨中央黨部群眾逐漸散去。

3/31 宋楚瑜籌組的「親民黨」正式成立，由宋楚瑜擔任首任黨主席、張昭雄為副主席。

4/24 國民大會三讀通過「國大虛級化」等修憲案，國大多數職權將轉移至立法院，第4屆國代選務停辦。立法院遂形成握有實權的準單一國會。

5/20 陳水扁、呂秀蓮就任中華民國第10任總統、副總統。陳水扁總統發表「台灣站起來－迎接向上提升的新時代」就職演說。陳水扁總統同時發表其「四不一沒有」主張，表示「只要中共無意對台動武，保證在任期之內，不會宣布獨立，不會更改國號，不會推動兩國論入憲，不會推動改變現狀的統獨公投，也沒有廢除國統綱領與國統會的問題」。

6/25 高雄市市長謝長廷當選第9屆民進黨黨主席。

9/28 民進黨執政後首次黨慶活動在高雄市愛河畔登場，主題是「民主台灣、進步志工」。

10/3 行政院院長唐飛請辭獲准，由民進黨籍行政院副院長張俊雄接任。

10/27 陳水扁總統與國民黨主席連戰見面。行政院院長張俊雄召開記者會宣布「停建核四」。

11/12 民進黨與社運團體，發起支持「停建核四」大遊行。

11/14 民進黨前主席施明德在立法院宣布退出民進黨。

12/10 勞工為表達對兩週48工時的堅持，「八四工時大聯盟」舉辦萬人勞工上街頭。

12/15 民進黨創黨主席江鵬堅律師病逝於台大醫院，享年61歲。

心 聲

■李敏勇

我只歌頌土地
如果我只能愛一個對象
那無疑就是妳
我們的島嶼
我只讚美自然
如果我必須為愛獻身
一定是為繁茂的草木
鳥的鳴聲

我夢想──
在島嶼的海邊
台灣的孩子們在那兒歡唱
視野無限寬廣

我夢想──
在島嶼的山上
台灣的孩子們在那兒跳躍
伸手摘取天空的星星

我夢想──
在島嶼的鄉村
台灣的孩子們在那兒成長
從自然中學習生命的律動

我夢想──
在島嶼的都市
台灣的孩子們在那兒茁壯
新的秩序在他們手中開創

島嶼的航程和方向
是為了這樣的夢想
我們流過的血和汗
也為了這樣的希望
編織夢想
描繪希望
為了綠色和平的島嶼
──台灣

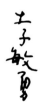

（李敏勇在陳水扁、呂秀蓮就職中華民國
第10屆正副總統時所朗誦的詩）

【作者簡介】

張富忠

1952年生
桃園縣中壢市客家人
國立藝專美工科畢業

1977年，25歲剛退伍回來的張富忠開始為參選桃園縣長的許信良助選。

這一年的桃園縣長選舉，由張富忠和林正杰負責許信良的競選文宣工作。他們組織了一批助選的青年軍，組成青年工作隊，然後把競選團隊組織分工，以土法煉鋼的方式，策劃出版宣傳小冊子，印製多種且大量的傳單，編寫競選主題歌曲，競選總部前的大字報、大汽球、精心設計的講台，甚至是我們目前所熟悉的、熱鬧的競選總部佈置，黨外種種活潑精彩的文宣概念，都從這一年開始。

這場選舉最後因中壢國小的作票案，爆發了中壢事件。1978年，張富忠和林正杰合著《選舉萬歲》一書，詳實記錄了全部過程，轟動一時。

1978年年底，第一屆增額立法委員及國民大會代表選舉。為了促進黨外團結、凝聚共識、發揮助選功能，張富忠特別設計了黨外時期的「人權標誌」。此外，如彰化姚嘉文、黃順興，台北市陳鼓應、陳婉真聯合文宣，均出自張富忠之手。張富忠是黨外時期很重要的文宣工作者。

1979年，張富忠擔任《美麗島》雜誌社編輯，因美麗島「高雄事件」入獄四年。1984年，張富忠出獄後，當選「黨外編輯作家聯誼會」第二任會長，在總幹事范異綠的協助下，成立黨外編聯會的辦公室並擴編許多重要的工作小組，成立「台灣史、社會經濟、生態消費、勞工、婦女、文化、少數民族」等委員會，使黨外編聯會更加組織化。之後，張富忠還擔任過《前進雜誌》總編輯的工作。

1986年，張富忠因關心環保而參與鹿港反杜邦運動，同時也為林正杰策劃「司法死了」、「為司法送終」的全台街頭狂飆活動。此外，他也陸陸續續為「外省人返鄉運動」、「桃客、苗客客運」、「二法一案」、「國會全面改選」大遊行等抗爭活動製作文宣。1986年民進黨成立，張富忠擔任第一屆中執委。

1987年，張富忠擔任民進黨第二屆中常委與民進黨中央黨部社運部主任，參與制訂「國會全面改選運動方案」，1988年擔任「還我客家話」大遊行副總指揮，1991年，擔任民進黨全國不分區國大代表。

邱萬興

1960年生
桃園縣觀音鄉觀音村客家人
復興商工美工科畢業

1985年，邱萬興開始參與《八十年代》雜誌美術設計。從民進黨創黨前的《黨外公報》到民進黨創黨後的機關刊物《民進報》，邱萬興一直在民進黨中央黨部文宣部，擔任吃重的文宣及美術設計工作，不但要負責遊行活動的海報傳單設計，還包括街頭運動的現場攝影、以及事後的刊物編輯等工作。

從1986年民進黨中央黨部第一張傳單「11.30桃園國際機場真相報導」，到1987年「國會全面改選」、1991年「417反對老賊修憲」、1992年「419總統直選」運動及1994年「老人年金」大遊行等，各種民進黨所印製的文宣、海報宣傳品，均出自邱萬興的創意設計。

1989年，邱萬興成立小邱工作室。十多年來，他見證過大大小小的選戰。他的重要作品包括：周清玉、尤清、余政憲、范振宗、林光華、高植澎、陳唐山等人競選縣長的文宣設計。黃信介、姚嘉文、張俊宏、江鵬堅、謝長廷、盧修一、葉菊蘭、魏耀乾、戴振耀、陳婉真、邱垂貞、林濁水、蘇煥智、李文忠、廖大林、林重謨、蔡煌瑯、張學舜等人競選立法委員的文宣設計。以及省市議員林錫耀、湯金全、李逸洋、周柏雅、陳嘉銘、李建昌、陳啟昱、鄭文燦等人的文宣設計。

此外，邱萬興也常常為弱勢團體製作各種文宣及抗議道具布條，如「救援雛妓」、「勞工運動」、「520農民運動」，「410教育改造」、「老人年金」、「反核運動」、「反軍人干政」、為野百合全學聯學生運動設計紫色旗幟與抗議傳單等。從黃華「新國家運動」到「臺灣建國烈士鄭南榕」文宣設計及「聲援黑名單返鄉抗爭」及1991年一〇〇行動聯盟「反閱兵・廢惡法」行動與救援政治犯文宣，都可以看到邱萬興不眠不休的投注，製作出反對運動中一張張動人心弦的傳單。

在台灣民主化的過程中，從黨外到民進黨，無論在街頭各種大大小小的群眾抗議場合、在議會或是民主殿堂的國會外，邱萬興總是不畏暴警橫阻，以犀利的視角切入，透過鏡頭，忠實地紀錄民主運動最真實的過程。

綠色年代
——台灣民主運動25年【下冊】 1988～2000

編　著	張富忠、邱萬興
編輯顧問	姚嘉文、張俊宏、蘇貞昌、陳　菊、葉菊蘭、范巽綠．尤　清．楊青矗、李勝雄、李敏勇、李筱峰、戴振耀、艾琳達、劉峯松、張慶惠、陳婉真、鄭文燦、林秋滿、陳銘城、陳登壽、陳啟昱、黃昭凱
主　編	黃　怡
執行編輯	邱斐顯
編輯小組	袁嬿嬿、張富忠、邱萬興、黃　怡、邱斐顯、廖紫妃、黃惠芬、李培綺、鮑雅慧、林曉霞
編務協力	鄭文燦、林曉霞、廖紫妃、邱彥霖、邱新妮
圖片提供	尤　清、王　拓、江蓋世、江彭豐美、艾琳達、余岳叔、宋隆泉、林秋滿、周平德、周嘉華、姚嘉文、范巽綠、袁嬿嬿、曾盛洋、曾文邦、黃天福、黃昭凱、黃子明、陳　菊、陳婉真、陳博文、張俊宏、張芳聞、郭時南、張慶惠、張榮華、曹欽榮、游錫堃、楊青矗、潘小俠、鄭自才、蔡明德、劉峯松、劉振祥、蘇貞昌、蘇治芬、羅興階、民主進步黨中央黨部文宣部、鄭南榕基金會、黃信介文教基金會、慈林文教基金會、新台灣研究文教基金會、陳文成博士紀念基金會、白鷺鷥文教基金會、公民投票促進會、台灣人權促進會、台灣醫界聯盟、台灣教授聯盟、中央社、國史館、檔案管理局、宜蘭縣史館、總統府
視覺規劃	邱萬興、黃惠芬
美術編輯	李培綺、鮑雅慧
贊助企劃	民主進步黨 中央黨部
發 行 人	張書銘
出　版	INK印刻出版有限公司 台北縣中和市中正路800號13樓之3 電話：02-22281626 傳真：02-22281598 e-mail:ink.book@msa.hinet.net
法律顧問	林春金律師
總 代 理	成陽出版股份有限公司 業務部／訂書電話：02-22256562　訂書傳真：02-22258783 　　　　訂書地址：台北縣中和市中正路800號11樓之2 　　　　e-mail：rspubl@sudu.cc 　　　　網址：舒讀網http://www.sudu.cc 物流部／電話：03-3589000　傳真：03-3581688 　　　　退書地址：桃園市春日路1490號
郵政劃撥	19000691 成陽出版股份有限公司
門市地址	106台北市新生南路三段96-4號1樓
門市電話	02-23631407
印　刷	海王印刷事業股份有限公司
出版日期	2005年 12 月 初版

ISBN 986-7108-03-5

定價　平裝本新台幣2000元（上下冊不分售）

Copyright © 2005 by Chang Fu-chung, Chiu Wan-hsing
published by INK Publishing Co., Ltd
All Rights Reserved.
Printed in Taiwan

國家圖書館出版品預行編目資料

綠色年代：台灣民主運動25年／
　　張富忠,邱萬興編著.
　　臺北縣中和市： INK印刻,
　　2005〔民94〕冊； 公分

　　ISBN 986-7108-03-5（全套：平裝）
　　1.台灣民主進步黨 2.政治運動─台灣─歷史

576.24　　　　　　　　　94022927